KB122525

혐오스런 선데이 클럽

혐오스런
선데이
클럽

SUNDAY CLUB

음악으로 실패한

Amantes sunt amentes. Omnia
vincit amor et nos cedamus amori.
Tempus fugit, amor manet.

차례

프롤로그

달빛 하나 없는 어두운 밤이었다. 자정이 가까워질 시간이라 거리에 사람도 적었다. 대로변을 따라 옹기종기 모여 있는 오래된 건물들 틈으로, 구불거리는 골목들이 겹쳐 있었다. 골목 한구석 끝에 두 그림자가 보였다. 한 명은 초록색 후드티를 입고 마스크로 얼굴을 가린 이였고, 다른 한 명은 팔과 다리를 문신으로 도배한 험상궂은 인상의 남자였다. 후드티를 입은 이가 품에서 봉투를 꺼내 문신을 한 이에게 건넸다. 갈색 봉투를 열어 안을 살펴본 남자가 만족한 듯 이빨을 드러내며 히죽 웃었다.

"이야, 빵빵하네? 입에 자크 꼭 채울 테니까 걱정하시지 말고. 자크 열릴 거 같으면 또 연락할게. 한 두어 달 걸리려나? 그때도 잘 부탁해."

후드티를 입은 이는 대답이 없었다. 별다른 반응을 보이지 않자 문신으로 도배한 남자는 고개를 까닥거리더니 몸을 돌려 걸어갔다. 가만히 서서 지켜보고 있던 후드티를 입은 이가, 남자의 모습이 사라진 걸 확인한 뒤 재빨리 걸음을 옮겨 뒤를 쫓았다. 빠른 걸음으로 걷다 보니 아까 그 남자의 모습이 다시 드러났다. 들키지 않게 조심스레 미행하며, 후드티를 입은 이가 스마트폰을 꺼내 메시지를 보냈다.

— 포비아 테스트 시작 – 촬영 준비 완료. 실행 허가를.
— 진행 허가.

후드티를 입은 이가 스마트폰을 들어 촬영을 시작했다. 자신을 촬영하고 있다는 사실을 전혀 모르는 남자는 걸으면서도 봉투를 몇 번이고 열어 안을 들여다보며 내용물을 확인했다.

"이게 다 얼마야? 몇 번 반복하면 새 차 뽑는 거는 금방이겠는데?"

남자가 콧노래를 흥얼거렸다. 턱이 간지러운지 손을 갖다 대고 연신 긁어댔다. 지나가던 행인 한 명이 그런 남자를 피해 슬쩍 거리를 벌렸다. 누가 봐도 위험한 인물로 보이는 인상이니 당연했다. 남자는 사람들의 그런 행동을 싫어하지 않았다. 골려 주려고 일부러 눈을 부라리며 행인을 쏘아보는데, 검은 그림자가 휙 자신의 발밑으로 지나갔다. 길고양이였다. 남자가 놀라 소리쳤다.

"아 깜짝이야! 니미 저 괭이 새끼가. 뒤지려고."

남자는 고양이를 싫어했다. 그냥 싫은 감정을 넘어 혐오했다. 기분을 잡친 남자가 길바닥에 침을 뱉으며 욕설을 내뱉었다. 한참을 욕을 지껄이던 남자가 주차해 둔 자신의 차 쪽으로 다시 걸음을 옮겼다. 그런 남자의 눈에 하나, 둘 작은 그림자들이 움직이는 게 보였다. 남자가 우뚝 멈춰 섰다. 표정은 잔뜩 굳어 있었다. 남자는 더는 앞으로 나아갈 수가 없었다.

"뭔 고양이가 이렇게 많아……."

남자의 주변으로 고양이들이 모여들기 시작했다. 남자가 당황하며 여기저기 발길질을 해댔지만, 고양이들은 떨어지기는커녕 더 늘어만 갔다. 드문드문 보이는 주변 사람들에게 남자가 악을 썼다.

"쳐다만 보지 말고 도와달라고! 여기 고양이 새끼들이 사람 습격하잖아, 지금!"

남자의 말에 몇몇의 시선이 움직였지만, 그들 눈에는 아무것도 보이지 않았다. 의아해하는 사람들의 눈빛을 보며 남자는 뭔가 이상하다는 걸 느꼈다. 근처 담벼락에 이미 수십 마리는 족히 되어 보이는 검은 고양이들이 줄지어 늘어섰다. 남자의 온 사방이, 고양이로 뒤덮였다. 미야옹. 미야옹. 아기 울음소리 같던 고양이들의 울음이 조금씩 거칠어졌다. 하아악. 카아악. 키아악!!

"이런 쌍……!"

검은 고양이들이 담벼락에서 줄지어 뛰어내리는 걸 본 남자가 더는 버티지 못하고 고함을 지르며 차를 향해 있는 힘껏 뛰었다. 남자의 발악에 주변 사람들이 놀라 수군댔다. 헐떡이며 숨을 몰아쉬던 남자가 떨리는 손으로 차 문을 열었다. 운전석에 구겨지듯 들어간 남자가 품을 더듬거리며 차 키를 찾았다. 떨리는 손으로 시동을 걸고, 그대로 핸들을 잡았다. 이제 액셀만 밟으면 됐다. 그런데 남자의 발에 액셀 대신 무언가 물컹한 게 밟혔다.

"키아악!"

"으아악!"

바닥에 빽빽이 들어찬 고양이들이 엎드린 채 남자를 쳐다보고 있었다. 공포에 질린 남자의 어깨 너머로 쉭쉭거리는 소리가 들렸다. 남자가 룸미러를 올려다보니, 뒷좌석에도 온통 고양이들이 득실거렸다. 남자가 비명을 지르며 그대로 문을 박차고 나와 땅에 굴렀다.

"사, 살려 주세요! 사람 살려요! 고, 고양이가…… 사
방팔방에 고양이가!"

사람들이 남자의 주위로 모여들어 웅성대기 시작했
다. 젊은 커플이 남자의 모습을 촬영하고 있었다. 둘은
남자가 발버둥 치는 모습이 신기한지 서로 신나게 떠드
는 중이었다. 그 옆에 초록색 후드티를 입은 남자가 스
마트폰을 든 채로 서 있었다. 남자는 초록색 후드티를
알아보지 못했다. 그럴 겨를도, 정신도 없었다. 남자가
겨우 몸을 일으켜 차도를 향해 힘겹게 어기적어기적 걸
었다. 남자의 몸에 수십 마리의 고양이들이 매달려 울
부짖고 있었지만, 다른 사람들 눈에는 어기적거리는 남
자의 몸짓이 그저 이해할 수 없는 행동으로만 보일 뿐
이다.

"태, 택시…… 으아악! 아아악!"

얼룩 고양이가 남자의 목덜미를 물었다. 남자의 팔에
올라탄 검은 고양이도 물었다. 종아리에 날카로운 통증
이 느껴졌다. 고양이들이 이빨과 발톱을 남자의 온몸에
박아 넣고 있었다. 겁에 질린 남자가 울면서 비명을 질
렀다. 고양이들이 남자의 온몸을 뒤덮었다. 머리에까지
올라와 시야가 가려질 정도였다. 남자가 미친 듯이 얼

굴을 할퀴는 고양이들을 잡아 던졌다. 발악하던 남자의 동공이 순간, 좌우로 흔들렸다.

"이대로는 위험해. 위험하다. 안전한 곳으로 가자. 안전한 곳으로 가자. 안전한 곳으로……."

남자가 실성한 듯 웃으며 중얼거리다가 그대로 차도 중앙으로 달려들었다. 트럭 운전사가 급정거해 보려 했지만, 이미 늦은 뒤였다.

트럭에 정면으로 부딪힌 남자의 몸이 공중에서 돌다가 몇 미터 밖으로 떨어지며 널브러졌다.

사람들의 비명이 터져 나오는 가운데, 초록색 후드티를 입은 남자가 촬영을 종료하고 메시지를 보냈다.

─포비아 테스트 완료 – 성공. 구강뿐만이 아니라 피부에 침투해도 효과는 동일. 다양한 방법으로 사용 가능 확인. 증거 영상 확보.

─확인 완료.

초록색 후드티를 입은 남자가 품속에 스마트폰을 집어넣은 채 몸을 돌렸다.

사고 현장에 몰려드는 인파를 피해, 그가 유유히 사라졌다.

1장

혐오스런 선데이 클럽

선오의 메시지

"여기까지인 것 같네."

문혁의 목소리는 차가웠다. 그런 문혁의 표정을 선오는 가만히 지켜보았다. 선오가 두 눈을 깜박였다. 문혁이 선오의 시선을 피해 고개를 돌렸다. 선오의 눈을 보는 순간, 자신도 눈물이 날 것 같았으니까. 그런 문혁의 귓가에, 부드러운 봄바람 같은 목소리가 스며들었다.

"……알겠어."

깨문 입술이 아팠다. 문혁이 힘겹게 고개를 돌렸다. 용기를 내 본 것이다. 그렇게 선오와 시선이 마주쳤다. 언제나처럼 따뜻한 눈빛이었다. 하지만 약간 달랐다. 선오의 눈빛은 항상 빛나고 있었지만, 지금은 달랐다. 희미하다. 그래. 문혁은 생각했다. 희미해졌다. 언제나 빛나던 그 빛은, 서서히 탁해지며 그림자를 찾아 웅크리고 있었다. 잠깐 문혁을 바라보던 선오가 말없이 몸

을 돌렸다. 문혁이 손을 내밀었다. 자기도 모르게 이어
진 행동이었다. 다행히, 선오는 보지 못했다. 문혁이 얼
른 내민 손을 다시 내렸다. 그만두자. 이제는 끝났다. 예
상했지만 너무 가슴이 아팠다. 이렇게 끝나는 건 싫다.
하지만. 어쩔 수 없어. 문혁의 공허한 시선이 멀어져 가
는 선오의 뒷모습을 따라갔다. 선오가 멀어지고 있었
다. 이제는 아까처럼 다시 잡을 수도 없이, 멀어져 버렸
다. 뛰어가면 한달음에 다다를 거리지만, 그럴 수 없다
는 걸 문혁은 잘 알고 있었다. 끝났어. 이 거리는 좁힐
수 없어.

내가 전부 망쳤어.

문혁은 애써 기분을 다스리려고 했다. 어차피 안 돼.
이게 현실이야.

주저앉은 문혁이 떨리는 손을 맞잡고 중얼거렸다.

그냥 꿈이었다. 꿈을 꾸었다고 생각하자. 꿈은 결국
깰 수밖에 없으니까.

문혁은 눈을 떴다.

책상에 엎드려 깜박 잠이 든 모양이었다. 자는 동안
팔이 계속 눌렸는지 몹시도 저렸다. 팔을 주무르던 문
혁의 시선이 자연스레 손목으로 향했다. 손목에 찬 스
마트워치가 수면 상태를 점검하는 중이었다. 시간은 새

벽 2시였다. 회사 일이 밀려 집에서도 업무를 하던 와중에 그만 잠이 들고 만 것이다. 그리고 하필이면, 그때의 꿈을 꾸었다. 문혁은 근처에 던져 놨던 스마트폰을 집어 들었다. 업무 관련 메시지들이 한가득할 게 분명했다. 역시나 그랬다. 잠이 덜 깬 상태로 메시지 알림들을 위로 올리다가, 부재중 전화 알림이 떠 있는 걸 뒤늦게 발견했다. 스팸 전화라기에는 시간대가 너무 늦다. 알림을 누르자 발신자 정보가 화면에 떴다. 그 순간, 잠이 다 달아나 버렸다. 발신자가 이선오였기 때문이다. 오랜 시간이 흐른 지금도 선오의 번호는 문혁의 스마트폰에 저장된 그대로였다.

이선오. 지금 제일 잘나가는 연예인이 누구냐고 묻는다면 십중팔구 이선오를 떠올릴 것이다. 배우로도 가수로도 성공하여 수많은 팬이 존재한다. 다른 연예인의 팬들이 종종 질투심에 선오의 과거를 캐서 흑역사를 찾으려고도 했지만, 까도 까도 미담만 나오는 인성에 혀를 내두르며 오히려 호감도가 올라가기도 했다. 그만큼 완벽한, 천생 스타인 셈이다. 그런 선오의 인성은 그 누구보다 문혁이 잘 알고 있었다. 예술고 시절 동급생이자 절친이었으니.

졸업 후 연락도 하지 않는 절친이 어디 있어. 문혁은

씁쓸한 표정으로 부재중 전화가 온 시간을 확인했다. 새벽 1시였다. 왜 이 늦은 시간에 자신에게 연락했을까. 문혁은 잠깐 고민했다. 그 잠깐 동안에 오만 가지 생각들이 머릿속을 맴돌았다. 원망, 후회, 죄책감, 질투, 우정, 극본. 우리가 함께했던 그 시절들. 선오도 그 추억들이 떠올랐을까. 세월이 많이 지났으니. 문혁이 통화 버튼을 누르려다, 멈칫했다. 시간이 너무 늦기도 했고, 방금 꾼 그 꿈이 다시 떠올라서였다. 용기가 나지 않았다. 아직 준비되지 않았다. 두근거리던 가슴이 조금 진정되자, 부재중 전화 알림 말고도 다른 알림이 눈에 들어왔다. 미확인 메일들. 회사에서 보낸 게 대부분일 테지만 혹시나 하는 마음에 문혁은 메일을 확인했다.

목록 맨 위에 개인 메일이 와 있었다. 발신자는 이선오. 그것도 20분 전에 발송한.

문혁은 메일을 클릭했다. 자신이 전화를 받지 않자 메일을 보냈으리라 짐작하며.

여전히 외우고 있어. 네가 써 준 모든 대사를.

두 문장이 전부였다.

문혁이 다시 통화 버튼 위로 손을 가져갔다. 문혁은

갈등하고 있었다. 지금 통화를 시도하느냐, 마느냐로. 그날 이후 7년이 지날 동안 한 번도 연락하지 않았다. 무심코 통화 버튼을 눌러 버렸다. 하지만 곧바로 종료해 버렸다. 누르자마자 바로 종료했으니 부재중 알림은 뜨지 않았을 것이다. 피곤했다. 업무 마감이 밀려 며칠 잠을 설쳤다. 머리가 아파 와 스마트폰을 침대맡 탁자 위에 올려두고 문혁은 그대로 드러누웠다. 선오의 연락을 받으면 어떤 반응을 보여야 할지 고민되기 시작했다. 잠이 오지 않았다.

　시간이 지나고 해가 떴다. 침대에서 일어난 문혁이 잠깐 멍하니 앉아 있다가 천천히 몸을 움직였다. 출근 준비를 위해서였다. 밤새도록 고민하느라 잠을 거의 자지 못했다. 혹시 다시 연락이 왔을까 해서 스마트폰을 확인했지만, 새벽 이후 선오의 연락은 없었다. 욕실로 향하며 거실에 있는 TV도 일어나라고 깨웠다. 혼자 사는 문혁에게 TV에서 나오는 목소리들은 혼자가 아님을 느끼게 해 주는 도구였다. 그냥 사람 목소리가 듣고 싶을 뿐이니 보통은 틀어 놓기만 하고 다른 일을 하는데, 묘한 기분에 욕실로 들어서다 말고 뒤돌아 화면을 바라보았다. 문혁은 스마트폰을 그대로 바닥에 떨구었다. 얼굴색이 창백해졌다. 두 눈은 동그랗게 커지고 입은 벌어진 채로. 문혁은 주춤거리며 TV 앞으로 걸음을 옮겼다. 수도 없이 틀어 주는 케이블 예능 프로그램 재방송을 보려는 것이 아니다. 화면 밑에 떠 있는 속보 문구를 확인하려는 거였다. 문혁이 떨리는 손으로 리모컨을 들어 채널을 돌렸다.

……유명 배우이자 가수인 이선오 씨가 숨진 채 발견됐다는 소식입니다. 이선오 씨가 발견된 건 새벽 4시경입니다. 발견된 장소는 이선오 씨가 거주하던 건물 아래 화단 근처이며 발견 당시 이미 심정지 상태였던 것으로 확인됩니다. 발견 즉시 병원으로 옮겨졌으나 결국 숨졌습니다. 사망 원인에 대해 경찰은 경위를 파악하고 있으며 모든 가능성을 열어 둔 상황이지만, 발견 당시 만취 상태였던 점과 거주지 건물에서 추락한 걸로 보아 극단적인 선택으로 굳어지는 상황…….

선오가 죽었다. 믿기지 않았다. 갑자기 가슴이 답답해졌다. 머리가 지끈거리며 울렸다. 그대로 바닥에 주저앉은 문혁은 뒤로 드러누웠다. 숨이 가빠져 연신 심호흡을 했다. 이게 무슨 상황이야. 선오가 왜 죽어? 새벽 4시라고? 문혁이 몸을 일으켜 그대로 기어가 아까 떨어트린 스마트폰을 들었다. 연락할까 말까 갈등했던 그때. 그때가 새벽 2시 30분경이니, 한 시간 반 후 선오가 죽은 것이다.

문혁은 곧바로 인터넷 기사를 검색했다. 속보로 올라온 머리기사 대부분은 이선오의 죽음에 관한 기사들이었다. 이선오 투신자살인가, 연예계에 만연한 우울증의 공포, 화려한 인기 뒤에는 말할 수 없는 고충이 만연한, 왜 연예인의 자살은 끊이지 않는가, 태양이 떨어졌다.

문혁이 정신없이 고개를 흔들었다. 그럴 리가 없어. 선오는 그렇게 쉽게 꿈을 포기하는 놈이 아니야.

들고 있던 스마트폰이 갑자기 몸을 떨었다. 문혁의 시선이 스마트폰 화면으로 향했다. 모르는 전화번호였다. 평소라면 모르는 번호는 무시하지만, 지금은 경황이 없었다. 뭔가에 홀린 듯 문혁은 통화 버튼을 눌렀다.

"혹시 강…… 강문혁 씨 맞나요?"

살짝 더듬거리는 젊은 여성의 목소리가 들렸다. 문혁이 얼떨결에 대답했다.

"네. 맞습니다."

잠깐 침묵이 흐른 뒤, 약간 거칠어진 숨소리가 문혁의 귀에 어렴풋이 들렸다.

"……생각대로네. 번호 안 바꾸고 여전히 유지하고. 너라면 안 바꿀 줄 알았어."

"누군데."

"기억 안 나? 하긴 오랜 시간이 지났으니. 혹시……
뉴스 봤어? 선오가…….."

목소리가 귀에 익었다.

"……죽었다고. 그것도 자살이래. 말도 안 돼! 그럴
리가 없잖아!"

다짜고짜 버럭 외치는 소리. 그제야 문혁은 전화를
걸어온 이가 누군지를 떠올렸다.

"……너 아린이니?"

"이제 기억나?"

"너무 오랜만이라서."

다시 어색한 침묵이 이어졌다. 그리고 역시 그 침묵
을 깬 건 아린이었다.

"오래 지났지……. 하지만…… 아무튼 선오가 자살
이라니 이게 말이 되냐고. 너는 믿어 이걸?"

문혁의 입술이 떨렸다. 선오의 자살. 믿을 수도 없고
믿고 싶지도 않았다.

"……잘 모르겠어."

"……누구보다 선오를 잘 아는 사람이잖아. 우리."

"……."

"말이 없네. 긍정하는 거야? 아니면 부정하는 거야?"

박아린. 문혁의 옛 친구이자 예술고 동급생.

그리고 선오와 함께 항상 같이 어울리던 삼인조 중
한 명.

그 일이 있기 전까지, 셋은 함께 웃고 함께 떠들며 같
은 작품을 준비하던 친구들이었다.

회상

문혁이 예술고에 진학하면서 마음에 되새긴 다짐은
'친구는 필요 없다'였다. 친구는 필요 없다. 모두 경쟁자
였다. 문혁은 자신에게 어떤 장점이 있고, 어떤 길을 가
야 하는지를 고심하고 또 고심했다. 문혁은 성공해야만
했다. 어린 나이라도 문혁이 현실을 바라보는 눈은 어
른과 다르지 않았다. 그리고 이는 문혁에게 강한 동기
가 되었다. 그렇게 문혁은 자신이 가야 할 길을 결정함
과 동시에 방해될 요소들을 무시하기로 했다. 인간관계
따위는 중요치 않아. 문혁은 그렇게 생각하며 높은 벽
을 쌓았다. 그리고 그런 문혁의 바람대로 아무도 문혁
에게 다가오지 않았다. 문혁이 친 벽은 누구라도 느낄
수 있었다. 사람은 벽을 느끼면 피한다. 자신을 거부하

는데 굳이 접근할 이유가 없는 거였다. 문혁이 바라던 결과였고, 그렇게 생각했었다.

벽을 피하지 않고 오히려 부수고 들어오려 한 아린이 없었다면.

"강문혁. 어이."

"……."

"뭘 책만 그렇게 보니? 좀 나가서 햇볕도 쬐고 그래 봐. 참, 나는 박아린."

문혁은 구태여 대꾸하지 않았다. 어울리고 싶지 않았다. 문혁이 원하는 건 빨리 자신의 재능을 갈고닦아 가야 할 길을 걷는 거였다. 왜 굳이 밀고 들어와서 귀찮게 하는 걸까. 다들 그런 문혁을 피했고 문혁 역시 바라던 바였지만, 아린은 달랐다.

"야. 사람이 말을 거는데 무시하면 그게 매너니?"

"……."

"대답할 때까지 계속 말 건다?"

"……미안."

"하, 이제야 대답하네. 오. 은근 목소리 좋다 너?"

누구한테나 밝게 웃는 박아린. 항상 친절하고, 미소를 잃지 않고, 모두가 좋아하는 아이. 하지만 이런 아린의 존재는 문혁에게는 부담이었다. 말 걸지 말아 줘, 제발. 아린은 그걸 알까? 방긋 웃으며 아린이 문혁의 어깨를 토닥거렸다.

"되게 불편한가 봐? 그냥 알은척만 해도 돼. 첫걸음은 서로 알은척, 어때?"

"……."

아린의 말에 문혁은 난감해졌다. 아린의 접근이 부담됐지만, 그렇다고 무시하기도 쉽지 않았다. 더군다나 반에서 겉도는 자신과 어울리는 건 아린에게도 좋을 게 없다고 생각했다. 문혁이 아린의 눈을 쳐다보았다. 문혁의 싸늘한 표정과 눈빛이 뭘 말하려는 건지는 누구라도 알 수 있었다. 자신이 내향적이고 외톨이 같아 보여서 동정심으로 다가온 거라면 필요 없다고 말하는 눈빛이었다. 아린이 그런 문혁의 눈을 뚫어지게 쳐다보다가, 뜬금없이 말했다.

"싸울까?"

"뭐?"

"싸움 거는 눈 같은데? 뭐, 한번 싸우고 친해지는 것도 좋긴 하지."

예상치 못한 반응에 문혁은 당황했다. 아린이 깔깔 웃으며 손사래를 쳤다.

"농담이야. 너 그런 눈 안 어울려. 그리고 그런 애로

25

도 안 봤고. 그럼 간다? 쌩까면 계속 귀찮게 할 거다?"

아린이 떠난 뒤에도 문혁은 멍하니 앉아 있었다. 뭐 저런 애가 다 있지? 순식간에 흐름을 자신에게로 끌어당긴다. 아린의 곁으로 친구들이 몰려들었다. 그중 한 명이 맨 뒷자리 창가 구석에 앉아 있는 문혁을 흘깃 보더니, 아린에게 물었다.

"쟤랑 뭔 얘기 했어? 뭐 하러 말을 걸어……."

"왜? 말 걸면 안 돼? 니들 문혁이가 맨 구석 자리에 앉고 말도 안 하니까 이상하게 보는 거잖아. 근데 봐 봐. 공부 열심히 하려면 맨 앞에 앉는 게 더 낫지 않아?"

"하긴 그렇네……."

"나는 알거든? 왜 문혁이가 저 자리에 앉는지."

아린이 미소를 지었다.

'가끔 지나다니는 고양이들이 제일 잘 보이는 곳이니까.'

아린은 얼마 전 우연히 목격한 광경을 떠올렸다.

비가 세차게 내리던 날이었다. 집으로 돌아가던 길에 아린은 길가에 쭈그리고 앉아 있는 문혁을 발견했다. 평소 아린은 사람들을 관찰하길 좋아했다. 그건 아린의 꿈과도 매우 깊은 연관이 있었기에. 그날도 아린은 눈치채지 않게 살짝 몸을 숨기고 그런 문혁을 관찰했다.

투명한 우산이라 문혁의 등이 보였다. 우산을 보며 아린은 피식 웃었다. 뭔가 문혁이 풍기는 분위기와 어울리지 않았기 때문이다. 한참을 앉아 있던 문혁이 우산을 내려 두고 일어섰다. 아린의 눈이 동그래졌다. 문혁은 그대로 비를 맞으며 잠깐 내려다보더니, 곧바로 몸을 돌려 걸어갔다. 문혁이 사라진 걸 확인한 아린은 문혁이 내려놓은 우산 쪽으로 다가갔다.

새끼 고양이였다. 비를 피해 바위틈에 숨어 눈치를 보고 있었다. 아린이 미소를 지었다. 저만치서 울음소리가 들렸다. 새끼 고양이가 울음소리를 듣고 반응했지만, 아린을 경계하며 밖으로 나오지 못했다. 아린이 슬그머니 일어나 뒤로 물러서자, 새끼 고양이가 후다닥 튀어나와 울음소리가 들린 곳으로 달려갔다.

"엄마 왔나 보네! 빨리 가! 얼른!"

아린이 손을 흔들며 잘 가라고 외쳤다. 남은 건 문혁의 투명한 비닐우산뿐이었다. 아린이 가만히 문혁의 우산을 접어 들었다. 그때부터, 아린은 문혁을 몰래 관찰하기 시작했다.

다들 신경 쓰지 않는 어질러진 청소 도구함을 슬그머니 정리한다든가.

하굣길에 발견한 길고양이들 먹이를 챙겨 주다가 아

지트까지 만들어 준다든가.

그렇게 조금씩 문혁의 다양한 모습들을 알아 가면서 평소 무뚝뚝한 모습이 전부가 아니라는 걸 알게 되었다. 그리고, 점점 문혁에 대해 궁금해졌다.

말하지 않고 그저 웃는 아린을 친구들이 영문을 모르겠다는 표정으로 바라보았다.

"남들이 모르는 비밀을 나만 알고 있는 거, 은근 기분 좋다?"

"또 이상한 얘기 시작한다. 다들 귀 막아. 아린이 페이스에 말린다 이제."

"야야. 나 뭔가 필 왔어! 그래도 문혁이 쟤가 좀 잘생겼잖아. 설마? 아린이 너?"

"야! 이것들이?"

까르르 웃는 친구들 틈에서 아린도 같이 웃다가 살짝 고개를 돌려 문혁 쪽을 보았다. 창밖을 바라보는 문혁의 옆모습이 보였다.

그렇게 며칠이 지났다. 연출반 아이들 누구도 아린을 거부할 수 없었다. 그건 문혁도 마찬가지였다.

"강문혁! 안녕?"

"······."

어느새 둘은 친구가 되었다. 계속 밀어내는 것도 한

계가 있었기에. 체념한 문혁이 아린의 일방적인 대화에 간간이 맞장구쳐 주는 게 전부였지만. 알고 보니 아린은 문혁의 경쟁자도 아니었다. 아린은 같은 연출반이긴 했지만, 이미 자신의 꿈을 따로 정하고 그 길을 따라가는 중이었다. 각자 목적지는 달라도 똑같이 꿈을 좇아 길을 걷는다는 점 역시 문혁이 아린을 좀 더 쉽게 받아들인 이유 중 하나였다. 아린의 꿈은 로맨스 소설을 쓰는 거라고 했다. 연출반에 들어온 이유도 창작자로서의 감각을 익히기 위해서였다. 아린은 캐릭터 구상을 위해 주변 사람들을 틈틈이 관찰해 왔고, 문혁 역시 거기에 포함되었다. 대화 내용의 태반은 아린이 구상 중인 소설 이야기, 그리고 소설 캐릭터들 이야기였다.

"반응이 별로다? 원래 로맨스 소설은 남주랑 여주가 메인이라 독자들 맞춤으로 가야 하는 건 맞지. 하지만 작가가 개인적으로 좋아하는 캐릭터들도 있잖아? 최애들이 따로 있다고, 최애. 지금 소설에서는 여주 친구면서 겉으로는 무뚝뚝한데 속은 알고 보니 사려 깊고 따뜻한 서브남주야. 누구 떠오르지 않아?"

"……몰라."

"생각이라도 해 보는 척하고 뜸 들여 답하면 뭐 어디 덧나니?"

"······진짜 몰라."

"어휴. 그냥 말해 줄게 그럼."

아린이 미소를 띤 표정으로 문혁을 바라보며 멋쩍게 중얼거렸다.

"······바로 너야. 강문혁. 그래서 정말 놀랐다고. 내가 구상했던 캐릭터가 현실로 나왔나 해서."

극본, 오필리어

아린의 목소리를 듣는 것은 선오 때와 마찬가지로 7년 만이었다. 문혁은 둘 다 이제 볼 일은 없다고 생각했고, 그렇게 행동했었다. 고등학교 졸업 후 아예 연락이 없었던 것은 아니다. 선오도, 아린도 초창기에는 문혁에게 연락했었지만, 문혁이 피했다. 계속되는 회피에 둘의 연락도 끊긴 채 시간이 흘렀다. 모처럼의 재회가 선오의 죽음에 관련된 거라니. 문혁은 복잡한 감정을 느꼈다. 오랜만에 듣는 아린의 목소리가 무척 반가웠지만, 선오의 죽음은 그런 감정들을 어둠만이 깔린 바닥으로 끌고 가고 있었다. 갑자기 아린의 목소리가 커졌다.

"문혁아."

아린의 목소리가 이전과는 달랐다. 그리고, 문혁은 바로 현실을 자각했다.

"……오랜만이야."

"그래."

"……반가운 척이라도 해라. 지금 네 표정 다 보여. 무뚝뚝한 표정이지? 말 짧은 것도 그래. 어떻게 지금도 똑같냐 진짜. 대단하다 너도. 내가 말이지 고등학교 때 너랑 대화하면 항상 분위기가…….”

아린이 쉬지 않고 떠드는 건 익숙했지만, 목소리는 익숙하지 않았다. 문혁은 가만히 듣고만 있었다. 아린 은 말할 때 목소리가 항상 밝았다. 하지만 지금은 그렇 지 않았다. 문혁은 처음 전화를 받았을 때의 아린의 목 소리를 떠올렸다. 떨렸고, 더듬었고, 거칠었다. 숨소리 마저도. 계속 들리는 목소리는 예전과는 달랐다. 억지 로 참는 듯한 소리였다.

"……그래서 내가 나중에 말했지. 원래 문혁이가 이 런 애야 하니까 선오도…… 여보세요? 문혁아? 너 듣고 있어? 왜 말이 없어?"

문혁이 조용한 목소리로 답했다.

"아린아."

"……."

"그냥 울어도 돼."

아린이 말을 멈췄다. 들썩이는 숨소리 이후 흐느끼는 소리가 들려왔다. 울고 싶었을 거다. 문혁 역시 울고 싶은 기분이니까. 아린이 훌쩍이는 소리가 점점 커졌다. 스마트폰을 쥔 문혁의 손이 떨렸다. 지금은, 아무 말 없이 울게 내버려 두는 게 나았다. 아린이 문혁에게 연락한 것은 혼자 버티기 힘들어서였다. 울음소리가 서서히 사그라들었다.

"선오가 죽었다니까…… 나, 바로 네가 생각나서…… 미안해, 문혁아…… 그동안 연락도 안 하다가."

"괜찮아."

"……펑펑 울었더니 좀 풀리네. 고마워."

하지만 여전히, 선오의 죽음은 감정을 억누르고 있었다. 당분간은 힘들 거야. 문혁이 두 눈을 질끈 감았다. 일단은 이 잠식에서 벗어나야 했다.

"너, 글은?"

"글이라. 내 근황이 궁금해?"

"일단은."

"그래도 기억해 주고 있네."

"……친구니까."

아린이 자신을 배려하려고 일부러 밝은 척 목소리를 내고 있다는 사실에 문혁은 감사했다. 하지만 문혁은 여전히 표현에 서툴렀다. 7년이 지났음에도.

"글은 잘됐어?"

그런데도 애써 분위기를 전환하려고 물었다. 그러지 않으면 다시 울 것만 같았다. 이번에는 문혁까지도. 눈가가 촉촉해지긴 했다. 그건 선오의 죽음에 대한 슬픔과 아린과 오랜만에 대화하는 반가움이 겹쳐진 결과물이었다. 아린이 기운을 차리려는 듯 헛기침을 했다.

"나름 성공했어. 혹시 '달로아' 작가, 알아?"

"모르는데."

"……너 정말 아예 예술과는 담쌓은 거야?"

"……."

문혁의 침묵에 아린은 뭔가를 생각하는 듯 잠시 말을 멈췄다. 하지만 곧바로 아무렇지 않게 대화를 이어 갔다.

"내 필명이야. 얼마 전에는 소설 매출 1위 기념 인터뷰도 했어. 물론 내 정체는 숨기고."

"대단하네."

"……뭔가 대놓고 자랑하는 거 같아 부끄럽지만, 문혁이 네가 인정해 주니 기분 좋네. 여전히 무뚝뚝하지만."

"미안."

"……목소리 계속 듣고 있으니 진짜 옛날 생각난다. 그동안 너는 어떻게 지냈어?"

아린은 고등학교 때도 항상 꿈을 잃지 않았다. 그건 선오도 마찬가지였다. 삼인조 중 유일하게 꿈을 버린 것은, 바로 문혁 혼자였다. 대답 없이 침묵이 돌자, 아린이 다시 말을 꺼냈다. 아마도 분위기를 눈치챈 것 같았다. 아린은 분위기 파악에 탁월했다.

"뭐, 나랑 멀쩡히 통화하고 있으니 잘 지내는 거겠지? 음…… 일단 내가 전화한 이유는 그거야. 선오 소식을 듣고 바로 문혁이 네가 떠올랐어. 혹시 그동안 둘만의 연락이 있었다든가…….."

"연락은 안 했어."

"……그렇구나."

문혁의 목소리가 조금 낮아졌다.

"……하지만 그날 새벽에 메시지를 받았어."

아린이 놀라며 물었다.

"뭐? 진짜? 사고 전에? 무슨 얘기를 했는데?"

문혁의 목소리가 낮게 가라앉았다.

"통화는 아니고, 메일을 받았어."

다시 침묵이 이어졌다. 선오의 메시지. 아린이 다시 입을 열어 침묵을 깼다.

"……문혁아. 만나자 우리. 만나서 얘기하자."

"……."

"오랜만에 너 얼굴도 볼 겸. 통화보다는 너한테 직접 듣는 게 나을 거 같아."

7년이 지났음에도 문혁은 여전히 자신의 주변에 벽을 친 상태였다. 문혁은 바로 대답하지 못했다. 이제 와서 다시 보면 뭐가 변할까? 돌아갈 수 없는 과거가 생각나 마음이 아프겠지. 하지만. 학창 시절 자신이 친 벽을 가장 먼저 부수고 들어온 사람은 아린이었고, 지금도 마찬가지다.

"……싫어?"

다시 아린의 목소리가 떨리는 게 느껴진다. 문혁은 눈을 감았다. 선오와 아린이까지 함께 어울려 밝게 웃던 그때가 떠올랐다. 슬픔에 잠긴 아린을 보는 건 싫었다. 문혁에게 선오와 아린은 둘뿐인 친구였으니까. 그리고, 이제는 그때처럼 부서지긴 싫었다.

"……그래. 만나자."

"아! 정말?"

"장소 보내 줘."

"알았어. 장소 보내 줄게. 시간이나 그런 건 네가 편한 대로 잡으면 되고. 그럼 다시 연락할게."

아린이 잠깐 뜸을 들이다가, 속삭이듯 말했다.

"고마워."

통화가 끝났다. 문혁은 멀뚱히 스마트폰 화면을 바라보았다. 새벽부터 지금까지, 이 몇 시간 동안 세찬 바람이 몰아친 느낌이었다. 선오의 메시지부터 죽음, 그리고 7년 만에 아린에게서 온 연락. 이 모든 게 단 몇 시간 사이에 일어난 일이다. 문혁이 일어나 욕실 문을 열었다. 일단은 뜨거운 물로 샤워하고 싶은 마음이 간절했다.

샤워를 마치고 나온 문혁이 머리를 드라이기로 말리며 벽시계를 쳐다보았다. 다행히 출근에는 늦지 않을 것 같았다. 대충 말리고 정리한 뒤, 방에 들어선 문혁은 옷장을 열었다. 왠지 검은색 옷을 입고 싶었다. 준비를 마친 문혁이 곧바로 노트북 백팩을 챙겼다. 어수선한 기분이었지만 문혁의 성격상 출근을 미룰 수는 없었다. 거울 앞에 서니 잠을 못 자서 그런지 눈 밑에 희미한 눈그늘이 생긴 게 보였다. 거울을 보며 입꼬리를 살짝 올려 보았다. 조금이나마 올라갔지만 유지하기 힘들었다. 문혁이 그대로 몸을 돌렸다. 그리고, 선오의 메시지가 떠올랐다.

여전히 외우고 있어. 네가 써 준 모든 대사를.

문혁은 방을 나서려다가 멈춰 섰다. 옷장으로 다가가 팔을 뻗어 옷장 위 먼지가 덮인 상자를 잡고 바닥에 내렸다. 기억대로라면 아마 이 안에 있을 거야. 문혁이 상자 뚜껑을 젖히며 안을 뒤적였다. 영화 잡지, 대본집, 연출 교재 등 전부 예술고 시절 공부하던 자료들이다. 상자 가장 깊숙한 공간에 그 극본이 있었다. 만감이 교차하는지 한동안 극본을 바라보던 문혁이, 그대로 노트북 가방 안에 집어넣었다. 현관을 나서고, 택시를 부르고, 뒷좌석에 앉아 바깥 풍경을 보는 와중에도 문혁은 가방 안에 챙긴 낡은 극본만 생각하고 있었다.

극본, 〈오필리어〉.

문혁이 처음이자 마지막으로 쓴 작품.

그리고, 선오를 위한 극본이기도 했다.

*

퇴근 후 약속 장소에 도착하니 비가 내리기 시작했다.

카페는 한산했다. 먼저 도착한 문혁은 창가 쪽에 앉아 내리는 비를 지그시 바라보고 있었다. 저만치에서 단발머리를 한 여성이 우산을 쓴 채 종종걸음으로 걸어오는 게 보였다. 투명한 비닐우산이라 모습을 확인할

수 있었다. 아린이었다. 문혁이 고개를 돌려 자신의 복
장을 살폈다. 자세를 바로잡으면서 문혁은 깊은숨을 내
쉬었다. 문이 열리고, 아린이 우산을 접으며 문혁을 찾
았다. 문혁이 머쓱한 몸짓으로 슬쩍 손을 들었다가 내
렸다. 아린의 표정이 환해졌다. 뚜벅뚜벅 걸어온 아린
이 문혁을 보며 빙긋 웃었다.

"강문혁! 진짜 하나도 안 변했다?"

"너도."

"뭐 마실래?"

"아무거나."

"보통 아무거나면 아메리카노더라."

아린이 주문하기 위해 카운터로 다가갔다. 아린을 본
카페 직원이 얼른 고개를 숙이며 인사를 건넸다. 아마
도 이곳 단골인 듯싶었다. 주문을 마친 아린이 다시 돌
아와 문혁 앞에 앉았다. 어색한 침묵이 흘렀다. 7년 만
이니까 당연했다. 문혁은 익숙했지만, 아린은 침묵이
익숙지 않았다. 후, 하고 한숨을 내쉰 아린이 물끄러미
문혁을 바라보았다.

"좀 괜찮아?"

"일단은."

"……힘들겠지. 나도 겨우겨우 버티고 있으니까."

"……."

다시 침묵이 이어졌다. 무슨 말을 꺼내야 할지 몰라 문혁은 고민했다. 언제나 대화를 이끄는 쪽은 아린이었다. 아린이 입술을 깨물더니, 다시 한숨을 내쉬었다. 무거워진 분위기를 전환하고자 아린이 스마트폰을 꺼내 뭔가 검색하더니 곧바로 문혁에게 보여 주었다. 웹소설 플랫폼이었다.

"여기. 맨 위에 이게 내 소설."

"제목 좋다."

"고심 많이 했지. 결과적으로 잘됐으니 뭐. 너는 뭐 하고 지냈어?"

문혁의 시선이 아린의 눈으로 향했다. 7년 전과 똑같은 눈빛이다. 아린은 사람을 관찰하는 걸 좋아했고, 지금도 그런 눈빛이다. 문혁이 잠깐 고개를 숙였다가 다시 들었다. 그냥 평범한 회사원이야. 마치 대답을 들은 것처럼, 아린이 고개를 끄덕였다. 주문 대기 벨이 진동했다. 문혁이 일어서자, 아린이 말렸다.

"내가 가져올게. 카페 사장님 나오셨으니 인사라도 할 겸."

카운터로 간 아린의 뒷모습을 보며 문혁은 아린을 둘러싼 슬픈 기운을 느꼈다. 무척이나 힘들 것이다. 7년

전 그 사건 이후 세 사람은 뿔뿔이 흩어졌다. 그 과정에서 모두는 각자 아픔을 겪었다. 그 아픔을 치유하기 위해서는 다시 셋이 모이는 방법밖에는 없었다. 하지만, 이제는 그럴 수가 없다. 카페 사장으로 보이는 남성이 아린을 보며 인사를 건넸다. 아린이 답례한 뒤 커피를 가지고 돌아왔다. 따뜻한 아메리카노 잔을 입에 가져간 문혁이 한 모금 들이켰다. 커피 잔을 내려놓는 문혁을 보며, 아린이 진지한 표정으로 입을 열었다.

"그 선오의 메시지…… 무슨 내용이야?"

"메일이었어."

문혁이 스마트폰을 꺼내 선오의 메일을 열어 아린에게 보여 주었다. 메일의 문장을 확인한 아린의 표정이 살짝 굳어졌다. 한참을 바라보던 아린의 눈에 눈물이 글썽이기 시작했다. 잠깐 눈을 훔친 아린이 다시 문혁을 쳐다보며 말했다.

"……이해가 안 돼. 문장 내용 말이야. 우리 오필리어 얘기하는 거 같은데?"

"그렇게 생각해."

"……역시 선오도 그랬던 거야. 다시 돌아가고 싶었던 거라고. 우리가 그랬듯이. 아니, 모르겠어. 모르겠다. 나도 연락이 끊겼으니까. 하지만 이 문장은 오필리어를 말하는 거잖아! 그런데 왜……."

차마 다음 말을 꺼내지 못하고 아린이 다시 눈물을 닦았다. 선오의 죽음. 그것도 자살. 문혁은 아무 말도 하지 않고 가만히 있었다. 하지만 표정은 그렇지 못했다. 흔들리는 문혁의 눈이 아린과 마주쳤다. 서로 말없이 마주 보고만 있었다. 아린이 조용히 입을 열었다.

"자살할 리가 없다고. 이런 메시지를 보내 놓고."

"계속 생각했어."

문혁이 대답했다.

"계속 생각해 봤어."

"……."

"부재중 전화도 왔었어."

"……."

"받지 못했어."

"……괜찮아."

"받았다면."

"……문혁아."

"만약, 받았다면."

문혁의 눈에서 눈물이 떨어졌다. 닦을 생각도 하지 않고 문혁이 꼿꼿이 허리를 편 채로 아린을 쳐다보고 있었다. 테이블 위 아린의 손이 떨리는 게 보였다. 꽉 막

힌 듯한 목소리가 문혁의 입술 사이를 비집고 힘겹게
새어 나왔다.

"내가 다시 걸었다면."

"너는 잘못 없어."

문혁의 눈에서 눈물이 계속 흘러내렸다. 하지만 그때
통화 버튼을 눌렀다면. 그랬다면. 아린이 고개를 흔들
었다. 냅킨을 뽑아 문혁에게 건넸다. 문혁이 눈물을 닦
을 때까지 아린은 기다려 주었다. 문혁이 진정할 때까
지 아린은 뭔가를 골똘히 생각하는 모습이었다. 이윽고
아린이 차분히 말을 꺼냈다.

"……7년 만에 전화도 걸어왔고 오필리어를 언급하
는 메시지도 보냈어. 그런데 선오가 자살했다니까……
너무 이상하잖아. 그럴 리가 없다고."

문혁이 천천히 고개를 끄덕였다. 아린의 눈빛이 달라
졌다. 확신이 가득한 눈빛이었다.

"문혁이 너는 잘못 없어. 그리고 선오는 자살한 게 아
니야. 메시지를 보니 더 확신이 들어. 같은 생각을 하는
친구들이 몇 명 있거든? 의견을 좀 물어봐야겠어."

"……친구들?"

아린이 오픈 채팅방에 메시지를 보냈다.

아린: 다들 지금 뭐 해? 공지 있음!

잠시 후 메시지들이 하나씩 올라왔다.

연모: 네 누나 확인했습니다.
주리: 저도요.
지찬: 무슨 공지?

아린의 손가락이 빨라졌다.

아린: 오늘 사무실에서 긴급 모임! 선오와 관련된 일이야!
아린: 다들 힘든 거 알지만, 꼭 참석 부탁해!

아린이 고개를 들어 문혁을 쳐다보았다. 갑작스레 벌어진 상황에 문혁이 영문을 모르는 표정을 지었다. 아린이 다부진 표정으로 말했다.

"다들 선오를 진심으로 좋아하는 팬이고 서로 본명도 깔 만큼 친구들이야. 선오가 얼마 전 팬 미팅 때 신곡 기대해 달라며 좋은 노래 들려주겠다고 약속했거든……. 그래서 선오가 자살했다는 걸 믿지 않아."

"……."

"……선오의 메시지가 뭘 뜻하는지 생각을 물어보게."

아린 말고 다른 사람들과 어울리는 게 불편했지만, 아린을 생각해서 문혁은 참기로 했다. 같은 생각을 공유하는 친구들에게 의지하는 것도 슬픔을 나눌 수 있는 좋은 방법이니까. 아린이 그런 문혁을 보며 다시 말을 이었다.

"……아직도 사람들이랑 어울리는 게 불편해?"

"그냥, 뭐."

"너무 걱정 마. 몇 명 안 돼. 사실 나도 친구 별로 없어. 이 사람들 제외하면."

놀랄 일이었다. 예전의 아린은 사람을 끌어들이는 매력의 소유자였다. 그런 아린이 친구가 없다니. 아린이 피식 웃으며 중얼거렸다.

"그냥…… 사람 많이 사귀어 봤자 자꾸 겉돌기만 하더라고. 지금은 차라리 이게 편해."

아린이 애써 밝은 표정을 지었다.

"선오 팬들을 선데이라고 불러. 선오 팬질하다가 어찌어찌 마음 맞는 애들이랑 가끔 모여 얘기하고 그랬거든?"

아린이 식은 커피를 단숨에 들이켰다. 그리고 곧바로 문혁에게 말했다.

"가자. 너도 같이 가야 해. 선오가 메시지를 보낸 사람은 너니까."

아린이 분위기를 끌어당기고 있었다. 간절한 그 표정에, 문혁은 거부할 수 없었다. 문혁이 고개를 끄덕였다. 아린의 표정이 다시 환해졌다. 문혁이 물었다.

"사무실은 어디야?"

"이 건물 6층에 있어. 그래서 여기서 보자고 한 거야."

아린이 일어섰다. 문혁 역시 따라 일어섰다. 계산을 마친 아린이 창밖을 바라보았다. 어느새 비는 그친 모양이었다.

둘은 카페를 나와 말없이 건물 복도를 걸었다. 아린과 같이 걷는 동안 하나둘 과거의 추억들이 떠올랐다.

회상

예술고에서 가장 힘이 센 곳은 바로 연기반이었다. 예술고의 얼굴이라고 불릴 정도였다. 수많은 배우를 배출한 까닭에 명문으로 인식되었고, 그에 걸맞게 각지에서 많은 인재가 모여 경쟁률도 높았다. 따라서 연기반 아이들은 자부심이 대단했다. 문제는 그 높은 자부심이 다른 반 아이들에게는 거만하게 보였다는 점이다. 아직 어린 학생들이기에 말을 거르는 능력이 부족했으니, 당연히 크고 작은 문제들이 생기기 마련이었다.

"연출가는 지휘자야. 무대에 압도당하면 안 돼. 무대를 압도해야지."

지도교사의 조언에 연출반 아이들은 방과 후 공연실을 빌려 현장 경험을 쌓기로 했다. 의견을 제시한 건 반장이었으나 적극적으로 움직인 건 역시 아린이었다. 어느새 교무실에 다녀온 아린이 손가락으로 동그라미를 만들며 웃었다. 연출반 아이들이 우르르 공연실로 몰려갔다. 문혁도 마찬가지였다. 평소와는 달리 얼굴이 약간 상기된 문혁을 보며 아린이 재밌다는 듯 물었다.

"기대하는 얼굴이다?"

"……무대잖아."

"에이. 무대 처음 본 사람도 아니고 새삼스럽게."

"연출가로는 처음이니까."

"아! 듣고 보니 맞는 말이네."

아린이 수긍하며 고개를 끄덕였다. 새로 만들어진 신식 공연실은 예술고에서 각종 행사 등에 주 무대로 쓰이는 교내 간판이나 다름없었다. 공연실에 도착하자마자 연출반 아이들이 여기저기 흩어져 살펴보기 시작했다. 무대에 올라가 보는 이도 있었고, 관객석에 앉아 전체적인 시야를 보는 이도 있었으며, 구조물이나 대기실로 통하는 출구 등을 살피는 이도 있었다. 아린은 직접 올라가 보는 경우였다. 아린이 무대에 올라가 몇 걸음 거닐어 보다가 아래에 있는 문혁을 보고 말했다.

"강문혁! 여기 올라와 봐!"

"아니. 됐어."

"빨리! 찐 무대라 여기 공기가 달라!"

"……."

"아, 재미없어. 반응 봐라, 저거. 야! 내가 너랑 말하다 보면 에너지가 막 빨려, 응? 기가 쫙쫙 빨려!"

아린의 외침을 들은 학우 몇 명이 무심코 킥킥 웃었다. 아린이 팩 쏘아보며 말했다.

"왜 웃어?"

"아린이 네가 제일 심하거든?"

"뭐가 심해?"

"기 빨리는 거. 너랑 있으면 다 너한테 기 빨려. 사돈 남 말은?"

"얘들이 진짜!"

문혁은 무대 아래, 관객석과 무대 사이의 공간에 서 있었다. 실제 거리는 얼마 되지 않았지만, 완전히 다른 세상이었다. 문혁의 위치는 정확히 중간이었다. 내가 관객일 때의 무대. 내가 연출가일 때의 무대. 무슨 차이일까? 문혁은 들고 있던 노트를 펼쳐 간단히 스케치를 했다. 관객석에서 무대를 보는 시점과 무대에서 관객석을 보는 시점 둘 다. 아린이 어느새 무대 아래로 내려와 그런 문혁 곁에 다가왔다.

"뭐 그리는 거야?"

문혁이 아린을 보며 대답하려는 순간, 공연실 입구가 열리며 수십 명의 학생이 들어왔다. 연출반 아이들 모두의 시선이 쏠렸다. 몰려온 이들이 무대를 둘러쌌다. 날카로운 인상의 남학생이 고개를 좌우로 돌리며 큰 소리로 물었다.

"여기, 누가 반장이야?"

"어. 난데……."

연출반 반장인 정수가 손을 들며 답했다. 뚜벅뚜벅. 반장 앞에 멈춰 선 남학생이 반장의 얼굴을 빤히 쳐다보았다.

"미안한데, 우리가 급하게 연습할 일이 생겨서."

"여, 연습?"

"모두 자리를 피해 줬으면 좋겠어. 무대에서 직접 시연해야 하거든."

시연이라는 말을 듣는 순간, 정수의 표정이 굳어졌다. 연기반이구나. 학교 간판. 정수가 머뭇거리자 날카로운 인상의 남학생이 허리에 손을 얹고 다시 말했다. 마치 연기를 하듯 딱딱한 말투였다.

"우리도 이런 거 싫어. 갑자기 일이 터진 걸 어떡해. 당장 내일 깜짝 시험을 치른다잖아. 우리 연기반은 하루하루가 서바이벌이야. 무대에 오르지 못하면 연기가 안 나오는 애들도 있다고. 이해하지?"

"아니, 하지만…… 우리가 먼저 빌렸고…… 다 허락받은 거고……."

"그래, 알아. 그래서 이렇게 부탁하고 있잖아."

문혁이 옆에 있던 아린을 힐끔 쳐다보았다. 연출반의 실세인 아린이다. 아니나 다를까, 아린은 뾰로통한 표정으로 연기반 남학생을 노려보고 있었다. 아린이 성큼성큼 앞으로 나섰다. 우물쭈물하는 정수를 밀치고, 아린이 쏘아붙였다.

"뭔데? 우리가 먼저 빌렸잖아. 우리 나가면 그때 다시 와."

"……시간이 없다니까."

"그건 너희들 얘기잖아. 미리 빌리든가 그럼. 왜 뒤에 와서 뒤통수쳐?"

아린이 남학생 가슴에 달린 명찰을 살폈다. 김남기. 아린이 다시 남기의 얼굴을 올려다보며 말했다.

"매너가 없어. 김남기."

"……원래 우리가 빌리려 한 거야. 다 말이 된 상황인데 그쪽이 먼저 빌리는 바람에 겹친 거라고."

"아 그러세요? 빌리려고 했으면 빨리 했어야지! 교무실로 후딱 가서 안녕하세요 인사하고, 공연실 빌리러 왔는데요 가능한가요, 말도 못 함? 허락받고 네 감사합니다 좋은 경험이 될 거 같아요 두근두근하네요, 말도 못 함? 그러면서 무슨 대사들을 한다고…….'

아린이 고개를 까닥거리며 답했다.

"결정했으면 바로 움직여야지. 너네가 그걸 안 한 거잖아. 연기반이면 무턱대고 미안 하고 무대 빌려줄 줄 알았어?"

"……너 대사 잘 친다?"

"내가 그거 전문이다."

김남기가 아린의 명찰을 보며 피식 웃었다.

"박아린. 길게 말 안 해도, 어차피 우리가 학교 간판인 거 다 알잖아, 너희들도."

"뭐?"

"이 공연실 무대를 가장 필요로 하고, 또 가장 자주

쓰는 건 연기반이잖아."

"그게 무슨 상관이야?"

"뭐가 더 중요한지 잘 생각해 보라는 거지."

김남기가 고개를 돌려 연기반 아이들을 향해 소리쳤다.

"애들이 양보 못 한단다. 그냥 갈까?"

"시끄럽고, 그냥 가라."

기 싸움이 너무 심해지는 걸 느낀 문혁이 조용히 아린을 향해 다가갔다. 그 순간, 연기반 쪽 김남기를 향해 걸어오는 남학생이 보였다. 키가 또래보다 컸다. 곁에 다가온 문혁의 기척을 느낀 아린이 고개를 돌렸다.

"뭐."

"진정해."

"애가 싸움 걸잖아."

"……."

키 큰 남학생도 김남기의 곁에 다가왔다. 김남기의 표정이 한결 풀어졌다. 남학생을 본 모두가 마찬가지였다. 연출부라고 예외는 아니었다. 다 같이, 남학생의 외모를 보며 속으로 감탄하고 있었다. 빛이 난다는 표현이 딱 맞았다. 남학생이 김남기의 어깨를 감싸며 웃었다. 눈부신 미소였다.

"그만. 남기야. 구(舊)공연실 있으니까, 거기서 우리 연기하자."

"구공연실 빌렸다고? 이 짧은 시간에?"

"여기 누가 먼저 빌렸다고 들어서 계속 연락했거든. 지금 답 왔네."

"역시 너답다."

소란을 피워 놓고 어물쩍 넘어가려는 남기가 못마땅한지, 아린이 비웃음 섞인 말을 던졌다.

"너 내 소설에서 완전 나쁜 놈으로 등장시킨다? 구상했던 캐릭터에 딱 어울리네. 이름 석 자 기억했다? 김, 남, 기. 나중에 독자들한테 엄청나게 욕먹을 거다?"

남기가 인상을 쓰며 고개를 돌렸지만, 아린은 아랑곳하지 않고 웃었다.

"개진상 쓰레기 캐릭터 확정!"

문혁이 그런 아린의 어깨를 살짝 잡았다. 아린이 시선을 문혁에게 돌렸다.

"아린아. 그만."

"……너무 도발했나?"

아린이 고개를 끄덕였다. 문혁이 주위를 살폈다. 방금 등장한 남학생의 말 한마디에 연기반 아이들 전체가 수긍하는 모습이었다. 연기반의 실세 같았다. 문혁이 남학생을 쳐다보았다. 남학생의 시선이 문혁과 아린 쪽으로 향했다.

"너희들, 잠깐 들어 보니 소설 언급하던데, 문예반이야?"

남학생이 밝게 웃으며 아린과 문혁을 향해 물었다. 아린이 움찔하며 답하려는 걸, 문혁이 막으며 앞으로 나섰다.

"아니. 극본 써."

"극본? 아! 그럼 연출반이구나! 이야, 인연이네."

아린이 문혁을 쳐다보며 뭐라 말하려 했지만, 문혁의 바뀐 눈빛에 입을 다물었다. 남학생이 다가와 손을 내밀었다. 문혁이 손을 내밀려다 멈칫했다. 서로의 손이 붕 뜬 거리가 멋쩍어졌는지 남학생이 조금 더 다가와 문혁의 손을 잡고 위아래로 천천히 흔들었다.

"미안. 원래 연기반 애들이 좀 기가 세서."

"……."

"그런데 안 추워? 공연실 처음 온 거 아니야? 여기 항상 추워서 우리도 맨날 고생인데. 네 손은 되게 따뜻하다."

남학생의 말에 문혁이 순간, 손을 거둬들였다. 남학생이 멋쩍은 듯 하하 웃었다.

"아무튼 소란 피워서 미안해. 우리도 나름 급한 상황

이라…….”

아린이 남학생의 명찰을 보더니, 두 눈을 동그랗게
떴다. 문혁이 무표정한 얼굴로 살짝 고개를 끄덕였다.
남학생의 눈빛이 문혁에게로 향했고 두 시선이 마주쳤
다. 마주치면 어느 틈엔가 눈동자를 빼앗길 것 같은 그
런 눈빛이었다.

남학생이 웃으며 입을 열었다.

“우리 통성명할까? 이것도 인연인데. 나는 연기반 소
속인…….”

문혁이 남학생의 빛나는 눈을 똑바로 바라보며 조용
히 말했다.

“알고 있어 이미. 너 유명하잖아. 이선오.”

선데이 클럽 멤버들

엘리베이터가 올라가는 동안 아린은 말없이 뭔가를
생각하는 얼굴이었다. 6층에 도착하자 문이 열렸다. 아
린과 문혁이 밖으로 나섰다. 엘리베이터 입구 바로 앞
에 있는 고급스러운 유리문이 눈에 들어왔다. 아린이
도어록을 조작하고 유리문을 밀며 들어갔다. 문혁도

아린의 뒤를 따라갔다.

"개인 집필실인데 그냥 대충 사무실이라고 불러."

아린이 돌아보며 말했다. 문혁은 차분하게 아린의 사무실을 살피는 중이었다. 평범한 공간이다. 기다란 소파와 테이블, 그리고 컴퓨터 작업대가 보였다. 아린이 입고 있던 검은색 롱코트를 벗어 소파에 내려놓더니 문혁에게 말했다.

"……배 안 고파? 뭐 먹을래?"

문혁이 고개를 저었다. 아린이 멋쩍은 미소를 띠었다.

"방금 커피 마시고 와서 또 커피 마실래 하긴 좀 그렇고…… 맥주는 어때?"

대답이 없는 문혁을 보며 아린이 고개를 끄덕였다.

"나는 한 캔 마셔야겠다. 가슴이 너무 뛰거든, 지금."

아린은 냉장고 문을 열어 캔 맥주를 꺼낸 뒤 소파로 돌아왔다. 아직 서 있는 문혁을 보며 아린이 말했다.

"뭐 해? 앉아."

문혁이 자리에 앉자 아린도 문혁 곁에 앉았다.

"……혹시 진짜 불편한데 참는 건 아니지?"

아린이 자신의 눈치를 살피는 건 싫었다. 문혁은 조용히, 하지만 단호하게 대답했다.

"신경 안 써도 돼."

"……."

아린이 테이블에 맥주 캔을 내려놓은 뒤 몸을 웅크렸다. 그런 아린의 모습을 문혁은 가만히 지켜보고만 있었다. 아린이 고개를 숙인 채로 말을 꺼냈다.

"술 좀 줄이려고 했는데."

"……."

"……한동안은 안 되겠다."

아린이 고개를 들더니 문혁을 보며 미소 지었다. 그런 아린의 뒤쪽으로 닫혀 있는 방이 보였다. 아린이 문혁을 따라 고개를 돌렸다.

"아. 저 방은 우리 모임의……."

그때, 아린의 스마트폰이 진동했다. 말을 멈춘 아린이 스마트폰을 확인하고 그대로 일어서더니 출입문으로 향했다. 누군가가 달려오더니 아린을 덥석 안고 흐느꼈다. 보고 있던 문혁이 가만히 시선을 돌렸다.

"언니……."

"괜찮아, 주리야."

"아직도 못 믿겠어요 저는……."

"맘껏 울어. 언니도 펑펑 울었어."

아린이 흐느끼는 주리의 등을 토닥여 주었다. 뒤이어 왜소한 체구에 안경을 쓴, 새내기 대학생처럼 보이는 외모의 남자가 조심스레 들어왔다. 아린을 보며 꾸벅 인사를 건넨 남자가 울고 있는 주리를 안쓰럽게 지켜보았다. 아린이 눈인사를 건넸다. 쭈뼛거리던 남자가 가만히 소파 쪽으로 걸어왔다. 앉아 있는 문혁을 본 남자가 흠칫 놀라며 우뚝 멈춰 섰다. 문혁은 말없이 자리에서 일어섰다. 안경을 쓴 남자는 급히 문혁을 향해 꾸벅 허리를 숙여 인사했다. 소심한 말투였다.

"아, 안녕하세요……."

문혁은 무심하게 고개만 끄덕였다. 어색한 분위기가 멋쩍은지 문혁과 인사를 마친 남자가 자리에 앉지 못하고 아린과 문혁을 번갈아 보며 우물쭈물했다. 훌쩍이는 주리를 소파로 안내한 아린이 가만히 주리를 앉혔다. 여전히 울고 있는 주리에게 남자가 조심스럽게 다가가 말했다.

"……괜찮아?"

"……몰라."

"……."

흐느끼는 주리 옆에 다소곳이 앉은 남자가 슬쩍 문혁의 눈치를 살폈다. 문혁 역시 난처하기는 마찬가지였다. 어색한 침묵 속 주리의 흐느낌만 들릴 뿐이다. 훌쩍이던 주리가 남자의 팔을 살짝 당기며 말했다.

"연모야. 나 휴지 좀⋯⋯."

"⋯⋯아⋯⋯ 알았어, 주리야."

연모라 불린 남자가 일어나 휴지를 가지러 간 사이, 눈물을 닦던 주리가 그제야 앞에 앉아 있는 문혁을 보고 고개를 비스듬히 기울였다. 주리가 자신을 보는 건 알았지만 문혁은 그저 무시했다. 주리가 못마땅한 표정으로 그런 문혁을 바라보았다. 침묵이 이어졌다. 휴지를 들고 온 연모가 뭔가 묘한 분위기를 느꼈는지 멈칫했다. 때마침 아린이 음료수를 들고 다가왔다. 테이블에 음료수를 내려놓은 아린이 주리와 연모를 보며 걱정스러운 말투로 물었다.

"니들 괜찮은 거지?"

"⋯⋯저는 괜찮아요⋯⋯ 아린 누나⋯⋯ 근데 저보다 주리가⋯⋯."

연모가 아린을 보며 힘없이 웃었다. 하지만 입가가 파르르 떨리고 있었고, 그 미세한 움직임을 문혁은 볼 수 있었다. 다들 힘들어하는 모습이었다. 문혁의 시선을 느꼈는지 연모가 괜히 안경을 매만지며 다시 소파에 앉았다. 아린 역시 안쓰러운 표정은 여전했다. 흐느끼는 소리가 서서히 줄어들었다. 주리가 푹 숙였던 고개를 천천히 들었다. 아린의 단발과는 달리 긴 생머리를 한 주리의 모습을 문혁은 그제야 확실히 볼 수 있었다. 청초한 외모지만 차가운 분위기가 느껴졌다. 주리와 문혁의 시선이 마주쳤다.

주리가 고개를 돌려 아린에게 물었다.

"저분은?"

"아, 나도 정신이 없어서 소개가 늦었네. 여기는 내 친구야. 이름은 강문혁."

"……저번에 말한 그 친구분요?"

주리의 눈이 가늘어졌다. 놀란 눈빛은 연모 역시 마찬가지였다. 주리가 바짝 다가와 문혁의 손을 덥석 잡았다. 화가 난 듯 힘이 꽤 실려서 문혁이 살짝 놀란 표정으로 주리를 쳐다보았다. 문혁이 마음에 안 들지만, 선오의 친구이기에 억지로 잡은 느낌이었다.

"……어쨌든 선오 님이랑 친구니까…… 잘 알겠네요. 선오 님은 자살할 분이 아닌 거요."

말투는 딱딱하고 차가웠지만, 숨소리는 거칠어지고 있었다. 문혁이 당황한 눈빛으로 아린을 쳐다보았다. 아린도 놀란 표정이었다. 연모가 진정시키려고 주리에게 다가가 작은 목소리로 더듬거렸다.

"……주리야. 문혁 씨 당황하신 거 같은데……."

"……나는 오히려 더 이상한데? 친구가 죽었는데도

무덤덤하잖아, 이 사람."

주리가 문혁을 보며 말했다. 문혁은 여전히 무표정이다. 한숨을 내쉬며 주리가 다시 소파에 풀썩 앉았다. 옆에 축 처진 연모 역시 한숨을 내쉬었다. 아린이 그런 둘을 보며 고개를 저었다.

"다들 힘든 거 알지만, 너무 처져 있으면 더 힘들어져. 기운 내자, 우리."

"원래 눈물 짜는 거 졸라 싫어하거든요, 저?"

주리가 아린을 보며 입을 열었다. 테이블 위에 올린 두 손에 힘이 잔뜩 들어갔는지, 부르르 떨리는 게 보였다. 연모가 안경을 벗어 눈 주변을 손등으로 문질렀다.

"근데요. 태어나서 이렇게 울어 본 적 처음이야. 아씨. 또 눈물 나려 하네. 개짜증 나 진짜. 언니는 내 과거 잘 알잖아요. 선오 님 아니었으면 길거리 양아치 년으로 인생 쫑났겠죠."

"······지금은 달라졌잖아."

"선오 님이 저를 바꿨으니까. 그래서······ 이제 어떡해야 할지 정말 모르겠다고요. 자꾸 화만 나요. 선오 님 보낸 거 너무 슬픈데도······ 이제 어떡하나 고민하는 내가요. 너무 비겁하지 않아요? 나 지금 존나 쪽팔려 미치겠어."

손으로 얼굴을 감싸며 주리가 고개를 밑으로 파묻었다. 연모가 어쩔 줄 몰라 했다. 문혁은 가만히 보고만 있었다. 모두, 선오의 죽음으로 인한 충격에서 벗어나기 힘들어한다. 그만큼 모두는 선오를 사랑하고 있었다는 증거였다. 아린이 낮은 목소리로 입을 열었다.

"힘내자. 우리 모두 힘들지만 버티고 있어."

주리가 아린을 물끄러미 바라보며 답했다.

"……그나마 언니가 곁에 있어 다행이에요."

잠깐 밝아졌던 주리였으나, 이어진 아린의 말에 다시 표정이 싸늘해졌다.

"어쩌면…… 우리 중에 제일 힘든 건 문혁일지도 몰라."

"누가 더 힘들고 그런 게 어딨어."

주리가 혼자 중얼거렸다.

"그동안 선오 님이랑 연락도 안 했다면서요. 친구 맞아?"

목소리 끝이 갈라지고 있었다.

주리가 갑자기 주먹을 쥔 채로 테이블을 내리쳤다. 충격에 음료병들이 쓰러졌다. 치켜 올라간 눈꼬리와 매서운 눈빛이 단아한 이미지와 상반되는 모습이다. 다들 놀라 주리를 쳐다보았지만, 문혁만 여전히 반응하지 않았다. 주리의 눈을 보고만 있었다. 순식간에 주리의 두 눈에 눈물이 맺혔다.

주리의 눈에 눈물이 맺힌 걸 본 문혁이 그제야, 천천히 입을 열었다.

"……전화가 왔었어요."

문혁의 대답에 주리의 눈빛이 흔들렸다. 주리가 아린을 쳐다보았다. 아린이 대답 없이 맥주 캔을 들어 입에 가져갔다. 주리가 그대로 시선을 문혁에게로 돌렸다. 차분한 말투로, 문혁이 주리에게 말했다.

"사고가 난 그날 새벽에요."

"뭐야. 전화 통화를 했던 거예요?"

주리가 떨리는 목소리로 물었다. 문혁은 대답하지 않았다. 통화하지 않았다는 걸 눈치챈 주리가 눈을 질끈 감았다. 연모가 작게 입을 벌린 채로 문혁을 보고 있었다. 아린이 말을 꺼냈다.

"오늘 오라고 한 이유 중 하나도 그거야. 문혁이가 선오의 마지막 메시지를 받았어."

연모가 아린을 보며 물었다.

"무슨 내용인지……."

"안 그래도 알려 줄 참이었어. 그래서 문혁이도 데려온 거고. 하지만 아직 지찬 오빠가…… 아. 도착했나 보다."

문이 열리는 소리가 들리며 한 남성이 모습을 드러냈

다. 나이는 30대 초중반으로 보였다. 어깨까지 내려오는 장발을 뒤로 묶어 꽁지머리를 했고, 꽤 동안인 잘생긴 외모였다. 남자가 아린과 일행들을 향해 손을 살짝 들었다 내렸다. 아린이 자리를 권했다. 소파로 온 남자가 문혁을 보고 잠깐 멈춰 섰다.

"손님이 계시네. 새 멤버야?"

문혁 역시 자리에서 일어섰다. 남자가 고개를 살짝 숙이며 인사를 건넸다.

"강지찬이오."

문혁도 고개를 끄덕였다. 아린이 지찬에게 다가가 문혁을 소개했다. 아린의 말을 들은 지찬이 슬쩍 문혁을 쳐다보았다. 무뚝뚝한 말투와는 대비되는 슬픔이 어린 눈빛이었다. 시선이 마주치는 걸 꺼린 문혁이 시선을 돌렸다. 지찬이 소파 빈자리에 앉았다. 누가 봐도 기운이 없는 모습이다. 문혁 역시 다시 자리에 앉았다. 아린도 문혁 옆에 앉았다. 모두는 한동안 말없이 테이블만 쳐다보고 있었다. 지찬이 침묵을 깨는 말을 꺼냈다.

"……그래서 선오랑 관련된 일이 뭔데?"

아린이 잠깐 문혁을 쳐다봤다가, 지찬에게 답했다.

"나랑 문혁이랑 선오 셋이 학창 시절에 함께한 극본이 있거든요. 〈오필리어〉라고."

"보여 드릴게요."

문혁이 가방을 열어 노트북을 꺼냈다. 선오가 보냈던 메일을 열어 모두에게 공유했다. 모두의 시선이 노트북 화면으로 향했다. 단 한 줄의 문장.

여전히 외우고 있어. 네가 써 준 모든 대사를.

아린이 떨리는 목소리로 말했다.

"······이 내용은 〈오필리어〉를 말하는 걸로 보여서. 그때의 추억을 떠올린 거 아닐까요."

"······아린이 말이 맞는 거 같다. 평범한 문장으로는 안 보여."

지찬이 대답했다. 연모가 문혁을 쳐다보았다. 울음을 참는 표정으로 주리가 고개를 꾸벅 숙였다.

"아까는······ 제가 버릇이 없었어요. 선오 님을 누가 더 좋아하는지 아닌지 재고 그런 거 되게 싫어해서요. 그래서 사고도 많이 쳤어요."

아린이 그런 주리를 보며 살짝 미소 지었다.

"······우리 멤버 중에 사고 안 친 사람이 어딨니? 다 그만큼 선오를 좋아해서 그런 거야."

"걔들은 그렇게 안 보잖아. 지들끼리 오해해서 따나

시키고."

주리가 화난 목소리로 말했다.

"……그때 애들처럼 처맞아 봐야 정신 차리지."

문혁이 아린을 바라보았다. 의아해하는 게 당연하다는 듯 아린이 머쓱한 표정으로 문혁에게 말했다.

"주리가 좀 성격이 세거든."

주리가 후, 하고 호흡을 고르더니 갑자기 자신의 뺨을 힘껏 때렸다. 깜짝 놀란 모두가 그런 주리를 쳐다보았다. 주리가 뺨을 문지르며 벌떡 일어섰다.

"자꾸 징징거리고…… 이제 정신 차릴게요. 모두 죄송합니다. 자꾸 제가 분위기 망치네요."

지켜보던 아린이 문혁을 힐끗 보더니, 조심스러운 목소리로 주리에게 말했다.

"아직 서로 잘 모르니까 그러지……. 혹시 괜찮다면…… 이참에 각자들 소개 어때? 문혁이도 선데이 클럽에 새로 들어왔고……."

아린의 의견에 동의한다는 듯 주리가 아린을 보며 활짝 웃었다.

"전 좋아요. 일단 언니부터요."

아린이 고개를 끄덕이며 헛기침을 했다.

"오케이, 그럼 나부터. 스물일곱 살 박아린입니다. 다들 알겠지만 로맨스 웹소설 쓰고 있고…… 일단은 '선데이 클럽' 창설자입니다. 반갑습니다!"

연모가 손뼉을 치려다가, 주변 눈치를 살피더니 슬그머니 손을 내렸다.

"그럼 다음은 제가……."

주리가 문혁을 슬쩍 보며 가볍게 고개를 숙였다.

"저는 임주리예요. 나이는 스물한 살이고 여기 연모랑은 친구예요. 아린 언니는 선오 님 공카 '선샤인' 시절에 만나서 알게 됐어요."

말을 마친 주리가 계속 생각에 몰두하고 있던 연모의 등을 퍽 쳤다. 놀란 연모가 주리를 쳐다보았다.

"나?"

주리가 노려보자 연모도 주춤거리며 일어섰다. 아린이 그런 둘을 부드러운 미소로 바라보았다. 문혁만은 여전히 무표정이었지만. 문혁의 표정을 살핀 연모의 목소리가 점점 작아졌다.

"……어…… 별로 관심이 없어 보이시는데……."

"문혁이는 원래 무뚝뚝하니까 신경 쓰지 마. 그렇게 눈치 안 봐도 돼."

아린을 쳐다보며 연모가 어깨를 움츠렸다.

"아, 네에…… 저기…… 저는 박연모……고요…….

옆에 주리랑 동갑이고…… 지금 P공대 다녀요…….”

듣고 있던 지찬이 놀란 표정으로 연모를 보며 말했다.

“연모 너 학교 거기 다녀? 몰랐어.”

“연모가 사실 천재예요. 소심 성격 쩌는데 집중하면
확 변한다고요.”

주리가 옆에서 거들었다. 연모가 쭈뼛거리며 몸을 비
비 꼬았다. 얼굴이 붉어진 게 부끄럼을 많이 타는 타입
으로 보였다. 연모가 침묵하자 주리가 다시 연모를 대
신해 입을 열었다.

“우리 둘 다 기존 팬덤이 되게 싫어하거든요. 걔들이
저보고 사람 패고 다니는 미친년이래요.”

아린이 당황하며 주리의 말을 간단하게 풀었다.

“예전에 주리가 선오 사생들을 막은 적이 있거든. 그
때 사생들이 복수하려고 양아치들을 몰고 왔는데……
걔들이 착각했지…….”

주리가 아린을 보며 말했다.

“언니, 다 정당방위야. 먼저 시비 걸었고. 저 좀 잘 쳐
요. 생각하니 또 열받네? 시비 턴 건 지들이면서 왜 처
맞고 뒤에서 미친년이라고 지랄들이야…….”

“…….”

“……주리는 복싱 선수 출신이라…… 전국체전 금메

달도 떴어요…….”

연모가 옆에서 말했다. 문혁은 그제야 아까의 그 날카로운 눈빛이 이해되었다. 지찬이 묘하게 높은 톤으로 입을 열었다.

“이야. 다들 한가락 하네? 난 혐선클에 최근에 들어와서 몰랐는데 어쩐지 소문이 좀 이상하다 했어. 주리가 복싱 선수 출신이구나. 은근 다혈질인가 했는데 주먹도 잘 써. 혐오스런 선데이들 모였다고 혐선클 소리 듣는 것도 놀랐는데, 오늘 여러 가지 알아간다, 야. 연모는 천재고…… 주리는 선출이고…… 아린이는 대박 작가고…… 이런 거 보면 나는 아무것도 아닌데, 참. 서른두 살 아저씨 강지찬임다. 예전에 연기 잠깐 했고…… 지금은 뭐, 좀 쉬고 있고…… 암튼 혐선클에 나 같은 놈도 초대해 줘서 영광임다.”

“……좀 비꼬는 거처럼 들린다?”

“뭘 비꽈 비꼬긴. 원래 내가 말투가 이래.”

주리가 차가운 눈빛으로 지찬을 쳐다보았다. 아린이 얼른 지찬의 말을 받았다.

“지찬 오빠는 옵챗으로만 말 트고 모임은 처음이잖아요. 그리고 뭘 아무것도 아니야, 아니긴. 지찬 오빠 선오랑 같이 연극했잖아. 계속 눈여겨보고 있었다고.”

"······그거 다 옛날얘기야. 뭐, 나야 초대해 줘서 감사하지. 아무튼 나도 주리 말에는 동감이야. 걔들이나 우리나 다들 선오 좋아하는 건 똑같잖아? 그런데 걔들은 뭐 정상이고 우리는 또라이냐? 하여튼 사람 사는 거 어디든 다 거기서 거긴데."

연극을 했었다는 말에 문혁은 관심을 보였다. 아린이 연모와 주리에게 앉으라고 권했다. 지찬을 빤히 보던 문혁이 드물게도 지찬에게 먼저 질문을 던졌다.

"선오랑 같은 무대에 섰나요?"

"예전에 잠깐 같은 극단에 있었죠."

"······."

대답 없는 문혁을 보며 지찬이 고개를 비스듬히 기울였다.

"아린이랑 동갑이죠? 내가 형 같은데."

"······."

"편하게 말 놉시다, 우리. 서로 존칭하는 것도 불편해서."

태도가 무례하게 보일 수도 있었지만, 문혁은 상관하지 않고 수긍의 의사를 표시했다. 오히려 눈살을 찌푸리는 건 주리였다. 주리가 연모한테 살짝 속삭였다.

"······은근 허세 부려, 저 아저씨."

"……조용. 들리겠어."

지찬이 눈을 감으며 회상했다.

"그때도 선오는 빛이 났어. 마치 태양처럼."

아린이 조용한 목소리로 문혁에게 말했다.

"그래서 선오 팬네임이 선데이가 된 거고."

지찬이 옛 생각을 떠올리는지 눈을 감았다.

"……질투가 났어. 나보다 훨씬 어리고, 무대 경험도 별로 없는데 그렇게 빛나는 사람은 처음 봤고. 어쩌면 내가 재능이 없다는 걸 빨리 깨닫게 된 계기라고도 봐야지. 선오 잘못은 없지만. 하지만 그때는 선오가 싫었다고."

"……."

문혁의 표정이 살짝 굳어졌다. 이 강지찬이라는 사람이 느꼈던 감정을, 문혁은 뭔지 알 것만 같았다. 지찬이 우울한 표정으로 다시 말을 이었다.

"……그런데 막상 극단을 떠나고 보니, 선오가 궁금해지더라고. 여기 모두는 알잖아. 선오의 연기랑 선오의 노래들. 선오를 자꾸 알고 싶은 그런 거. 그래서 선오의 모든 활동을 찾아보는 팬이 됐고……."

지찬이 피식 웃으며 씁쓸한 목소리로 중얼거렸다.

"근데 팬덤 애들 팩폭 무섭더라. 나이 처먹고 선오

랑 잠깐 연극했던 거 추억팔이 오진다고 싸붙하고 욕하고……. 연극을 하던 선오가 제일 빛났던 모습이라 기억하는 게 뭐 잘못된 건가?"

주리가 고개를 흔들며 지찬에게 답했다.

"저는 그렇게 생각 안 해요. 선오 님은 노래죠. 노래 가사 하나하나에 의미가 다 담겨 있다고요. 제 삶의 이정표나 다름없었어요."

"……영화 쪽이 더 크지 않을까……. 선오 님은 화면에서 가장 빛나……."

연모가 들리지도 않게 중얼거렸지만, 주리가 알아듣고 연모를 노려보며 말했다.

"그런 애가 선오 님 데뷔 영화를 망쳐?"

"……아니…… 내가 망치려 한 게 아니고…… 감독이 선오 님 무시……하니까……."

"그렇다고 감독 불륜 정보를 터트리냐? 이 미친놈아. 그러니까 내가 미친년 네가 미친놈 소리 듣는 거잖아."

아린이 피식 웃으며 자조 섞인 말투로 입을 열었다.

"……그렇게 따지면 난 뭐냐. 팬클럽 회장 자리 노리고 들이댄 년이란다…… 나는 친해지려 한 건데. 어이가 없더라, 진짜."

"골 빈 애들 필요 없어요. 우리는 우리만으로 충분해

요! 걔들이 우리 뭐라고 부르는지 알잖아요. 다 같은 선데이들이면서 재수 없게.”

주리의 말에 지찬이 문혁을 한번 쳐다보고 씁쓸한 목소리로 답했다.

“……꼴도 보기 싫은 선데이들의 모임. 혐오스런 선데이 클럽. 일명 혐선클.”

아린이 마음에 안 드는 듯 중얼거렸다.

“……다들 우리를 싫어했지. 최악이라면서. 혐오스런 선데이들이라고. 그러다가 언제부턴가 혐선이란 호칭을 붙이더니 싸잡아 씹더라? 내가 빡쳐서 그냥 아예 대놓고 따로 만들었어. 찐 선데이들의 모임을.”

혐오스런 선데이 클럽. 문혁이 속으로 되새겼다. 아린이 기운 내자는 의미로 목소리를 높여 모두를 다독였다.

“그래도 다 내 친구들이야! 모두 선오를 사랑하는 사람들이고. 비록 선오가…….”

아린이 말을 잇지 못하고 입을 다물었다. 순간 사무실 안이 다시 조용해졌다. 모두의 표정이 어두워졌다. 아린이 천천히, 다시 입을 열었다.

“……메시지.”

모두의 시선이 아린에게로 향했다.

“무슨 의미일까.”

아린이 깊게 숨을 내쉰 뒤, 모두를 보며 말했다.

"……일단 나는 자살과는 거리가 멀다는 생각이 들거든."

아린의 말을 들은 주리가 기가 막힌다는 듯 입을 열었다.

"이미 공카에 선오 님 추모식 공지도 올라왔어요. 아니 얼마나 됐다고 벌써…… 그냥 추모식 덜렁 치르면 그만이야?"

연모가 가만히 손을 들었다. 아까부터 계속 뭔가를 생각하는 모습이었고, 말을 꺼내려던 눈치다. 연모가 입을 열었다.

"저, 제가, 그 선오 님이…… 가시기 전에요…… 선오 님 정보를 좀 찾아보다가 이상한 점을 발견했어요……."

문혁의 눈빛이 살짝 변했다. 아린도 마찬가지였다. 주리가 아린을 보며 말했다.

"……연모가 계속 뭔가 있다고 말했었어요. 언니. 작업실로 가요."

아린의 표정이 진지해졌다. 그대로 일어서며 모두를 안내했다. 작업실. 아까의 그 닫혀 있는 방이다. 문혁 역시 뒤따라 일어섰다. 아린이 방문을 열었다.

벽에 걸린 커다란 스크린.

노트북과 여러 케이블이 놓인 테이블.

그리고 하얗고 커다란 원형 탁자가 보였다.

선오의 매니저

아린의 뒤를 따라 모두 안으로 들어섰다. 연모가 얼른 노트북으로 다가가 벽에 걸린 스크린과 케이블로 연결하는 동안, 남은 멤버들은 아린의 권유로 탁자 앞에 앉았다. 지찬이 탁자와 스크린을 둘러보다가 말했다.

"여기는 뭐 하는 방이야?"

"일종의…… 선데이 클럽의 비밀 작업실이라고 할까? 연모가 좀 능력이 좋거든."

아린의 대답을 들은 지찬이 노트북을 만지고 있는 연모를 바라보았다. 주리가 그런 지찬을 보면서 입을 열었다.

"놀라지 마요. 지금부터가 연모 본캐니까."

문혁도 말없이 연모를 쳐다보았다. 확실히 아까의 모습과는 달라 보였다. 표정부터가 변했다. 진지한 눈빛으로 노트북을 만지던 연모가 노트북 화면에 눈을 둔 채 모두에게 말했다. 평소의 소심한 말투와는 거리가 먼 똑 부러지는 느낌의 말투였다.

"다들 스크린을 봐 주세요."

모두 스크린으로 시선을 돌렸다. 노트북과 연결된 스크린에는 노트북 화면이 그대로 전송되는 중이다. 마우스를 움직이자 두 개의 화면이 떠올랐다. 첫 번째는 CCTV 캡처 화면이었고, 두 번째는 어떤 행사를 위한 진행표를 스캔한 것이었다. 마우스 포인터가 행사 진행표 쪽으로 움직였다.

"최근에 선오 님 차기작 제작 발표회가 있었어요. 이건 발표회가 끝나고 열린 뒤풀이 행사 관련 자료고요. 비공개 행사였는데 정보를 좀 수집하다가 우연히 발견했어요. 옆에 CCTV 사진들은 행사 장소 내부를 찍은 것들이에요."

지찬이 저게 무슨 소리냐는 표정으로 아린을 바라보자, 아린이 답했다.

"그래서 비밀 작업실이라고 했잖아."

"……그러니까 지금 CCTV를 해킹해 버렸다는 거네?"

주리가 놀란 지찬을 보며 무덤덤하게 말을 던졌다.

"말했잖아요. 연모 천재라고."

문혁은 신경 쓰지 않고 집중해서 스크린을 보고 있었다. 주리가 슬쩍 문혁을 봤다가 아린에게 작게 말했다.

"……저분은 지찬 아저씨처럼 놀라지도 않네요. 원래 저렇게 항상 차분해요?"

"옛날에도 그랬어. 나도 가끔 쟤가 무슨 생각 하는지 몰라."

"……지찬 아저씨랑은 다른 스타일로 어려운 사람이네요."

연모가 마우스를 클릭하자, CCTV 캡처 화면이 여러 장으로 펼쳐졌다. 연모의 목소리가 조금 빨라졌다.

"어차피 다 전산망 쓰는 거라 해킹하기는 쉬워요. 그래서 선오 님 위주로 영상을 찍다가 좀 이상한 부분들만 캡처한 건데요. 다들 아시겠지만, 선오 님은 술을 잘안 마시잖아요?"

CCTV 캡처 화면 하나를 확대하자 사람들 사이로 선오가 술잔을 든 채 구부정하게 서 있는 모습이 보였다. 지찬이 말했다.

"뭐 샴페인 정도면 괜찮지 않나? 도수도 약하고."

"……술이 약한 사람은 그냥 알코올 자체가 독이라고요."

주리가 퉁명스럽게 대꾸하자 지찬이 슬그머니 입을

달았다. 연모가 말을 이었다.

"샴페인은 아니에요. 양주병만 보였거든요. 여기 화면을 봐 주세요."

다른 화면에 술병과 안주들이 가득 놓인 테이블이 보였다. 연모의 말대로 양주병들이 확실했다. 연모가 다시 다른 화면을 클릭했다. 이번에도 술잔을 들고 앉아 있는 선오의 모습이 보였다. 세 번째, 네 번째, 다섯 번째. 화면에 보이는 선오는 모두 술잔을 든 채였다. 연모가 다른 화면을 클릭했다. 선오가 테이블에 엎드려 있었다. 몹시 지친 기색이다. 술에 많이 취한 상태로 보였다. 문혁이 살짝 눈살을 찌푸렸다. 선오의 저런 모습은 처음이었다. 주리가 화가 나는지 신경질적으로 말했다.

"대체 어떤 새끼야? 지가 퍼마시든가 왜 우리 선오 님을 괴롭혀."

"……저 정도면 좀 심한데. 못 마시는 술을 왜 저렇게 마셨지?"

아린의 물음에 연모가 대답했다.

"어차피 둘 중 하나예요. 선오 님이 자기 의지대로 마셨거나 아니면……."

지찬이 짜증 어린 말투로 입을 열었다.

"안 봐도 뻔해. 선오가 성격상 거절을 잘 못하는 걸

이용해서 누가 계속 술을 권한 거 같은데…… 의도가
뭐야 저거?"

다른 이들이 대화하는 동안, 문혁의 눈은 행사 진행
표의 날짜를 확인하고 있었다.

비공개 행사가 열렸던 날은 바로 선오의 사고 당일이
었다.

굳어진 문혁의 표정을 눈치챈 아린이 문혁에게 물
었다.

"……왜 그래?"

"……저 날, 선오가 사고 난 날이야."

아린이 그제야 놀라며 행사 진행표를 쳐다보았다. 주
리와 지찬도 마찬가지였다.

"어? 그럼 선오가 발견 당시 만취 상태였다는 게 바
로 저거 때문이야?"

지찬의 말에 주리가 싸늘한 목소리로 말했다.

"수상해. 이거 뭔가 있는 거 아니에요?"

잠깐 침묵이 흘렀다. 아린이 뭔가 생각났는지 연모를
보며 물었다.

"……저 행사 참가자들이 누군지 확인할 수 있어?"

"안 그래도 알아보려 했는데 쉽지 않네요. 비공개 행
사라서요."

연모의 말을 들은 아린이 미간을 찌푸렸다. 주리가 떨리는 목소리로 중얼거렸다.

"······선오 님을 일부러 취하게 만들어서····· 아 씨. 설마 아니겠지······."

혼잣말이었지만 다들 들을 수 있었다. 아린이 주리의 손등 위에 살며시 자신의 손을 포개 감쌌다. 그때 지찬이 불쑥 말을 꺼냈다.

"방금 떠오른 생각인데······ 연예인들은 보통 매니저 대동하지 않냐? 저기도 그 매니저가 같이 있었을 거 아니냐고."

"맞아! 지찬 오빠 역시 연륜이 있어요."

"······너 지금 나 멕이냐?"

연모의 눈빛이 변했다. 지찬을 보며 연모가 말했다.

"바로 매니저 쪽을 알아볼게요. 10분이면 됩니다."

연모가 노트북을 연신 두드리는 동안, 문혁은 생각에 잠겼다. 선오가 사망 당시 만취 상태로 발견된 이유를 알았다. 누군가 일부러 선오를 취하게 만들려고 한 거라면, 무슨 의도였을까. 그것이 선오의 죽음과 연관이 있는 걸까. 아린이 연모에게 질문을 던졌다.

"선오 숙소 쪽 CCTV는 확인해 봤어?"

"아뇨. 경찰에서 조사한다고 수거한 거 같아요. 이후

발표 때 말이 없는 거 보면…… 만약 그 사고가 자의가 아닌 타의라면…… CCTV 사각을 잘 이용했다고 봐야죠."

선오의 죽음은 자살이 아닌 타살일지도 모른다. 지금까지는 단지 선오의 죽음이 믿기지 않아서 자살이 아닐 거라 생각했을 수도 있다. 하지만 이제 '어쩌면'이라는 생각이 모두의 마음 한구석을 조금씩 채워 가고 있었다.

어쩌면, 선오는 살해당했을지도 모른다.

연모가 혼자 중얼거리며 마우스를 이리저리 움직였다.

"소속사 공식 트위터부터 볼게요. 질문에 답글…… 관리자가 따로 있는 거 같네요. 매니저는 아닌 거 같고…… 팬덤 애들 중에 팔로워 5만 이상의 네임드들을…… 얘들은 매니저랑 밀접한 관계니까요. 비공으로 돌렸네요? 플텍 같은 건 제가 금방 푸니까 뭐라고 썼는지 볼게요. 슬프다는 내용이 대부분이고 건질 거는 안 보여요……. 디엠 쪽은…… 아, 뭔가 매니저같이 보이는 쪽지가 있어요. 이쪽 아이디 검색해 볼게요. 트위터 활동은 잘 안 하네…… 공카 쪽으로 이 아이디 검색해 보면…… 어라? 근데 탈퇴했네? 예전 게시글 볼까요. 역시 매니저 맞네요! 같은 아이디로 웹 서칭해 볼게요. 보통 SNS 아이디랑 메일 아이디는 같거든요."

연모가 고개를 들었다.

"동일한 아이디의 메일 주소도 찾았어요…… 근데 매니저가 선오 님 공카를 탈퇴한 게 오늘이네요. 무슨 일일까요?"

"선오도 없으니 일을 그만둔 게 아닐까? 그런데 10분 걸린다며? 5분도 안 걸렸네."

지찬의 말에 연모가 멋쩍은 미소를 지었다. 다시 소심해진 연모를 보더니, 주리가 퉁명스럽게 말했다.

"또 저러네. 야, 평소에도 그래라 좀. 어버버하지 말고."

"……노력할게."

"……뭐, 지금은 잘했어. 잘한 건 잘한 거니까."

"……아…… 고마워."

주리가 연모를 보며 피식 웃었다. 문혁이 아린을 바라보았다. 시선을 느낀 아린이 문혁의 곁으로 다가왔다. 문혁이 아린에게 차분하게 말했다.

"매니저와 연락해야 해."

"지금? 메일 보낼 거야?"

"그편이 낫지."

문혁이 가지고 온 노트북을 펼쳤다. 스크린 위에 떠 있는 메일 주소를 보며 천천히 내용을 입력하기 시작했다. 그런 문혁을 본 주리가 다시 자리로 돌아간 아린에게 물었다.

"뭐 하는 거예요?"

"매니저한테 메일 보낼 거래."

"……바로요? 와, 은근 결단력 있네."

주리가 연모를 흘겨보며 차갑게 말했다.

"야. 너도 저런 거 배워. 저분…… 문혁 씨처럼 밀어붙일 때는 쭉 가라고."

"……어…… 알았어."

"뭘 지킬과 하이드도 아니고, 참. 애가 어떻게 이리 정반대니."

지찬이 주리와 연모를 보다가 아린에게 슬쩍 물었다.

"안 어울리는데 쟤네 은근 친하네?"

"동갑이기도 하고 잘 맞아요."

"……하긴, 문혁 씨랑 아린이도 성격 정반대 같던데 친한 거 보면 은근 그래?"

아린이 잠깐 문혁을 쳐다봤다가 다시 지찬의 눈을 보더니 조용한 목소리로 말했다.

"……우리 친해 보여요?"

"딱 보면 딱이지. 둘이 말 안 해도 눈빛만으로 공유되잖아. 그런 게 좀 보이더라."

"……실은 문혁이랑 7년 만에 다시 본 거예요."

"진짜? 전혀 몰랐어."

말이 없는 아린의 표정을 본 지찬이 자리에서 일어섰다.

"……담배 한 대만 피우고 올게."

그동안 무슨 일이 있었는지 모르지만, 지찬은 아린의 표정에서 착잡한 감정을 느낄 수 있었다. 지찬이 자리를 뜨고, 아린이 다시 문혁의 곁으로 다가왔다. 문혁의 눈빛은 진지했다. 아린의 시선이 노트북 화면으로 향했다.

안녕하세요. 저는 강문혁이라고 합니다. 선오 매니저 되시죠? 선오와는 고등학교 때 친구입니다. 거두절미하고 말씀드릴게요. 선오가 죽기 전에 저한테 메일을 보냈습니다. 알고 싶은 게 있는데 회신 부탁드립니다.

문혁이 아린을 바라보았다. 아린이 고개를 끄덕이며 말했다.

"이 정도면 괜찮아 보여."

"그럼 보낼게."

문혁이 전송 버튼을 눌렀다. 발송한 뒤 바로 '수신확인'을 살폈다. 새로고침, 새로고침…… '읽지않음'이란 글자가 지금 시각을 나타내는 숫자로 바뀌었다. 문혁의 눈빛이 변했다. 아린도 마찬가지였다.

"다행이다. 의외로 빨리 봤네?"

"답신을 기다려 보자."

지찬이 다시 돌아왔다. 비닐봉지를 든 채였다. 지찬이 먹을거리들을 꺼내 테이블 위에 올렸다.

"근데 여기 담배 피우는 사람 나밖에 없냐? 민망하네, 좀."

우유를 집어 든 주리가 지찬을 보며 말했다.

"그래도 이 아저씨 눈치는 있네."

"아무리 아저씨라 부르라고 했어도 너 너무 편하게 말한다?"

"……잘 먹을게요."

연모와 주리가 빵과 우유를 먹는 동안 지찬이 문혁과 아린 쪽으로 의자를 끌었다.

"뭐 좀 잘돼 가?"

문혁이 지찬을 쳐다보았다. 문혁의 진지한 눈빛에 지찬의 목소리가 낮아졌다.

"……어우, 강렬한 눈빛 보게. 아니 뭐라도 먹고 하라고."

"고마워요, 지찬 오빠. 내가 사야 하는데."

"별거 아냐. 나중에 쏴. 모임에 불러 준 게 어디야. 또 새로운 친구도 사귀고."

지찬의 말에 문혁이 작은 한숨을 내쉬고 고개를 살짝 숙였다. 나름의 감사 인사였다. 지찬이 씩 웃었다. 그때, 새로운 메일 알림이 떠올랐다. 문혁이 그대로 메일을 클릭했다.

안녕하세요 강문혁 씨. 저는 장태진입니다. 선오 매니저였고요. 선오한테 말씀 많이 들었습니다. 선오가 항상 얘기했던 친구가 문혁 씨였거든요. 자신이 제일 빛나던 시절이 그때라고, 그때로 돌아가고 싶다고 말하곤 했어요. 선오에게 메일이 왔다고요? 무슨 내용인가요? 혹시 누구를 언급하지는 않았나요? 그 사람 때문에 선오가 많이 힘들어했습니다. 선오가 죽은 건 그 사람 때문이라고 저는 생각해요. 아니면 자살할 이유가 없다고요. 저는 이미 퇴사했으니 거리낄 게 없어요. 혹시, 더 많은 이야기를 듣고 싶다면 연락해 주세요. 제 연락처를 남깁니다…….

아린의 눈이 동그랗게 커졌다.
"……무슨 내막이 있나 봐. 그 사람이 누구지?"
"……."
문혁과 아린을 본 멤버들이 심상치 않은 분위기를 느꼈다. 문혁이 잠깐 생각에 잠겼다가, 그대로 스마트폰을 들었다.

"만나자고 해야겠어."

"······만나 줄까?"

"그럴 거야. 뭔가 말하고 싶어 하는 게 느껴져."

문혁이 굳은 표정으로 답했다. 곧바로 장태진의 번호를 누르기 시작했다.

*

다음 날.

문혁이 출근해서 내민 것은 연차 신청서였다. 평소 조용하던 문혁이 갑자기 장기 연차를 신청하자 김 과장이 놀란 표정으로 물었다.

"강 대리. 뭔 일 있어? 갑자기 15일 몰아서 연차 신청이라니······."

"죄송합니다. 인수인계는 확실히 하겠습니다. 집안에 일이 좀 생겨서요."

"아니, 뭐 강 대리 착실한 건 아니까····· 그래도 좀 놀랐네. 큰일은 아니지?"

"······네."

어제 통화한 장태진은 흔쾌히 만남을 수락했다. 만남

장소는 아린의 작업실로 잡았다. 어제 모임이 끝나고 멤버들과 헤어진 뒤 집에 돌아와서도, 계속 장태진이 보낸 메일 내용이 머릿속을 떠나지 않았다. 선오가 죽은 건 그 사람 때문이라고 저는 생각해요. 아니면 자살할 이유가 없다고요. 그 사람. 누굴까. 여러 가지 추측이 떠올랐지만, 어차피 장태진의 입으로 듣는 게 제일 정확하니 자꾸 고민하지 말자고 되뇌었다. 그전에, 가장 빛나던 시절이 그때라고 선오가 말했다는 게 마음에 걸렸다. 갑자기 스마트폰이 울렸다. 아린의 메시지였다.

아린: 매니저 보는 거 다 같이 하는 건 어떨까. 이게 모두가 함께 하지 않으면 의미가 없다는 생각이 들어서.

문혁: 좋은 생각이야.

아린: ㅇㅇ 그럼 전달해 놓을게. 아 참 너 데리러 갈 거니까 따로 오지 말고 기다려.

문혁: 누가?

아린: 지찬 오빠.

문혁이 인상을 찡그렸다. 왜 자꾸 친한 척하는 거지. 낯선 사람과 대화하는 건 아직 불편하다. 하지만 선오의 죽음에 대한 진실을 알아내기 위해서라도 문혁은 선데이 클럽의 도움이 필요했다. 장기 연차까지 쓴 이유도 거기에 있었다.

업무를 마치고 회사 정문으로 나오니, 주차되어 있던 승용차에서 경적이 짧게 울렸다. 문혁이 고개를 돌리자 창이 열리며 지찬이 고개를 빼꼼 내밀었다.

"어이, 강문혁 씨!"

문혁이 무덤덤한 표정으로 고개를 살짝 숙인 뒤, 조수석에 올라탔다. 시동을 건 지찬이 액셀을 밟자 차가 부드럽게 움직였다. 어색한 침묵을 깨려는지 지찬이 넌지시 말을 건넸다.

"아린이가 오는 길에 문혁 씨 데리고 오라네?"

"……죄송합니다."

"아니, 뭐 나는 별로 상관없어. 시간도 널널하고. 다른 애들 다 서울 사는데 나만 부천이라 어차피 모임 때면 차 끌고 와. 지나가는 길이 겹치니까 신경 안 써도 돼."

"……."

아린이가 왜 부탁했을까. 문혁의 의문에 대한 답은 곧바로 나왔다.

"아린이가 신경이 좀 쓰였나 봐. 아무래도 우리 둘이 선오와 같이한 경험이 비슷해서 아닐까? 문혁 씨도 연극했었다며…… 나도 그렇고. 솔직히 말해서 멤버 중에 가장 겉도는 거 우리 둘 아냐?"

"……."

"그러니까 아린이 성격을 보면 혐선클 멤버들끼리 얼른 친해졌으면 좋겠다 싶은 거지. 나도 초면에 좀 무례하지 않았나 싶어서…… 뭐 이게 또 꼰대들 특징이 이래요. 라떼는 뭐시기 하면서."

"……괜찮습니다."

"……진짜 말수가 없긴 하다."

한동안 침묵이 흘렀다. 문혁은 여전히 선오에 관한 생각으로 머릿속이 꽉 차 있었다. 침묵을 못 참고 지찬이 다시 말을 꺼냈다.

"……문혁 씨랑은 다르게 나는 좀 말이 많아. 거기다가 말투도 별로라 사람들이 시비 건다고 오해도 하고. 그래서 팬덤에서도 꼰대라고 무지 싫어했거든. 그런데 유일하게 편견 없이 받아 준 게 아린이고. 사실 엄청 고마워하는 사람이야. 문혁 씨도 잘 알 테지만."

"……그런가요."

잘 알 테지만. 지찬의 말이 문혁의 신경을 건드렸다. 선오도, 아린도 어떤 애들인지 잘 알고 있었다. 다 같이 꿈을 위해 함께했으니까. 그렇기에 더욱 둘과 자신을 비교하게 되어 버린다. 결국, 유일한 실패자는 문혁 혼자다.

문혁의 미묘하게 변한 표정을 보며 지찬이 떨떠름한 표정으로 목소리를 죽였다.

"……응? 나 뭐 말실수라도 했나?"

"……아닙니다."

지찬이 눈치가 빠른 사람이라고 문혁은 생각했다.

"하긴 7년이 길긴 하지…… 뭐 일단 그래서 내가 헴선클 들어가서 놀란 게……."

분위기를 전환하려고 지찬이 서둘러 말을 이었다.

"선오랑 아린이가 예전에 친구였더라고. 최근 들어서야 알았어. 내 생각인데 그게…… 일부러 말 안 한 거야. 혹시 그거 때문에 멤버들이랑 틀어질까 봐. 뭐 우리 애들이 그럴 애들은 아니지만……."

"……의도치 않게 사이가 틀어지는 걸 이미 겪어 봤으니까요."

"……뭔가 비밀이 있나 보네. 하긴, 어제 아린이 표정도 좀 그랬어. 뭔가 착잡한……."

문혁은 대답하지 않았다. 아린이 잘못이 아니다. 뭔가 눈치를 챈 지찬이 화제를 바꿨다.

"아무튼 아린이 대단해. 선오랑 친구에 초대박 작가이기까지 하고. 우리 멤버들 작업실 그거 아린이 거야."

"……아린이 작업실이니 당연하죠."

"아, 말을 잘못했다. 그 6층 건물 통째로 아린이 거야."

문혁이 살짝 놀란 표정으로 지찬을 쳐다보았다. 지찬이 웃음을 터트렸다.

"몰랐지? 진짜 대단해. 들어 보니 고등학교 때부터 작품 구상했다며. 보통 꿈이 꺾이지 않으면 어떻게든…… 결실을 보더라……."

말꼬리가 씁쓸하게 희미해졌다. 꺾이지 않는 꿈. 하지만 문혁은 꺾여 버렸다. 그건 여기 지찬도 마찬가지다. 서로의 공통점이라면 공통점일까. 문혁이 드물게 먼저 입을 열었다.

"……연기 다시 하고 싶지 않나요."

"……나는 재능이 없어. 그렇게 생각하게 되니 그냥 다 안 돼. 그립긴 한데…… 일단 지금은 준비가 좀…… 다시 하고 싶은 마음은 굴뚝같은데…… 나도 선오처럼 배우로 성공하고 싶지. 솔직히 선데이 클럽 애들 다 좋아하는데 내가 쩌리라 괜히 방해만 되는 것도 같고…… 좀 복잡한 감정이야."

지찬이 문혁의 표정을 살피며 물었다.

"문혁 씨 꿈은 뭐였어?"

문혁의 목소리가 낮게 깔렸다.

"……연출이었어요."

"연출이라. 좋네. 연극의 왕이잖아? 무대를 올리는 건 극본. 극본을 살리는 건 배우. 배우를 살리는 건 연출가."

"……아니에요."

지찬이 멋쩍게 웃었다.

"아는 척 좀 해 봤는데 안 먹히네."

"……아닌 경우를 알거든요."

"……선오 말하는 거지?"

문혁이 지찬을 바라보았다. 지찬이 조용한 목소리로 말했다.

"……선오라면…… 선오가 연기한다는 거만으로도 어떤 무대든 살릴 수 있으니까."

"……."

"선오니까."

처음에 들었던 거부감이 점차 사그라지기 시작한다. 깊은 대화는 아니더라도 문혁은 지찬에게 동질감을 느꼈다. 문혁이 고개를 끄덕였다. 지찬이 한숨을 내쉬더니 내비게이션을 살폈다.

"도착 1분 전. 문혁 씨는 면허 있어?"

"……차는 없습니다."

"뭐, 나도 이 차 내 거 아냐. 아버지 거야. 그래서 생채

기 하나 나면 안 되니까 엄청 집중하게 되더라고. 어디
긁히면 이 차량도 안녕이라."

지찬이 웃으며 말했다. 도착한 뒤 둘이 내리자 아린
의 건물이 보였다. 지찬이 건물을 보면서 문혁에게 말
했다.

"근데 로맨스 소설로 6층 건물도 살 수 있나?"

"……부러울 만해요."

"암튼 얼른 들어가자고."

엘리베이터를 타고 6층에 도착한 뒤 작업실, 아니 아
지트에 들어섰다. 먼저 도착한 멤버들과 대화 중인 짧
은 머리의 사내가 보였다. 사내가 인기척을 느끼고 고
개를 돌렸다. 벌떡 일어난 사내가 문혁에게 다가와 악
수를 청했다. 장태진이었다. 아린이 다가와 문혁에게
말했다.

"여기는 선오의 매니저였던 장태진 씨. 알고 보니까,
우리 멤버 전부 알고 있더라고."

"선데이 클럽을 모르는 선오의 팬은 없죠. 반갑습니
다. 강문혁 씨죠?"

"반갑습니다."

장태진이 지찬과도 악수하는 동안, 문혁이 자리를 찾
아 앉았다. 문혁을 향해 아린이 조용히 말했다.

"저 사람, 뭔가 말하고 싶어 입이 근질근질한가 봐. 네 말대로."

모두 자리에 앉았다. 다들 장태진이 입을 열기만을 기다리고 있었다. 장태진이 모두를 보며 천천히 입을 열었다.

"반갑습니다. 선데이 클럽 여러분. 드디어 만나 뵙네요. 혹시 몰라 말씀드리지만, 선오는 여러분께 항상 감사해했어요. 그만큼 선오 좋아하고 사랑한다는 증거기도 했으니까요. 선오는 여러분 미워하지 않았습니다. 먼저 이거 하나만큼은 꼭 말씀드리고 싶었어요. 선오 사랑해 주셔서 고맙습니다."

장태진이 고개를 숙여 감사를 표했다. 모두가 숙연한 표정으로 그런 장태진을 바라보았다. 장태진이 고개를 들더니 다시 말을 이었다.

"……저는 선오의 소속사였던 '드리머'를 퇴사한 상황입니다…… 선오가 사망한 그날 숙소에 데려다주면서 퇴사를 언급했었습니다."

장태진이 말을 잠깐 멈추더니 한숨을 내쉬었다.

"……선오가 계속 가지 말라고 붙잡았는데…… 선오를 지키지 못했다는 죄책감도 큽니다……. 사실은, 내부적으로 대립이 좀 있었어요. 몇 개월 전에 새로 스

카우트된 본부장 쪽과 말이죠. 압박이 너무…… 심해
서…….”

“압박이요? 누구를요? 선오 님을? 선오 님이 제일 인
기 스타잖아요? 미친 거 아냐?”

주리의 질문에 태진이 침울한 목소리로 답했다.

“맞아요. 그런데 이상하게 통제가 심했습니다. 평범
한 일상 하나하나 다 보고해야 하는 등 선오의 개인적
인 활동을 압박했어요. 심지어 저까지도요. 제 급여까
지 줄였어요! 그 일 때문에 퇴사하긴 했지만…… 선오
가 엄청 말리긴 했어도 돈 문제는 좀 그렇잖아요…….
선오가 아무리 톱스타라도 일단은 계약이 묶여 있는지
라, 어떻게 할 수 있는 부분이 없었습니다. 새로 온 본부
장은 과도하게 선오를 압박했습니다.”

장태진의 표정이 조금씩 일그러지고 있었다.

“……만약 선오의 사망에 원인이 있다면, 바로 그 사
람일 겁니다.”

“그 본부장이 누구죠?”

아린의 질문에 장태진이 입술을 깨물며 눈살을 찌푸
렸다.

“이름은 전희서라고 합니다.”

2장

해킹피해자연대

전희서와 황진수

잠시 말을 멈춘 장태진의 표정이 어두워졌다. 아마도 소속사 내부에서 일어난 과거 일을 떠올리고 있는 것 같았다. 문혁이 그런 장태진의 얼굴을 살폈다. 떨리는 입술, 바짝 올라간 눈썹 끝, 꿈틀대는 광대뼈 아래 근육들. 거짓 연기는 아닌 걸로 보였다. 아린이 태진에게 물었다.

"선오 차기작 발표회 뒤풀이 행사 때 태진 씨도 계셨나요?"

"어? 비공개 행사였는데 어떻게 알았어요?"

"……선데이 클럽이잖아요."

장태진이 한숨을 내쉬며 고개를 끄덕였다.

"……VIP들이 모인 행사라 저는 참석은 못 했고…… 나중에 끝나고 선오를 숙소로 데려다주기 위해 방문하긴 했죠. 이상하게 그날따라 엄청나게 취했더라고요. 원래 술 잘 안 먹는 놈인데…… 제가 같이 있었으면…….”

“그럼 혹시 그 본부장이라는 사람요. 전희서? 그 사람도 그 행사에 있었나요?”

“네. 홍보팀장도 겸했으니까.”

아린이 입을 다물고 문혁을 쳐다보았다. 문혁의 눈빛이 흔들리고 있었다. 전희서를 조사해야 한다. 선오가 떠올라 울컥했는지 장태진이 주먹을 꽉 쥐었다.

“분명 전희서가 선오에게 술을 강요한 게 틀림없어요! 투자자들도 있고 하니까 분위기 맞추려고. 전희서는 선오를 그저 소속사에 돈을 벌어다 주는 부속품으로만 봤다고요! 사생활 하나하나 일일이 보고받고 통제했어요. 선오가 워낙 착해서 표현은 안 했지만…… 속으로 괴로워한 걸 저는 알아요. 결국 선오는 그 사람이 죽인 거나 다름없다고요!”

“와 씨! 미쳤네 진짜. 그 전화선인지 뭔지 하는 인간 당장 찾아가서 죽빵 날리고 싶네!”

태진의 말을 들은 주리가 버럭 소리를 지르자 연모가 얼른 그런 주리를 달랬다.

“……주리야 참아…… 일 더 커져.”

모두가 화가 난 상황에서 문혁만은 침착을 유지하고

있었다. 문혁의 목소리가 낮게 깔렸다.

"전회서에 대해 얼마나 아시나요?"

"잘은 모릅니다. 저는 그저 평사원이었고 그 사람은 간부였으니까 위치가 달라서요. 들리던 소문으로는 업무 능력이 뛰어나 스카우트됐다고 했어요."

문혁은 생각에 잠겼다. 대형 엔터테인먼트 회사의 간부라면 접선은 어려운 상황이다. 심지어 기존 팬덤들도 배척하는 혐선클이라면 더 꺼릴지도 모른다. 어떻게든 방법을 찾아야만 했다. 연모가 작은 목소리로 중얼거렸다.

"……스마트폰을 확보하면……."

지찬이 연모의 말을 듣고 고개를 흔들었다.

"만나는 거보다 그게 더 어렵겠다."

"……실은…… 방법이 있긴 해요."

연모의 대답에 멤버들이 연모를 쳐다보았다. 연모가 당황한 기색으로 우물거렸다.

"해킹을…… 하면 되니까요."

"아니 스마트폰이 없는데 어떻게 해킹을 해?"

지찬이 묻자 주리가 타박했다.

"아 쫌 아저씨! 연모가 알아서 안 할까 진짜…… 왜 자꾸 물어봐요. 애 실력 어제 확인 다 해 놓고."

"……진짜 궁금해서 그런 건데 뭐 물어보지도 못하냐?"

지찬이 풀이 죽은 목소리로 투덜거렸다. 문혁이 뭔가 떠오른 듯 연모에게 말했다.

"스팸 문자네요."

"우와! ……맞아요! 바로 아셨다! ……아…… 죄송해요…… 저기 그 스팸 문자로 해킹…… 가능하거든요."

연모의 말을 들은 장태진이 고개를 절레절레 저었다.

"힘들 겁니다. 전희서는 사내에서도 워낙 깐깐한 성격으로 유명했고…… 알 수 없는 링크 같은 거 절대 누를 사람이 아녜요."

"꼭 전희서가 아니더라도 되죠."

아린의 목소리가 낮아졌다.

"전희서도 간부니까 비서 같은 게 있겠죠? 아주 가까운 직원요."

아린의 말을 들은 태진의 표정이 바뀌었다.

"있어요. 황진수라고 하는데…… 거의 전희서 개인 비서나 다름없어요. 사내에서 이상한 소문까지 돌 정도로……."

"어떤 소문인데요?"

"둘이 심상치 않은 관계라는 소문요."

아린이 역시라는 표정으로 고개를 끄덕였다.

"……전희서라는 사람을 잘은 모르지만 행적을 들었을 때 문득 그런 생각이 들었어요. 주변에 분명 하인처럼 부리는 사람이 있을 거라고."

주리가 감탄하는 표정으로 아린을 바라보았다. 지찬도 말을 거들었다.

"건물주가 괜히 되는 게 아니야……."

"그럼 태진 씨. 죄송하지만 전희서와 황진수 번호 알려 주실 수 있나요?"

"물론입니다. 저 역시 선오만 생각하면 전희서한테 이가 갈릴 지경이니……."

장태진이 고개를 끄덕였다. 스마트폰을 꺼낸 태진이 둘의 전화번호를 아린에게 알려 주었다. 날이 어둑해지기 시작했다. 시간을 확인한 태진이 자리에서 일어섰다. 선데이 클럽 멤버들도 배웅을 위해 다 같이 일어섰다. 태진이 작별 인사를 건넸다.

"……일이 있어서 이만 일어나 보겠습니다. 도움이 됐다면 좋겠습니다. 꼭 진실을 밝혔으면 합니다. 저도 새로 알아낸 게 있으면 선데이 클럽에 공유할게요. 이대로 선오를 보내기에는 너무 억울합니다…… 차기작을 그렇게 고대했었는데……."

지찬이 착잡한 표정으로 말했다.

"……연극이었죠."

"맞습니다. 〈햄릿〉으로 연극 무대에 복귀하는 거였어요."

문혁의 눈빛이 다시 흔들렸다. 눈치챈 건 아린밖에 없었다. 아린이 문혁에게 뭔가 말하려다가, 그냥 그대로 입을 다물었다. 아랫입술을 지그시 깨물고 있는 문혁이 보였다. 장태진을 뚫어져라 쳐다보는 문혁의 눈빛에서, 아린은 눈치챘다. 지금은 여기에 집중하겠다는 의지를.

태진이 떠나고, 선데이 클럽 멤버들만 남았다. 지찬이 우울한 표정으로 앞에 있던 물병을 들어 벌컥벌컥 마셨다. 주리가 말을 꺼냈다.

"그 여자가 선오 님 갈겼다는 게 이해가 안 가. 뭔 이득이 있죠?"

"……일단 우리 작업실로 가자."

아린의 말에 모두는 발걸음을 옮겼다. 연모가 노트북으로 향했다. 아린이 연모에게 태진에게서 받은 둘의 전화번호를 알려 주었다. 연모가 노트북 자판을 두드리기 시작했다. 연결된 스크린에 노트북 화면이 떠올랐다. 연모의 눈빛과 말투가 변했다. 한결 편안하고 자신감 있어 보였다.

"스팸 문자 해킹은 생각 외로 무서워요. 지금부터 보시면 알게 될 거예요. 일단 전희서한테 먼저 발송할게요."

곧바로 문자가 삭제됐다는 알림이 화면에 올라왔다. 프로그램을 만지며 연모가 말을 이어 갔다.

"확실히 의심이 많네요. 보지도 않고 삭제했어요. 그럼 다음 목표인 황진수 쪽으로 발송할게요. 확률적으로 가장 많이 누르는 문구로 보냈어요. 세 시간에 300퍼센트 수익 보장…… 코인 거래소 내부 정보 입수…… 오피셜 상장 예정 코인을 알려 준다……."

잠깐 시간이 지난 뒤, 이번에는 링크 클릭 알림이 화면에 올라왔다. 연모가 엷은 미소를 지었다.

"눌렀어요. 지금부터 해킹 들어갈게요."

순간, 스크린에 황진수의 스마트폰 화면이 통째로 모습을 드러냈다. 모두 놀라 쳐다보는 가운데, 연모가 마우스를 움직이며 간단히 설명했다.

"링크를 클릭하면 숨겨 둔 해킹 툴 앱이 깔려요. 원래 미국 애들이 거래하는 딥 웹에서 구하는 거라 성능은 확실해요. 문제는 가격이 좀 비싸고…… 그래서 그냥 훔쳤어요."

지찬이 어리벙벙한 표정으로 연모를 보며 물어보려

다, 순간 주리의 눈치를 보고 입을 다물었다. 팔짱을 끼고 보던 주리가 입을 열었다.

"······그거 범죄 아냐?"

"범죄라기보다는 훔친 상대가 나쁜 놈들이라서. 중국 보이스 피싱 조직이거든. 걔들 전산 해킹해서 박살 내면서 슬쩍 했어."

"······그럼 인정."

"아무튼 이제 문자랑 통화 모두 실시간 연동됩니다. 제가 직접 조작할 수도 있어요. 갑자기 조작은 좀 그렇죠?"

문혁이 고개를 끄덕였다. 황진수의 스마트폰을 조작하다가 행여 눈치라도 채면 큰일이다. 모두는 한동안 황진수의 스마트폰이 떠 있는 스크린을 말없이 쳐다보고 있었다. 갑자기 화면이 바뀌었다. 놀란 아린이 연모에게 말했다.

"연모야. 조작하면 안 돼."

"제가 아니에요. 황진수예요."

"잠깐 언니! 저거······ 캡처 사진 모아 둔 것 같은데요?"

스마트폰 속 앨범이 열리고, 황진수가 사진들을 확인하고 있었다.

"전희서 메시지네."

지찬이 말했다. 하나같이 전희서와 메시지를 주고받은 화면을 캡처한 것들이다. 캡처 사진들의 공통점을 가장 먼저 눈치챈 것은 문혁이었다. 집중해서 보던 문혁이 아린에게 말했다.

"……칭찬만 모아 놨어."

"나도 느꼈어. 황진수가…… 전희서를 좋아하는 거 같아."

지찬이 고개를 비스듬히 기울이며 눈을 가늘게 떴다. 계속 보던 지찬도 말했다.

"……짝사랑인가? 자기 칭찬하는 거 보면서 두근두근했나?"

그때, 메시지가 도착했다는 알림이 보였다.

황진수의 스마트폰 화면이 앨범에서 메시지 앱 창으로 바뀌었다. 발신자는 전희서였다. 메시지를 주고받는 그대로 스크린에 실시간으로 연동되고 있었다.

희서: 커피 사 오세요.

진수: 네. 항상 드시던 걸로 준비할까요?

희서: 아 좀 진짜…… 아직도 내가 하나하나 안 가르쳐 주면 뭘 모르죠?

진수: 죄송합니다.

희서: 그런 부분이 싫은 거예요.

희서: 나 없으면 여기서 일 못 해요 진수 씨는. 아무것도 모르잖아.

희서: 우리가 안 시간이 하루 이틀도 아니고.

희서: 그러면 딱 통하는 게 있어야지 매번 같은 말 또 하게 만들고.

희서: 대답 안 해요?

진수: 노력하겠습니다!

희서: 언제까지 내 지시만 보고 갈 거야? 나 없으면 일 못 해요?

희서: 눈치 좀 챙기세요 제발. 그래야 서로 더 돈독해지죠 네?

진수: 죄송합니다. 분발하겠습니다!

희서: 잘 알아요. 진수 씨 마음. 그래서 안타까워서 그래.

희서: 두 잔 사서 하나는 진수 씨 드세요.

진수: 감사합니다!

메시지 대화가 끝났다. 아린이 턱을 만지며 잠깐 생각에 잠겼다가 고개를 까닥거렸다.

"황진수가 전희서를 좋아하고 그걸 전희서도 알아. 저건 전형적인 가스라이팅이야. 아무것도 아닌 거로 지적하면서 진도 안 나가는 건 너 때문이라고 몰다가 마지막에 챙겨 주는 척하지. 사람 많이 다뤄 봤나 봐."

연모가 다시 한번 전희서의 번호로 해킹 문자를 보내 봤지만, 역시나 곧바로 삭제당했다.

"안 되겠어요. 전희서는 문자를 보지도 않아요."

"그럼 다 말짱 꽝이야?"

지찬의 말에 분위기가 어두워졌다.

그때, 그동안 가만히 보고만 있던 문혁이 입을 열었다.

"……황진수가 걸렸으니 괜찮아요."

모두가 문혁을 쳐다보았다. 아린이 문혁에게 물었다.

"무슨 방도라도 생각났어?"

"실물을 받아야지."

멤버들이 의아한 표정을 지었다. 지찬이 문혁에게 물었다.

"무슨 방법으로?"

"황진수를 이용해서요."

문혁이 자신의 노트북을 열었다. 아린이 곁에 앉아 문혁의 노트북을 바라보았다. 아린의 눈이 서서히 커지더니 놀란 표정이 되었다. 답답했던지 주리도 둘 곁으로 다가갔다. 같이 본 주리 역시 놀란 표정을 짓다가 고개를 돌려 지찬을 쳐다보았다. 지찬이 슬쩍 몸을 뒤로 피하며 눈치를 봤다.

"……왜 그런 눈으로 나를 쳐다봐? 표정 왜 그래?"

"드디어 아저씨가 활약하는구나."

아린이 벌떡 일어섰다.

"연모야! 스크린 잠깐 올려 봐!"

스크린이 올라가며 대형 화이트보드가 나타났다. 아린이 화이트보드 앞에 서서 마커펜을 들었다.

"자…… 다들 집중해 주세요. 이건 문혁이가 생각해 낸 계획이에요."

*

아지트에 있는 화이트보드가 모처럼 검은 글자와 줄로 빽빽이 채워졌다. 아린이 마커펜을 내려놓으며 고개를 돌렸다. 선데이 클럽 멤버들 모두 놀란 기색이 역력했다. 연모가 감탄하며 말했다.

"……어…… 괜찮은 거 같은데요? 일단 확보만 되면…… 통째로 복제하는 건 맡겨 주세요."

"가능성 크지? 이제 선데이 클럽이 본격적으로 나서는 거야."

지찬이 일어서서 화이트보드로 다가가 손으로 제목

을 가리키며 말했다.

"미션 '해킹피해자연대'. 대충 보니까 이거 참…… 부담이……."

"제일 중요한 게 바로 지찬 오빠예요."

지찬이 문혁을 바라보았다. 문혁이 살짝 고개를 끄덕였다. 지찬이 한숨을 내쉬며 중얼거렸다.

"……끽해야 무명 배우 출신인데……."

"아저씨 믿어도 돼요?"

주리가 팔짱을 낀 채 퉁명스럽게 물었다. 지찬이 주리를 보며 다시 한숨을 내쉬었다.

"……너만 자꾸 아저씨라고 부르지…… 됐다. 뭐 애칭이라 치자."

"못 미더운데."

지찬의 눈썹이 꿈틀 움직였다.

"……자존심 씨게 건드리네. 오기가 생기네 갑자기?"

아린이 화이트보드를 툭툭 쳤다. 모두가 아린에게 집중했다.

"다들 확인하셨죠? 정리해 볼게요. 각자 역할요."

문혁의 노트북을 보며 아린이 계획을 정리하기 시작했다.

"우리는 일종의 연극을 할 거예요. 바로 '해킹피해자

연대'로요. 정체가 불분명한 피싱 조직이 대량으로 해킹을 시도해서 개인 정보가 털린 VIP들의 모임입니다. 지찬 오빠가 연대 대변인이에요."

"변호사 같은 거라 보면 되지?"

"네. 이걸로 전희서를 낚을 거예요. 황진수를 이용해서요."

아린이 화이트보드 중간 지점을 가리키며 말을 이었다.

"황진수가 해킹당한 걸 숨기고…… 역으로 전희서 폰이 해킹당했다고 하는 거죠."

주리가 손을 들어 질문했다.

"언니! 저 이해가 잘 안 가요!"

"……이걸 어떻게 설명하지? 지찬 오빠가 그냥 보여주세요."

"……나도 이해가 잘 안 가는데……."

아린 곁에 서 있던 연모가 소심한 목소리로 말했다.

"……전희서가 보낸 메시지로도…… 속일 수 있어요……."

문혁이 지찬을 향해 차분하게 연모의 말을 풀었다.

"황진수 해킹 정보로 연기하는 겁니다."

지찬이 그제야 알겠다는 듯 표정이 바뀌었다.

"……맞아. 그렇지. 연기로 풀면 되지."

주리만 이해를 못 했는지 당황한 표정을 지었다. 지찬이 주리를 보며 말했다.

"이 아저씨가 보여 줄게."

"……뭘요, 갑자기."

지찬의 표정이 냉철하게 바뀌며 목소리 톤이 굵어졌다. 낮게 깔리는 소리가 평소 지찬의 목소리와는 전혀 달랐다. 주리의 눈이 동그랗게 커졌다.

"전희서 씨. 당신의 스마트폰이 해킹됐습니다."

"……."

딱딱하고 정돈된 말투로 지찬이 주리를 보며 말을 이어 갔다.

"믿지 못하시는 거 이해합니다. 하지만 제 말을 들으면 생각이 달라지실 겁니다. 저희가 얻은 정보를 살펴보니, 어제 오후 9시 30분 메시지를 보내 커피를 사 오라고 부탁하셨더라고요. 황진수 씨한테요. 또 두 잔 사서 하나는 황진수 씨 마시라고 하셨고. 이미 스마트폰이 해킹되어 내용이 유출된 상황입니다. 이제 믿으시겠어요?"

"아……."

"그러니까 이런 식으로 속이면 된다, 이 말이지. 맞

지?"

문혁이 고개를 끄덕였다. 아린이 다시 입을 열었다.

"그렇게 전희서의 스마트폰을 검사하는 척 복제할 거예요. 연모야. 어느 정도 걸릴까?"

연모가 뭔가를 계산하더니 쭈뼛거리며 대답했다.

"……미리 세팅해 두면…… 몇 분 안 걸려요. 근데 전 희서 스마트폰에…… 해킹 앱 자체가 없는데…… 어떻 게 확인해 주나요?"

문혁이 연모를 보며 말했다.

"돌려줄 때 깔면 됩니다."

"아…… 맞네…… 난 너무 복잡하게만 생각해……."

아린이 다시 상황을 정리해 주었다.

"복제할 때 해킹 앱을 깔고 복제가 끝나면 돌려주면 서 여기 이게 깔려 있었다고 하는 거야. 이러면 의심하 지 않겠지?"

주리가 다시 손을 들었다.

"언니 그럼 저는 뭐 해요?"

"너도 연기해야지."

"네?"

놀란 주리를 보며 아린이 다부진 표정으로 말했다.

"너도, 나도 여기 문혁이도 모두 다 동참할 거야."

"으......."

"피해자들을 연기하는 거니까 너무 부담 갖지 마. 정 못 하겠으면 그냥 울기만 해. 내가 신호 보낼 때마다."

"그 정도면 할 수 있습니다!"

모두를 보며 문혁은 생각했다. 예술고 시절 연출할 때의 감각이 조금씩 되살아나고 있었다. 지금 가장 중요한 건 바로 팀워크였다. 팀워크가 제대로 안 되면 각자 따로 놀게 되고, 최종 무대를 망친다. 문혁 역시 그점을 염두에 두고 계획을 짠 것이다.

벌써 오후 10시가 넘어가고 있었다. 태진의 정보부터 연모의 해킹, 문혁의 계획을 듣기까지 쉴 새 없이 달려온 터라 피로감이 몰려왔다. 역시나 아린이 가장 먼저 분위기를 파악하고 모두에게 말했다.

"그럼 오늘은 여기까지!"

멤버들이 각자 짐을 챙기는 중에 지찬이 슬그머니 손을 들어 의견을 제시했다.

"......이대로 헤어지긴 좀 아쉬운데...... 협선클 첫 임무 발기식 기념 맥주 한잔?"

모두가 짐을 챙기던 움직임을 멈췄다. 모두의 시선이 아린에게 향했다. 아린이 한숨을 내쉬며 중얼거렸다.

"저 간절한 눈빛들. 좋아요. 건물 지하 호프집으로 갑시다."

"······회식······ 오랜만이라······ 부담스러운데······."

"야. 분위기 깨지 말고 빨리 따라와 그냥."

주리가 연모를 이끌며 문을 나섰다. 지찬이 아린을
보며 어색한 윙크를 던졌다.

"······원래 술 한잔하면서 더 친해지고 그러는 거지."

아린이 못 말리겠다는 투로 한숨을 내쉬었다. 지찬이
몸을 돌려 사라진 후 문혁과 아린 둘만이 남았다. 아린
이 혹시나 하는 표정으로 문혁의 의중을 떠보았다.

"빼지 마라? 너도 먹고 가야 한다?"

"······참석할 거야."

"괜히 걱정했네. 사람 많은 거 별로 안 좋아했었잖아."

문혁이 아린을 물끄러미 바라보았다. 작게 벌어진 입
술 틈으로 낮은 목소리가 흘러나왔다.

"······지금도 그래."

"······괜찮지? 우리는."

"······필요한 건 해야지."

"그럼, 고!"

기왕 그렇게 생각한 거면 얼른 가자며 아린이 문혁의
팔을 잡고 이끌었다. 이끌려 가는 문혁의 머릿속에는
매니저였던 태진의 말이 아까부터 계속 떠오르고 있었

다. 소속사의 부당한 개인 활동 통제. 아마도 그건, 선오가 가장 싫어하는 행위였을 거다. 누구보다도 평범함을 간절히 원했었으니까. 그때의 추억이 떠올랐다. 선오와의 추억이.

회상

교내 옥상은 원래는 출입문이 잠겨 있어 접근이 힘들었다. 당연한 조치였다. 무엇보다 위험하니까. 공연실 트러블 이후로 문혁과 선오는 가까워졌다. 선오가 먼저 문혁을 향해 계속 다가온 결과다. 아린이 처음이라면, 선오는 두 번째였다. 벽을 부수고 들어오는 이들을 문혁은 어찌할 방도가 없었다. 일부러 사람들과 어울리지 않으려던 건 경쟁자를 견제하기 위해서였고, 아린과 선오는 그들과 다르다고 받아들이는 게 그냥 편하다고 생각했다. 특히 선오의 존재감은 남달랐다. 선오가 다가오는 걸 누가 밀어낼 수 있을까. 아마, 아무도 없을 테다.

"문혁아. 네가 나라면 어떻게 할 거야?"

옥상 난간에 기대 맑은 하늘을 바라보며 선오가 물었다. 이것도 다 선오의 힘이다. 선오는 옥상에서 바라보는 풍경을 좋아했다. 그래서 개인적인 부탁으로 옥상 개방을 허락받은 교내 유일한 존재였다. 이제는 유일이 아닌 유이가 되었지만. 출입구 벽에 등을 기댄 채로 문혁이 챙겨 온 빵 봉지를 주룩 뜯었다. 바람에 비닐봉지가 날렸다. 손을 뻗어 잡으려던 문혁이 그만 놓쳤다.

곁으로 날아온 봉지를 선오가 잡았다. 선오가 가만히 냄새를 맡았다. 흐음. 선오가 미소를 짓고는 문혁을 향해 고개를 돌렸다.

"빵 냄새 좋네."

"……."

"왜?"

"아니야."

"배고프다."

선오가 두 팔을 죽 펴며 미소 지었다. 선오는 뭔가 다른 이들과 달랐다. 문혁이 선오를 물끄러미 바라보았다. 솔직히 선오의 입장이라면 아린과 문혁의 존재는 떠올려도 좋고 그냥 잊어버려도 아무렇지 않을, 그저 기억의 일상일 뿐이라 생각했다. 하지만 선오는 그런 기억의 중심을 잊지 않았다. 몇 번 물어봤을 때도 선오는 답했었다. 너희들이 좋으니까. 마음에 드니까. 친해지고 싶으니까. 선오가 다시 물었다.

"네가 나라면 어떻게 할 거냐니까?"

"뭐를."

"너한테 이런저런 관심들이 너무 많다면 말이야. 다 무시할 수는 없잖아."

문혁이 무표정하게 답했다.

"⋯⋯너랑 나랑 사는 세계가 다르지."

"⋯⋯뭘 또 그렇게 말해. 뭐가 다르다고."

"굳이 말하자면⋯⋯."

문혁이 들고 있던 빵을 가만히 바라보며 중얼거렸다.

"좋을 것 같은데."

"역시 그렇구나. 좋긴 해. 사람들이 좋아해 주니까. 하지만⋯⋯."

선오가 고개를 들어 하늘을 바라보았다.

"⋯⋯그건 부모님 때문인걸."

문혁도 언뜻 들은 기억이 있었다. 선오의 아버지가 유명한 영화감독이며 어머니도 유명 배우라는 사실을. 선오의 목소리가 가라앉아서 문혁은 그냥 입을 다물고 듣고만 있었다. 선오가 여전히 하늘을 올려다보며 말을 이었다.

"⋯⋯어릴 때는 당연한 건 줄 알았지⋯⋯ 내가 겪고 누리는 모든 게. 그냥 그거 다 부모님이 만들어 준 건데.

그래서 내 길은 내가 선택하기로 했고…… 그게 이 길이야."

선오가 고개를 돌려 문혁을 보더니 밝은 미소를 지었다.

"이준열 배우 알지?"

"……모르는 사람도 있냐?"

"국민 배우 이준열을 모르는 사람은 없지. 그분이 내 롤 모델이야. 그분과 같은 길을 걷는 거."

선오는 이준열 배우의 모든 작품을 찾아보며 점점 자신의 꿈을 만들어 가기 시작했다고 말했다. 선오가 들 뜬 표정으로 한참을 떠들다가 그대로, 상체를 더 깊숙이 앞으로 숙였다. 문혁이 살짝 놀란 눈으로 그런 선오를 보며 말했다.

"위험해."

"나도 알아."

"떨어진다고."

"나도 알아."

선오가 말없이 그대로 고개를 숙여 아래를 내려다보았다. 문혁이 품에서 뜯지 않은 빵을 꺼냈다. 문혁의 시선이 선오의 등으로 향했다.

"……이거나 먹어."

"내가 이대로 난간을 넘어 뛰어내리면, 나한테 관심을 주던 사람들은 어떤 생각을 할까? 기억은 해 줄까?"

"……이상한 소리 하지 말고 이리로 와."

선오가 상체를 일으키며 난간 밑으로 내려왔다. 밝게 웃는 선오의 얼굴을 향해 문혁이 던진 빵이 날아왔다. 빵을 잡은 선오의 시선이 자신에게로 향하자 문혁이 슬그머니 얼굴을 돌렸다. 선오가 웃으며 문혁이 앉은 곳으로 걸어왔다. 문혁이 자기가 앉은 자리 옆 바닥을 툭툭 치며 무심한 목소리로 말했다.

"여기 앉아. 위험하다니까, 하여튼 연기자들이란."

"내 거 사 온 거 왜 말 안 했어."

싱글벙글 웃던 선오가 문혁의 곁에 앉았다.

"이거 구하기 힘든데."

"매점 이모한테 미리 말해 뒀어."

선오가 고개를 옆으로 돌렸다. 시선이 마주쳤다. 선오가 풀 죽은 목소리로 말했다.

"……나는 그런 거 부탁 못 해. 매점 이모도 나 부담스러워하니까."

선오가 다시 시선을 하늘로 돌렸다. 문혁은 말없이 듣고만 있었다.

"다들 나를 너무 높게 봐."

문혁이 무뚝뚝한 목소리로 답했다.

"다른 세계에서 산다니까 넌."

선오가 찡그린 표정으로 문혁을 쳐다보았다.

"그만하라니까, 그런 말은."

문혁이 잠깐 머뭇거렸다.

"……기분 나쁘게 할 의도는 없었어."

"그래…… 나도 알아."

선오가 봉지를 뜯어 빵을 입으로 가져갔다.

"맛있다."

"맛있지."

"진짜 맛있다 이거."

선오가 눈을 가늘게 뜨며 문혁을 바라보았다.

"거봐. 난 지금 너랑 같이 있잖아. 같이 맛있는 것도 먹고."

문혁의 눈빛이 살짝 흔들렸다. 선오가 그런 문혁을 바라보며 말을 이었다.

"……우리는 다르지 않아."

아까의 대답이 신경 쓰인 문혁이 조금은 당황한 표정으로 선오를 쳐다보았다. 선오가 빵을 다 먹을 때까지 문혁은 아무 말도 하지 않았다. 아니, 하지 못했다.

시선이 마주칠 때마다, 선오의 반짝이는 눈빛에 문혁

은 눈동자를 빼앗기는 기분이었다. 그냥 빨려 들어가는 느낌. 말없이 문혁을 보던 선오가 엷은 미소를 띠었다.

"문혁아. 나는 그냥 평범하게 행복해질 거야. 평범하게 누군가를 좋아하고…… 그 사람과 평범한 일상을 보내면서…… 평범히 행복하게."

해킹피해자연대

문혁이 근처 편의점에서 사 온 여행용 세면도구를 열어 칫솔 위에 치약을 짰다. 세면대 앞에 같이 서 있던 지찬이 머리가 아픈지 관자놀이를 계속 눌렀다. 양치질하는 문혁을 향해 지찬이 고개를 돌렸다. 멀쩡한 문혁과 거울 속 축 늘어진 자신을 번갈아 보던 지찬이 풀이 죽어 중얼거렸다.

"아니 아무리 30줄이라지만 나 왜 이렇게 몸이 골골일까?"

"밤새웠잖아요."

"아니…… 주리랑 아린이는 멀쩡하잖아. 연모랑 나만 죽어났다 진짜. 문혁 씨도 대단하네. 뭐 운동하나?"

"……그냥 예전부터요."

연출가는 체력이 좋아야 한다고 생각했었다. 꿈은 꺾였더라도 습관은 잘 변하지 않는다. 턱을 치켜들고 눈 그늘이 졌나 살피던 지찬이 거울에 시선을 고정한 채 진지한 말투로 물었다.

"……오늘 시작할 거지?"

문혁이 물로 입을 헹군 뒤 내뱉었다. 칫솔의 물기를 털어 내고 세면대를 가지런히 정돈한 뒤 천천히 고개를 끄덕였다. 지찬이 양 뺨을 손바닥으로 탁탁 올려 쳤다. 심호흡한 지찬이 문혁을 보며 씩 웃었다.

"그러고 보니 어쩌면 내 생애 최초의 주연 무대잖아. 그럼 더 잘해야지. 혐선클 최초의 무대인데. 으쌰."

지찬이 얼굴에 찬물을 끼얹으며 기합을 내뱉었다. 문혁이 화장실 밖으로 나섰다. 멀리 연모가 소파에 엎드려 자는 게 보였다. 지찬이 덮어 줬는지 무릎 담요 하나가 연모의 등에서 떨어질락 말락 하고 있었다. 문혁이 다가가 담요를 끌어 올려 다시 제대로 덮어 주었다. 평소에 실없는 사람처럼 보일지 몰라도 은근슬쩍 자상하게 챙기는 사람. 문혁은 지찬을 그렇게 파악하고 있었다. 문혁이 테이블 앞에 앉아 스마트폰을 꺼냈다. 메시지 알림 몇 개는 전부 회사 동기 이 대리의 연락이다. 회사 일 외에 개인적인 연락은 없다고 보면 되었다. 아지트 출입문이 열리며 아린과 주리가 들어왔다. 아린이 손을 흔들며 사 들고 온 커피를 테이블 위에 올려놓았다. 주리가 자는 연모에게 다가가 그대로 뒤통수를 후려쳤다. 연모가 화들짝 놀라며 일어났다.

"……죄송합니다!"

"언제까지 처잘 거야?"

"아……. 미안해."

주섬주섬 안경을 쓰는 연모를 보며 주리가 성큼 테이블로 와 커피 한 잔을 들더니 연모에게 내밀었다. 연모가 반색하며 받아 들고 홀짝거렸다. 아린도 문혁에게 커피를 건넸다. 문혁이 커피를 들고 그대로 입으로 가져갔다.

"지찬 오빠는?"

"곧 나올 거야."

"일단 해킹피해자연대 사무실로 위장할 곳들 단기 임대를 좀 알아봤어. 몇 군데 후보가 있어서 의견 좀 들어 보고 결정하게."

아린이 문혁 곁에 앉으며 스마트폰을 꺼냈다. 지찬이 화장실에서 나왔다. 주리와 연모도 아린 곁으로 다가왔다. 멤버들이 모두 자리에 앉고, 아린이 스마트폰을 내려놓으며 화면을 가리켰다.

"일단 대충 알아본 데가 여기랑 여기고……."

"먼 곳이 좋겠어."

"그럼 전희서 회사가 강남에 있으니 최대한 멀리…… 강서?"

"……목동이 낫겠네."

"하긴, 우리 역할이 VIP 피해자들이었지?"

지찬이 끼어들며 둘의 대화 위에 말을 얹었다.

"내가 빌릴게. 어차피 집에 가는 길이니까."

"오빠가 해 주면 좋지. 근데 가명 써야 해."

"안 그래도 나 예명도 있다고."

문혁이 편의점에서 산 유심칩을 꺼냈다. 테이블 위에 올려 둔 유심칩을 멤버들이 다 같이 바라보았다. 문혁이 지찬을 향해 말했다.

"선불 개통용이라 무약정이고 바로 해지됩니다."

"철저하네."

보고 있던 연모가 일어나서 작업실에 들어가더니 곧 다시 돌아왔다. 중고 스마트폰을 들고 있었다.

"……해킹 테스트용인데 이걸 쓰면 될 거예요."

지찬이 유심칩을 끼우고 신호가 뜨는 것을 확인했다. 목을 좌우로 움직이는 지찬을 보며 주리가 툭 말을 던졌다.

"아저씨 긴장하네?"

"연기할 때 루틴이야 루틴…… 그리고 어제 회식 때 아저씨라고 안 부르기로 해 놓고 은근 말 바꾼다?"

"그건 어제만이죠."

"와…… 그래 너 때문에 긴장은 풀린다. 하도 어이없어서."

지찬이 숨을 깊게 들이마셨다가 내뱉었다. 멤버들 모두가 그런 지찬을 보며 살짝 긴장했다. 문혁이 시계를 내려다보았다. 오전 11시. 이르지도 늦지도 않은 시각. 지찬이 문혁의 눈을 바라보았다. 문혁이 고개를 살짝 끄덕였다. 지찬이 흠흠 하며 목을 풀었다. 점점 변해 가는 목소리에, 멤버들이 놀란 표정으로 지찬을 쳐다보았다. 지찬이 검지를 들어 입술 위로 가져갔다. 조용히 하라는 표현이다. 멤버 모두가 숨을 죽였다. 상황에 따른 간단한 대본이 떠 있는 문혁의 노트북을 다시 한번 살피며, 지찬이 전희서의 번호를 입력한 뒤 통화 버튼을 눌렀다. 스피커폰으로 전환했기에 신호음이 아지트 내부에도 울렸다. 몇 번 신호음이 가다가, 차가운 여성의 목소리가 울렸다.

"네. 전희서입니다."

"……안녕하십니까. 전희서 씨."

지찬의 목소리가 굵고 낮은 톤으로 바뀌었다. 아린이 오 하는 표정으로 문혁을 바라보았다. 문혁이 검지로 입술을 몇 번 두드렸다. 아린이 알겠다는 듯 고개를 끄덕였다. 연모와 주리도 지찬을 흥미롭게 바라보고 있었다. 문혁은 통화 내용에 집중하며 스마트워치의 녹음 버튼을 눌렀다. 혹시 모르니 이중 녹음도 진행하는 상황이다. 지찬의 눈은 계속 노트북 속 문혁이 써 준 대본을 보고 있었다.

"누구시죠?"

"드리머 본부장 전희서 씨, 맞습니까?"

"……그쪽은요? 제 개인 번호는 어떻게 알았죠? 업무 관련 연락처는 따로 있을 텐데."

아린이 문혁을 쳐다보았다. 문혁이 눈살을 찌푸렸다. 투 폰을 쓰는구나. 예상치 못한 상황이다. 다행히 지찬은 당황한 듯 보이지는 않았다. 지찬이 진중한 말투로 통화를 이어 갔다.

"……개인 연락처뿐이겠습니까. 더 많은 걸 알고 있는데요."

"기분 나쁜 어투네요. 그러니 이만 끊을게요."

"이대로 끊으시면 그저 피해자로 남을 뿐입니다."

"……피해자? 제가 무슨 피해를 본다는 거죠?"

"스마트폰 해킹으로 인한 개인 정보 유출입니다."

잠깐 침묵이 흘렀다. 이윽고 전희서의 목소리가 다시 들려왔다. 아까보다도 더 차가운, 바닥에 깔릴 듯한 어조였다.

"협박하는 겁니까 지금?"

"도와드리려는 겁니다. 전희서 씨를요. 저희 쪽에서요."

"처음 질문에 답을 아직 하지 않으셨는데, 다시 한번 묻겠습니다. 누구시죠?"

"소개가 늦었습니다. 해킹피해자연대 대변인인 강태오라고 합니다."

"해킹…… 피해자…… 연대?"

"단도직입적으로 말씀드리죠. 지금 전희서 씨는 스마트폰 해킹을 당한 상황입니다."

지찬의 말투가 조금 빨라지며 톤이 올라갔다. 이제부터 불안감 조성의 씨앗을 뿌릴 시간이다.

"해킹?"

"네. 그래서 저희가 전희서 씨의 개인 연락처를 알고 있는 겁니다."

"아. 그러시구나. 이거 무슨 상황이지? 신종 보이스피싱인가?"

"물론 무턱대고 믿어 달라는 소리는 아닙니다. 차라

리 보이스 피싱이면 저희도 좋겠네요. 그냥 돈만 잃으면 되는 거니까요."

"……."

"돈보다 중요한 건, 드러나서는 안 될 개인 정보들이죠."

잠깐 말을 끊은 지찬이 강조하듯 목소리를 낮고 깊게 깔았다.

"특히 저희같이 사회적 지위가 알려진 사람들은요. 그래서 소문이 돌지 않게 최대한 빨리…… 사적으로 해결하고 싶어 하십니다."

잠깐 침묵이 흘렀다. 지찬이 숨소리를 최대한 죽였다. 이윽고 전희서가 질문을 던졌다.

"……고위층이 얽혀 있나요? 누가 해킹을 한 거죠?"

"……해킹 조직은 아직 조사 중입니다. 자세히는 말씀드릴 수 없지만…… VVIP분들을 노린 조직적 범죄인 건 맞습니다."

"아, VVIP…… 그분들이랑 저는 일면식도 없고…… 제가 딱히 해킹을 당할 이유는 없다고 보는데요? 저는 그저 직장인일 뿐이고요."

"……평범한 직장이 아니니까요. 전희서 씨는 연예인들을 관리하는 분이고요. 저희가 자체적으로 조사해 본 결과 이 해킹 범죄에 당한 분들에게는 공통점이 있습니다. 하나는 상위 1퍼센트의 상류층, 다른 하나는 유명 그룹이나 회사의 관리자입니다. 전희서 씨는 후자에 속할 테죠. 그 조직의 정체를 알 수 있는 방법을 찾아냈습니다. 해킹 앱의 출처를 조사하고 있거든요. 그래서 전희서 씨의 협조가 필요합니다. 같은 해킹 앱이라면 범위를 좁힐 수 있습니다."

"……제가 해킹을 당했다는 증거는요?"

여전히 냉정한 태도를 유지하는 전희서의 말투에 아린이 혀를 내둘렀다. 지찬이 낮은 목소리로 또박또박 말을 끊어 답했다.

"어제, 오후 9시 30분경, 황진수 씨에게 메시지, 커피사 오세요."

"……."

"마지막 메시지는, 두 잔 사서 한 잔은 진수 씨 드세요. 이 정도면 될까요?"

"말도 안 돼……."

드디어 전희서의 목소리가 떨리는 게 느껴졌다. 씨앗은 정상적으로 심어졌다. 이제는 싹을 틔울 차례다. 지찬이 목소리 톤을 낮추며 천천히 말을 이어 갔다.

"저희는 보상이나 그런 걸 요구하는 모임이 아닙니

다. 단지, 피해자들을 더 만들지 말자는 인도적인 목적으로 움직이는 겁니다. 행여 기자들이 달려들 만한 자료가 뿌려지는 걸 방지하기 위해 그쪽 전문가이신 전희서 씨께 도움을 청할 수는 있겠지만요."

"어, 얼마나 많은 정보가…… 유출된 거죠?"

"현재 저희 쪽 정보로는 통화 내용과 메시지 내용 정도로 압니다."

"그, 보안…… 보안 폴더는 괜찮겠죠?"

보안 폴더. 중요한 단서다.

문혁이 조용히 신호를 보냈다. 지찬이 신호를 확인한 후 입꼬리를 올리며 눈을 빛냈다.

"음…… 솔직히 확실치는 않습니다. 그래서 연락드린 거고요. 직접 스마트폰을 확인해 봐야 합니다."

"직접 확인한다고요? 뭘 어떻게요?"

"저희 피해자 고객 중 한 분이 관련 보안업체에 의뢰해 본 결과, 악성 프로그램이 깔린 게 그 이유라고 하더라고요. 그건 전문가만 확인할 수 있고, 일반인은 알 수 없습니다."

"그럼…… 제가…… 뭘 어떻게 해야 하나요?"

뭔가 이상했다. 방금 전까지 냉철함을 유지하던 전희서의 모습은 완전히 사라지고, 극심한 불안감을 보이고 있었다. 메시지 내용을 증거로 내민 순간부터 전희서의 태도는 180도 바뀌었다. 너무도 달라진 모습에 문혁을 포함한 다른 멤버들도 위화감을 느꼈다. 지찬이 대화가 끊기지 않게 말을 계속 이어 갔다.

"저희가 확인할 수 있습니다. 잠깐 시간을 내 주신다면 프로그램을 찾아 삭제해 드릴 수 있습니다. 참, 그냥 임의로 스마트폰을 바꿔 버리는 건 안 됩니다. 이미 해킹이 된 상태라 통화 불가능한 거랑 별개로 그 안의 데이터는 전부 다 뽑아낼 수 있다고 합니다."

"시, 신호가 안 가는 상황에도 해킹이 된다고요? 그게 말이 돼요?"

전희서의 질문을 예상하고 쓴 대본을 보며, 지찬이 문혁에게 엄지를 올렸다.

"물어보실 줄 알았습니다. 쉽게 생각하세요. 해킹된다는 게 아니라, 이미 해킹이 되었기에 가능한 거죠."

"……."

"……그럼 제 번호는 아실 테니 빠른 답변 기다리겠습니다."

불안한 듯 떨리는 전희서의 목소리가 멤버들의 귓가에 흩뿌려졌다.

"뭐, 뭐를 답변해요? 아. 그 폰 확인 말이죠? 아, 네.

저기, 저 조금 시간을 주시면 제가 바로 연락드릴게요. 지금 좀 정신이 없네요. 죄송합니다. 그, 강태오 씨? 일단 끊겠습니다. 죄송합니다."

"알겠습니다. 그럼 진정하시고……."

전화가 끊겼다. 통화가 끝났다.

지찬이 깊은숨을 내뱉었다. 특유의 건들거리는 말투가 다시 돌아왔다.

"내가 끊은 거 아니다?"

그 순간, 멤버 모두가 지찬을 향해 손뼉을 치며 칭찬했다.

"아저씨 이번엔 좀 멋지네?"

"……완전 설득 가능 목소리…… 저라도 속을 거 같아요……."

"지찬 오빠는 떨리지도 않나 봐. 역시 연기자는 다르구나."

지찬이 허세를 부리며 모두에게 말했다.

"이래 봬도 배우 출신이라고. 근데 좀 반응이 이상하더라. 그런 거 안 느꼈어?"

"맞아. 지찬 오빠가 유출 메시지 언급하는 순간 엄청 불안해하더라고."

아린의 말에 멤버 모두가 수긍했다. 연모가 고개를

갸우뚱거렸다.

"……보안 폴더부터 챙기던데…… 뭘까요?"

"드러나면 안 되는 정보가 있다는 거지 뭐."

"……설마 선오 님과 관련된 거 아냐?"

주리가 중얼거렸다. 갑자기 스마트폰이 울렸다. 지찬이 확인한 뒤 말했다.

"전희서야. 만날 장소랑 시간을 묻는 문자."

"한시라도 빨리 확인하고 싶겠지. 시간이 가면 갈수록 불안해질 거고."

아린이 중얼거렸다. 문혁이 잠깐 생각에 잠겼다. 이제 본무대에 올라갈 시간이었다. 아린이 문혁을 보며 질문했다.

"언제 보자 할까?"

"모레가 좋겠어."

문혁이 답했다. 쇠뿔도 단김에 빼라고 했다. 쳇바퀴 돌듯 생각 없이 살면서 그나마 얻은 진실이 하나 있었다.

그건 바로 옛말 틀린 것 하나 없다는 것.

*

같은 시간이라도 누군가에게는 길고, 누군가에게는

짧다.

이틀이라는 기간은 전희서에게는 길었고, 선데이 클럽에는 짧았다.

선데이 클럽 멤버들이 모여 각자의 역할을 준비하고 있었다. 단기 임대한 사무실은 '해킹피해자연대'의 사무실로 변신한 상태다. PC와 주변기기들을 세팅하던 연모가 문혁을 보며 말했다.

"……준비는 끝났어요."

주리가 불안한 눈초리로 연모에게 다가가 얼굴을 들이밀며 말을 걸었다.

"야. 실수하면 안 된다?"

"……당연하지…… 너도 열심히 해."

"나는 그냥 울기만 하면 된다고 언니가 그랬거든?"

아린이 주리 옆에 서서 허리를 감싸 안으며 애써 밝은 말투로 입을 열었다. 모두의 긴장을 풀어 주기 위함이었다.

"괜찮아! 우리 주리는 이 언니가 커버칠 거니깐. 연모 너도 잘할 수 있고."

"네, 누나…… 저는 그냥 숨만 쉬고 있을 거니…… 걱정 마세요."

지찬이 몇 번이고 헛기침하며 목을 가다듬고 있었다.

비록 이미 통화한 경험이 있다고는 해도 직접 보는 건 다르다. 전희서는 젊은 나이에 거대 엔터테인먼트 회사의 중심 간부에 오른 인물이다. 그리고 선오의 죽음에 관련된 음모에도 얽힌 용의자다. 약간 긴장되는지 지찬이 귓불을 만지작거렸다. 아린이 그런 지찬에게 말했다.

"지찬 오빠는 뭐 걱정 없지. 최대한 빨리 끝내 버리자."

"……질질 끌면 그만큼 이쪽이 간파당할 확률도 높아지니까. 나한테 맡겨라."

스마트워치에서 진동이 울렸다. 전희서가 방문하는 시간은 오후 3시. 정확히 10분 전이다. 문혁이 차분한 목소리로 말했다.

"10분 전입니다."

멤버 모두가 고개를 끄덕였다. 연모가 PC 앞에 앉아 세팅을 마무리했다. 아린과 주리도 의자에 앉았다. 지찬이 심호흡을 하며 양손을 들어 털었다. 문혁 역시 차려입은 정장 상의 단추를 채우며 정돈했다. 스마트워치를 다시 한번 확인했다. 5분 전.

노크 소리가 들렸다.

모두의 시선이 출입문으로 향했다. 그리고 이어서 지찬에게로 향했다. 지찬이 손을 들었다가, 다시 내렸다. 멤버들의 시선이 다시 출입문으로 향했다. 지찬이 침을 꿀꺽 삼켰다. 그리고 출입문을 향해 걸음을 옮겼다.

지찬이 천천히 문을 열었다. 지찬 앞에 서 있는 여성과 남성의 모습이 보였다. 싸늘한 표정의 여성이 고개를 비스듬히 기울인 채로 지찬을 물끄러미 쳐다보았다. 눈이 마주친 지찬이 입가를 살짝 올리며 손을 내밀었다.

"전희서 씨. 만나서 반갑습니다."

"······생각보다 젊네요?"

"마찬가지입니다."

악수를 대충 마무리한 전희서가 사무실 안으로 들어섰다. 곁에 있는 덩치 큰 남성이 얼른 그런 희서를 뒤따라 들어왔다. 앉아 있는 멤버들을 보고 전희서가 우뚝 멈춰 섰다. 고개를 돌려 지찬을 보며 물었다.

"이분들은?"

"해킹 피해자들 대표이십니다."

"······굳이 있을 필요는 없잖아요, 이 자리에."

"저는 이분들의 지시에 따라 움직이는 사람이라서요. 물적 지원을 도맡아 하시니까 제가 뭐라고 할 처지는 안 되지요."

"아. 물주분들이구나. 그럼 강태오 씨는 피해자가 아닌 거네요?"

"네. 저는 뒤처리 담당입니다."

"……뒤처리라. 여기 분들 다들 힘 좀 쓰시나 보네요."

전희서가 곁에 서 있는 남성을 쳐다보며 말했다.

"진수 씨. 남은 시간은?"

"네. 한 시간 정도입니다."

전희서가 지찬을 쳐다보았다. 가만히 보고 있던 희서가 천천히 입을 열었다.

"여기 방문한 건 아무도 몰라요. 알리고 싶지도 않고. 그러니 최대한 빨리 끝내죠."

"같은 생각입니다."

"그럼, 스마트폰을 드리면 되나요?"

전희서가 품에서 스마트폰을 꺼냈다. 지찬이 고개를 끄덕이며 희서의 폰을 받으려는 순간, 희서가 다시 스마트폰을 거둬들였다. 지찬의 눈빛을 희서가 가만히 살폈다.

"……곰곰이 생각을 해 봤는데요…… 정말 내 폰이 해킹된 건지 의문이 좀 들어서."

"전희서 씨가 황진수 씨에게 보냈던 메시지 내용을 분명 알려 드린 기억이 있는데요."

"그건 여기 진수 씨 스마트폰을 해킹했어도 알 수 있죠. 주고받은 내용 같은 건요."

눈치챈 건가? 문혁은 냉정함을 유지하려 노력했다.

전희서가 말을 꺼내며 멤버들을 쳐다보았다. 관찰하는 중이다. 가만히 앉아 있던 문혁이 전희서와 시선을 마주쳤다. 문혁의 굳어 있는 표정을 본 전희서가 흥미가 생겼는지 입꼬리를 올렸다.

"……그래서 좀 확인해 보고 싶거든요. 피해자 여러분?"

"전희서 씨."

지찬이 앞으로 나서며 전희서에게 다가갔다. 황진수가 그런 지찬을 보며 인상을 썼다. 지찬이 눈살을 찌푸렸다. 아린이 슬쩍, 문혁을 바라보았다. 아린은 괜찮아 보인다. 제일 위험한 건 주리다. 문혁은 주리에게 향하려는 시선을 겨우 붙잡았다. 아마도 전희서는 자신이 던진 파문에 따른 변화를 살피면서, 각자의 반응을 보려는 게 분명했다.

아린이 눈을 감았다가 뜨더니, 매서운 눈빛으로 희서를 노려보았다. 그러고는 입을 열었다.

"……제 동생이랑 반응이 똑같네요."

희서가 아린을 향해 고개를 돌렸다.

"끝까지 믿고 싶지 않아 하는 거요."

"……그런가요. 구체적으로 말씀해 주시면?"

"제 동생도 똑같이 생각했어요. 해킹된 건 전 남친이

지 자기는 아니라고."

희서의 표정이 살짝 굳어졌다. 아린이 보이지 않게 옆에 앉은 주리의 옆구리를 푹 찔렀다. 신호였다. 주리가 갑자기 두 손을 들어 얼굴을 가렸다. 훌쩍거리는 소리가 서서히 들려오기 시작했다.

"……제 동생…… 남자 잘못 만나서 혼사 건 날아갔어요."

"흑흑…… 언니…… 흑."

"……긴 말씀 못 드리는 거 이해해 주세요. 저희 나름 알려진 집안이라."

희서가 눈을 가늘게 뜨며 아린의 옷차림을 살폈다. 한눈에 봐도 명품이라는 걸 알 수 있었다. 특히 눈에 띄는 것은 바로 아린의 옆자리에 놓인 가방이었다. 희서의 눈썹이 살짝 올라갔다. 아린이 입고 있는 옷과 가방은 누구나 다 아는 굴지의 그룹 재벌 일가들이 애용하는 브랜드의 시그니처 디자인이다. 희서의 눈빛을 확인한 아린이 코웃음을 치며 다리를 꼬았다. 구두 역시 마찬가지였다. 틀림없어. 저 여자는 재계 1위 쪽 일가 사람이다. 당황한 희서가 잠시 머뭇거리다가, 애써 냉정함을 유지하며 신경 쓰지 않는다는 투로 말했다.

"……그게 답이 되지는 않네요?"

"말귀를 못 알아들으시네."

"……불편한 말투네요?"

"불편하면 그냥 가요."

아린이 딱딱한 목소리로 답했다. 전희서의 표정이 더욱 굳어졌다. 그건 지찬도 마찬가지였다. 전희서가 아린의 눈을 쳐다보며 조용히 물었다.

"……그냥 가라고요?"

"뭐가 똥인지 된장인지 구분도 못 하고 현실 도피만 하는 사람 필요 없다고."

"뭐라고요?"

희서가 아린을 노려보았다. 아린이 고개를 돌리더니 지찬을 향해 버럭 소리를 질렀다.

"아, 짜증 나! 강 실장!"

화들짝 놀란 지찬이 서둘러 다가와 고개를 숙이며 아린의 장단에 맞췄다.

"……네."

"이 사람 뭐 하러 연락했어? 필요 없어. 의심만 가득하네. 우리한테 도움이 될 만한 사람이라고 했잖아?"

"……죄송합니다……."

"건방지고 오만하고, 응? 기분 나쁘다고."

희서의 눈빛이 흔들렸다. 아린이 손을 들어 문혁을

가리키며 말했다.

"보안업체 재들이 얼마나 비싼지 알아? 그래도 겨우 불렀어 내가. 빨리 처리하려고! 혼사를 앞두고 신랑 측이 바람을 피웠다? 집안 망신이니까! 여기 나온 것도 짜증 나 죽겠는데!"

아린이 다시 주리의 옆구리를 푹 찔렀다. 주리가 울면서 주절거렸다.

"언니…… 흑흑…… 미안해……."

"시끄러워."

아린의 말에 주리가 입을 다물었다. 잘한다. 문혁은 속으로 생각했다. 미스터리한 인물이자 힘 있는 제삼자로서 사태를 수습하려는 연기. 특히 전희서의 본질을 바로 파악했다. 강약약강의 인물. 역시 아린다운 판단력이다. 전희서도 아린의 분위기에 압도되고 있었다. 아린이 진정하려는 척 톤을 낮추며 헛기침을 했다.

"……둘 다 해킹됐어요. 동생이랑 전 남친요. 플랜 A가 실패하면 플랜 B 몰라요? 나는 아닐 거라는 거 그냥 믿고 싶은 거지. 진실도 모르면서."

희서가 진수를 쳐다보았다. 황진수는 영문을 모르는 표정으로 멀뚱히 서 있을 뿐이다. 지찬이 기세의 흐름을 타며 빠르게 끼어들었다.

"전희서 씨. 스마트폰을 검사해 보면 압니다. 검사가 어려운 건 아닙니다만."

희서의 표정이 어두워졌다.

"……시간은 얼마나 걸리나요?"

"5분도 안 걸립니다."

"좋아요."

희서가 수긍했다. 마지못한 표정으로 희서가 스마트폰을 지찬에게 넘겼다. 지찬이 문혁을 보며 손짓했다. 문혁이 일어나 지찬에게 다가와 꾸벅하고 고개를 잠깐 숙인 뒤 스마트폰을 건네받았다. 희서가 경계심 가득한 눈빛으로 문혁의 눈을 바라보았다. 문혁은 최대한 시선을 피하지 않으려 애썼다. 둘의 시선이 잠깐 마주쳤다. 문혁이 무뚝뚝한 목소리로 말했다.

"일행분은 따로 검사를……."

"필요 없어요. 중요한 건 내가 가진 정보니까."

진수가 묘한 표정으로 전희서를 바라보았지만, 희서는 눈도 마주치지 않았다. 문혁이 그대로 PC 앞에 앉아 준비 중인 연모에게로 걸어갔다. 전희서의 스마트폰을 건네받은 연모가 스마트폰 화면을 준비한 융으로 닦아 냈다. 그리고 문혁에게만 들리게 살짝, 목소리를 낮춰 말했다.

"……잠금 풀어 달라고…… 해 주세요."

문혁이 다시 전희서에게 다가가 폰을 건네며 잠금 해제를 요청했다. 보이지 않게 가린 뒤 패턴으로 잠금을 해제한 희서가 다시 문혁에게 폰을 건넸다. 받아 드는 문혁을 보며 희서가 의미심장한 물음을 던졌다.

"보안업체라면 이 정도는 직접 풀 수 있지 않나요?"

"……그럼 시간이 추가되니까요."

문혁이 무덤덤하게 답변했다. 곧바로 다시 연모에게 다가간 문혁이 폰을 건넸다. 케이블을 연결한 연모가 모니터를 보며 키보드를 두드리기 시작했다. 문혁이 스마트워치를 살폈다.

이제부터, 전희서의 스마트폰을 전부 다 복제한다.

모니터에 복제 진행률이 표시되고 있었다. 50퍼센트, 55퍼센트, 60퍼센트.

그때, 전희서가 문혁과 연모에게로 다가왔다.

"저도 진행 상황을 좀 봐도 될까요?"

연모가 침을 꿀꺽 삼켰다. 문혁의 눈가에 힘이 들어갔다. 문혁이 아무렇지 않게 고개를 돌려 희서를 보며 말했다.

"대외비인지라……."

"어차피 보기만 하는 건데요. 그쪽 일들은 저도 잘 모르고."

　전희서가 대답하더니 무작정 문혁의 등 뒤에 섰다.
거의 동시에, 연모가 재빨리 마우스를 클릭했다. 순식
간에 '복제 진행률 표시기'가 '스캔 표시기'로 바뀌었
다. 희서가 진행률 그래프를 보며 문혁에게 물었다.

　"……스캔하고 있는 건가요?"

　"악성 앱의 유무를 확인하는 중입니다."

　진행률이 계속 올라가고 있었다. 70퍼센트, 75퍼센
트. 이대로라면 100퍼센트가 뜨며 복제가 완료될 것이
지만 스캔으로 착각하고 있기에, 앱을 발견했다는 메시
지가 필요했다. 문혁이 연모를 살폈다. 다행히 연모도
그 사실을 알고 있는 듯했다. 잠깐이라도 전희서의 시
선을 돌려야 했다. 문혁이 고개를 돌렸다. 마침, 아린과
눈이 마주쳤다. 문혁의 눈빛을 본 아린이 큰 소리로 말
했다.

　"지금 그쪽은 1000만 원짜리 서비스를 그냥 무료로
받는 거예요. 알고는 있으라고요."

　희서가 고개를 돌려 아린을 쳐다보았다.

　"이게 1000만 원이나 해요?"

　"……그러니까 말했잖아요. 나 나름 알려진 집안이
라고."

찰나에, 연모가 프로그램 코딩 화면을 띄웠다. 다시 고개를 돌린 희서가 그걸 보더니 문혁에게 물었다.

"……저건 무슨 화면이죠?"

"……해킹 방어벽을 뚫는 겁니다."

희서가 고개를 끄덕거렸다.

"1000만 원짜리 서비스라 확실하군요."

"……."

연모가 뭘 하려는 건지는 눈치채고 있었다. 사실 연모는 급한 대로 100퍼센트 완료 후에 보일 메시지를 코딩 중이다. 대놓고 작업하기에는 위험했지만, 전희서가 전문가가 아닌 이상 알 수는 없을 테다. 연모의 손가락이 빠르게 자판을 두드렸다.

진행률은 이제 막바지, 90퍼센트, 95퍼센트. 그리고 100퍼센트 완료.

메시지가 모니터에 나타났다.

해킹 앱 발견. 원격 조작이 가능한 TP-203 버전으로 확인됩니다.

전희서의 입술이 벌어졌다. 문혁이 속으로 안도의 한숨을 내쉬었다. 희서가 처음으로 당황한 표정을 지었다. 억지로라도 유지하던 당당한 태도가 사실을 확인한 순간 그대로 무너진 거다. 희서가 미간을 찡그리며 잠시 눈을 감았다. 그리고 그 타이밍을 놓치지 않고, 연모가 악성 프로그램을 전희서의 스마트폰에 재빨리 설치해 버렸다. 전희서가 다시 눈을 뜨며 모니터에 얼굴을 들이밀었다.

"이…… 이게 무슨 프로그램이죠? 이 TP 뭐라는 거요."

"……악성 해킹 앱입니다."

문혁의 말이 끝나자, 연모가 방금 설치한 악성 앱을 실행했다. 모니터에 전희서의 스마트폰과 똑같은 화면이 튀어나왔다. 희서가 경악하며 자신의 입을 틀어막았다. 연모가 포인터를 움직여 전화를 누르고, 연락처를 누른 뒤, 황진수를 찾아 통화를 시도했다. 연모의 조작 그대로, 전희서의 스마트폰이 조작되며 곧바로 황진수의 스마트폰 벨 소리가 울리기 시작했다.

"꺄악!"

전희서가 비명을 지르며 황진수를 쳐다보았다. 황진수가 의아한 표정으로 그런 희서를 보며 전화를 받아야 할지 말아야 할지 몰라 우물쭈물했다. 전희서가 문혁을 보며 다급하게 외쳤다.

"보…… 보안 폴더는요! 보안 폴더!"

"보안 폴더까지는 괜찮아 보입니다. 지금 확인해 볼
까요?"

전희서가 발을 동동 구르며 머리를 움켜쥐었다.

"안 돼! 아니…… 잠깐만요. 아…… 잠깐만…… 화,
확인해 주세요."

"알겠습니다."

연모가 포인터를 움직여 보안 폴더를 클릭했다. 희서
가 움찔 놀라며 몸을 뒤로 뺐다. 패턴 입력 화면이 나타
났다. 문혁이 차분하게 말했다.

"보안 폴더는 괜찮습니다."

"아…… 다행이야."

"그럼 프로그램을 삭제하겠습니다."

"빠, 빨리 삭제해 주세요!"

연모가 방금 보여 주었던 악성 앱을 다시 삭제했다.
연모의 눈짓을 확인한 문혁이 케이블에서 스마트폰을
분리해 전희서에게 넘겨주었다. 떨리는 손으로 받는 희
서의 눈을 보며 문혁이 말했다.

"해킹 프로그램은 삭제되었습니다."

희서의 입가 근육이 떨리는 게 보였다. 그대로 몸을
돌린 희서가 황진수를 불렀다. 황진수가 서둘러 희서에
게 다가왔다. 황진수를 쳐다보며 전희서가 불안한 말투

로 말했다.

"당장, 새 스마트폰 알아봐요."

"알겠습니다. 본부장님."

"……진수 씨 것도요."

"알겠습니다."

아린이 코웃음을 치며 그런 희서를 쳐다보았다. 희서가 잠깐 아린을 쳐다봤다가 다시 휙 고개를 돌렸다. 주리는 여전히 훌쩍거리며 우는 척하고 있다. 문혁이 지찬에게 다가가 조용하게 말을 건넸다.

"……마무리해 주세요."

"알았어."

지찬이 희서에게로 걸어왔다. 희서가 고개를 들어 지찬을 보았다. 지찬이 냉정한 표정으로 그런 희서를 보며 입을 열었다.

"역시 그 조직의 해킹 앱이 맞군요. 스마트폰을 바꾸는 건 잘한 선택입니다. 다행히 보안 폴더 자료는 무사한 모양입니다만."

"덕분에요……."

전희서가 말꼬리를 흐렸다. 당당한 태도는 이제 어디가고 없었다. 한시라도 빨리 스마트폰을 바꾸고 싶은 마음만 굴뚝이었다. 그런 희서의 태도를 지찬도 눈치챘다. 지찬이 다시 말을 이었다.

"기존 스마트폰은 철저히 폐기하세요. 잊지 마시고."

"도대체 어떻게…… 그들이 내 폰을 해킹한 거죠?"

"……해킹 수단은 저희도 다 파악하지 못합니다. 그나마 이 정도 선에서 끝난 게 다행이라면 다행입니다."

"이제 앞으로 내가 뭘 하면 되나요?"

"피해자 연대에서 사후 관리가 진행될 예정입니다. 결과가 나오면 연락드리겠습니다."

전희서가 한숨을 깊게 내쉬며 답했다.

"좋아요. 연락 기다릴게요. 강태오 씨 번호는 알고 있으니까."

"감사합니다."

지찬이 고개를 꾸벅 숙인 뒤, 손을 들어 출입문 쪽을 가리켰다. 한숨을 내쉰 전희서가 그대로 몸을 돌려 황진수를 대동하고 출입문 밖으로 나섰다. 지찬이 그 뒤를 따라나섰다. 셋이 사라진 후, 남은 멤버들이 숨을 골랐다. 울음을 뚝 그친 주리가 고개를 들어 아린을 빼꼼히 바라보았다.

"언니 졸라 멋졌어요……."

"……잠깐만 숨 좀 돌리고…… 아 심장 너무 뛰어 지금."

문혁은 말없이 가만히 앉아 있었다. 전희서가 확실히 돌아간 걸 확인해야 했다. 잠시 후, 지찬이 출입문을 열며 들어왔다.

"갔어. 나 뭐 실수한 건 없지?"

선데이 클럽 멤버들 모두 표정이 밝아졌다. 지찬의 말이 끝나자마자 연모가 만족한 듯 중얼거렸다.

"……복제 진행을 스캔으로 위장하고…… 즉석에서 메시지도 코딩하고…… 잘 해냈다 박연모……."

"야! 복제는 완벽?"

주리의 물음에 연모가 씩 웃었다. 아린이 안도의 숨을 내쉬며 말했다.

"모두 정리하고 얼른 아지트로 갑시다."

선데이 클럽의 첫 번째 작전인 해킹피해자연대 계획은 성공적이었다.

일루전과 베르테르

이제 아지트가 되어 버린 아린의 작업실에서, 선데이 클럽 멤버들이 테이블에 모여 앉아 벽에 걸린 스크린을 쳐다보고 있었다. 스크린과 연결된 노트북에서 눈을 떼지 않은 채로 연모가 말했다.

"지금부터 전희서의 스마트폰 복제 자료를 확인할 게요."

전희서의 스마트폰이 스크린에 나타났다. 연모가 마우스를 움직이며 말을 이어 갔다.

"일종의 복원 화면입니다. 아마 전희서는 이미 스마트폰을 바꿨을 거고. 이건 실시간 연동 프로그램이 아니니까 참고해 주세요. 문제는 보안 폴더인데요……."

보안 폴더를 클릭하니 패턴 입력 화면이 떠올랐다. 주리가 말했다.

"까짓거 빨리 풀어 버려."

"사실 엄청 오래 걸려 이거."

연모의 말에 주리가 입을 다물었다. 지찬이 뚱한 표정으로 중얼거렸다.

"……한 시간 정도 걸리냐? 폰게임이나 좀 하고 있지 뭐."

"두 달요. 얼마 전 큰 사회적 이슈였던 사건이 있었거든요. 그 피의자들 스마트폰 패턴 잠금 해제하는 데 경찰력으로도 무려 두 달이 넘게 걸렸어요. 9개의 점으로 이루어진 스마트폰 잠금 패턴의 경우의 수는 총 985,824개. 여기서 잠금 패턴 규칙을 적용해서 의미 없는 수를 빼도 389,112개가 남아요."

지찬이 벙찐 표정으로 연모를 쳐다보았다. 문혁이 눈
살을 찌푸렸다. 두 달은 너무 길다. 걱정하지 말라는 듯
연모가 다시 말했다.

"그래서 고민 좀 했어요. 아날로그 기법을 응용했죠.
사람의 손가락에는 기름 성분이 있어요. 패턴을 그리면
그걸 따라가는 기름 성분이 남아요. 특수한 융으로 화
면을 닦으면 투명 코팅막이 생겨요. 반응 스프레이를
살짝 뿌려 주면 나타나죠."

연모가 작은 융을 들어 보이며 말했다. 그제야 문혁
은 떠올렸다. 그때 연모가 잠금을 풀어 달라고 요청한
데는 다 이유가 있던 거였다. 주리가 연모를 보며 흡족
한 미소를 지었다.

"야. 너 요즘 좀 많이 보여 준다? 뇌섹남 모드?"

씩 웃은 연모가 마우스를 움직였다. 패턴을 그리자
보안 폴더가 열렸다. 클릭하자, 폴더 안에 세부 폴더로
자료들을 가지런히 모아 놓은 게 보였다. 각각 문자 메
시지 기록들과 문서들이었다. 마우스 포인터가 멈췄다.
연모가 멤버들에게 물었다.

"뭐부터 확인할까요?"

아린이 대답했다.

"문서부터 보자."

문서 중 하나를 클릭하니 파일이 열렸다. 내용을 보니, 선오의 동선을 날짜별로 기록한 자료다. 다른 문서 대부분도 선오의 동선 자료였다. 선오의 일정과 방문처, 소속사 방문 기록, 숙소 관련 자료들이었다. 주리가 기가 찼는지 짜증 난 목소리로 중얼거렸다.

"……와 씨. 뭐 스토커야?"

"무슨 이유로 저리 철저하게 선오의 뒤를 캤을까?"

"누군가에게 보여 주기 위해서."

문혁이 입을 열었다. 아린의 눈이 동그랗게 커졌다. 문혁이 다시 말을 이었다.

"……저건 선오에 대한 보고서야."

"확실히 듣고 보니 그런 느낌이 드네."

지찬도 입을 열었다.

"……누구한테 보고하는 거지?"

연모가 이번에는 문자 메시지 폴더를 열었다. 수많은 메시지가 텍스트로 복사되어 시간대별로 정리되어 있었다. 가장 최근에 저장된 파일을 연모가 클릭했다. 텍스트 내용이 그대로 스크린에 올라왔다.

'베르테르' 계획 실행일은 12월 25일. 일정 잘 조정하시고.

베르테르 실행까지 드리머의 내부 정보들은 계속 보고 바랍니다. 잘해 주고 있어요. 앞으로도 잘 부탁드립니다.

아린이 뭔가 떠올린 듯 문혁을 향해 고개를 돌렸다.

"드리머 내부 정보라면 저거 혹시……."

"……스카우트된 게 아니라, 스파이였어."

문혁의 목소리가 낮게 깔렸다. 주리와 지찬 역시 놀란 표정을 감추지 못했다. 주리가 연모에게 말했다.

"그거…… 맨 아래 제일 처음 거 열어 봐."

"알았어."

연모가 가장 오래된 파일을 클릭했다.

내일부터 드리머 출근이네요. 전희서 부장님. 드리머에 잠입하면 우선순위로 이선오를 감시하고 보고하세요. 그리고 지 시대로 계속 압박해 주세요. 일루전의 성공은 전희서 부장에게 달려 있습니다. 행여 드리머 쪽에서 눈치채지 않게 처신 잘 부탁드립니다. 일이 잘 끝난다면 제시한 보상은 대표로서 꼭 약속드리겠습니다.

지찬이 외쳤다.

"저거 일루전! 일루전 엔터테인먼트잖아!"

아린이 지찬을 보며 물었다.

"일루전이면 그 드리머랑 라이벌인 회사?"

"……원래 드리머보다 파급력이 높았었는데 드리머가 선오를 영입하면서 지금은 역전된 상태고. 아니 이거 무슨 상황이야 지금."

문혁이 미간을 찌푸렸다. 일루전. 선오가 소속된 회사의 경쟁사. 그리고 그 경쟁사에서 선오를 압박하기 위해 전희서를 투입. 무슨 이유로? 그리고 분명 대표라고 했다. 일루전의 대표. 연모가 웹 화면을 열었다.

"일루전 대표면 엄청 유명해요. 해외 출신으로 젊은 나이에 이미 연예계 거목이 된 떠오르는 기업인. 프로필 띄워 볼게요."

연모가 검색하자, 일루전 대표의 프로필이 떴다. 이름 나원일. 나이 43세. 연모가 뉴스 기사를 클릭했다. '무연고로 시작해 대형 연예기획사를 설립하기까지. 일루전의 나원일 대표를 만나다.' 미소를 짓고 있는 나원일의 사진이 보였다. 훤칠한 키, 넓은 어깨, 배우라고 봐도 좋을 외모. 주리가 나원일의 사진을 보며 차갑게 중얼거렸다.

"운동 좀 했네 꼴에. 슈트발 받는 거 보면."

"……뭐 저렇게 잘생겼대?"

지찬의 말에 연모가 답했다.

"그래서 더 유명해요. 나원일 팬덤도 있어요. 소속사 연예인 관리도 철저해서 그쪽 팬들도 좋아하고요."

"맞다. 일루전 하면 걔지. 선오 라이벌."

지찬의 말에 문혁과 아린이 지찬을 쳐다보았다. 주리가 날카로운 눈빛으로 지찬에게 쏘아붙였다.

"어딜 감히 선오 님한테 라이벌을 붙여요, 아저씨."

"아니 내가 붙인 게 아니라 언론이 그런 구도를 만들고…… 아무튼 걔 있잖아. 레이."

주리가 살짝 놀란 표정으로 말했다.

"……그 레이가 일루전 소속이에요?"

"몰랐냐? 니네 MZ 세대 아니냐? 그쪽에서 거의 인지도 톱 아니냐?"

지찬의 말에 주리가 콧방귀를 뀌며 고개를 팩 돌렸다.

"난 선오 님 빼면 관심 없어요."

아린이 심각한 표정으로 중얼거렸다.

"……레이……라고? 선오랑 활동이 엄청 겹치던 사람인데…… 노래나 연기나……."

아린의 중얼거림을 들은 문혁이 잠깐 생각에 잠겼다. 선오와 라이벌 관계인 톱스타. 자연스레 업계 경쟁 구도로 이어진다. 그래서 선오를 추락시키려 한 거라면?

구도는 역전되고, 라이벌의 부재로 자신의 소속사 톱스타가 우리나라 최고의 스타로 거듭난다. 동기도 있고 정황도 있다. 전희서를 드리머에 심은 인물. 일루전의 대표 나원일이 바로, 가장 유력한 용의자다. 잠깐 침묵이 흘렀다. 침묵을 깬 것은 지찬의 목소리였다.

"……그런데 저 베르테르 계획이라는 건 뭐야?"

"……베르테르. 베르테르 하면 《젊은 베르테르의 슬픔》의 그 베르테르만 떠올라."

"나도 같은 생각이다."

아린의 대답에 지찬도 수긍했다. 하지만 구체적인 계획이 뭔지는 멤버들도 알 수 없었다. 지금까지 확인된 사실은 일루전의 나원일 대표가 뭔가를 계획하고 있으며, 그것이 전희서와 연관되어 있다는 것, 그리고 그 계획의 실행 일자가 다가오는 12월 25일이라는 것뿐. 문혁이 스마트워치 캘린더를 살펴보니 실행일까지는 일주일이 남은 상태였다. 아린이 그런 문혁을 보며 물었다.

"어떻게 생각해 넌?"

"……베르테르 계획과 선오는 관련이 있을 확률이 높아."

멤버 모두가 고개를 끄덕였다. 지찬이 인상을 쓰며 혼자 중얼거렸다.

"스케일이 점점 커지는데 이거…… 예상 밖으로…….."

"아저씨 쫄려요?"

"뭘 쫄려. 그럼 혐선클 나가야지."

"잘 알고 있네. 우리 혐선클 멤버라고요. 다들 또라이라고 혐오하는."

주리가 주먹을 쥐더니 그대로 모두를 돌아보며 말했다.

"모든 건 선오 님을 위해서! 우리 갈 길 막는 인간들 제가 다 줘패 버릴게요…… 여기까지 왔는데 안 가요?"

"……저도…… 최선을 다해서…….."

"넌 또 왜 소심이로 바뀌었어. 뇌섹남으로 다시 돌아가 얼른. 유지 좀 해."

툭탁거리는 둘을 보며 아린이 은은한 미소를 지었다. 아린이 고개를 돌려 문혁을 쳐다보았다. 아린의 눈을 보며 문혁이 살짝 고개를 끄덕였다.

아린이 일어서며 말했다.

"좋아요. 다음은 일루전과 베르테르 계획을 조사하는 것. 이게 우리 두 번째 미션이 될 거예요. 그리고 중요한 건, 남은 시간이 일주일이라는 거. 기간이 정해져 있는 만큼 우리도 최대한 빠르게 행동해야 해요."

멤버들이 고개를 끄덕였다. 아린이 연모와 주리를 보

며 물었다.

"연모 학교랑 주리 트레이너 일은 괜찮겠어?"

"······일주일이면 괜찮아요······."

"코로나 걸리면 일주일 격리 맞죠? 그럼 걸렸다고 뻥
치게."

주리의 말에 연모가 피식 웃었다. 주리가 노려보자 연
모가 눈치를 보며 입을 꾹 다물었다. 지찬도 대답했다.

"나는 백수니까 괜찮아."

아린도 자리에서 일어섰다. 주머니에서 카드를 꺼낸
아린이 테이블 정중앙에 탁 올려놓았다.

"앞으로 선데이 클럽의 작전에 필요한 모든 경비는
제 카드로 갑니다. 돈 걱정 말고. 그나저나 다들 배 안
고파? 오늘 바쁜 하루였으니 밥 먹고 마무리하죠."

"······건물주 플렉스 부럽다······."

"아저씨 진짜 부럽나 보네."

지찬이 비꼬듯 중얼거렸지만, 주리가 피식 웃었다.
지찬의 말에 악의가 없다는 건 이제 다른 멤버들도 알
고 있었다.

그렇게 하나씩, 서로의 톱니바퀴가 맞물려 가고 있었다.

베르테르 D-6,
12월 19일

전희서는 불안에 떠는 중이었다.

스마트폰을 바꾼 지 하루가 지났지만, 불안이 가시기는커녕 더 불어나고 있는 상태였다. 초조한 표정으로 전희서는 스마트폰 화면만 연신 쳐다보며 사무실 안을 서성거렸다. 슬슬 황진수의 연락이 올 때가 되었다. 의심 많은 성격인 희서가 어제 방문한 '해킹피해자연대' 사무실을 확인하기 위해 황진수를 몰래 보낸 것이다. 희서는 자신이 매우 철저하며 완벽을 추구하는 사람이라고 자부했다. 그렇기에 스마트폰을 해킹당했다는 사실에 충격을 받았고, 현재 드리머 엔터테인먼트 소속이나 실은 일루전 엔터테인먼트의 기업 스파이라는 걸 들키면 안 된다는 생각에 극도로 예민해진 상태였다. 희서가 담배를 꺼내 입에 물었다. 평소라면 이미지 관리상 회사 내에서는 피우지 않았지만, 지금은 예외였다. 담배 연기가 똬리를 틀며 올라가다가 부서졌다. 그리고, 기다리던 전화벨이 울렸다. 담배를 비벼 끈 희서가 다급하게 스마트폰을 귓가에 가져갔다.

"말해요."

"네. 본부장님. 그게…… 이상합니다."

"뭐가 이상하다는 거지? 본론만 빨리 말해요."

"사무실이 사라졌습니다."

"뭐라고요?"

"해킹피해자연대 사무실이…… 사라졌습니다."

"사라져? 뭐가? 어제까지 있었잖아."

"텅 비었습니다. 아무것도 없습니다."

"아악!"

전희서가 괴성을 내지르며 스마트폰을 내던지려다가, 겨우 참고 숨을 가다듬었다. 황진수의 목소리가 스마트폰 밖으로 희미하게 들렸지만, 개의치 않고 그냥 통화를 종료해 버렸다. 곧바로 연락처를 검색해서 강태오 번호로 통화를 시도했다. 전희서가 이빨을 으드득 갈았다. 어금니에 너무 힘을 줬는지 턱 부분이 아렸다.

―지금 거신 번호는 없는 번호입니다.

"뭐야! 도대체 뭐야! 왜! 뭐냐고!"

전희서가 악을 쓰며 더는 참지 못하고 스마트폰을 바닥에 내던졌다. 통통 튀며 굴러가던 폰이 벽 구석에 처박혔다. 희서가 주먹으로 테이블을 내리쳤다. 몇 번을 내리치다 고개를 들어 멍하니 천장을 바라보며 중얼거렸다.

"하…… 설마 나 당한 거야?"

다시 고개를 내린 전희서가 비틀거리며 구석에 처박힌 스마트폰을 향해 걸었다. 보고해야 한다. 인상을 찡그리며 희서가 폰을 다시 주워 들었다. 보고, 해야, 한다. 틀을 벗어나 벌어진 모든 상황은 보고하는 것이 규칙이다. 희서가 주춤거리다가 풀썩 주저앉았다. 혹시나 하고 생각했던 최악의 상황이다. 희서가 다시 천장을 쳐다보았다. 알 수 없는 패턴으로 가득 찬 무늬들이 보였다. 희서가 눈을 감았다. 드리머에 입사하면서 제일 마음에 안 들었던 게 바로 천장과 벽을 가득 채운 저 이상한 무늬였다. 깊은숨을 내쉰 희서가 천천히 스마트폰을 들었다. 더듬거리며 버튼을 누르는 희서의 표정은 창백하다 못해 하얗게 질려 있었다. 신호가 울리더니, 곧바로 통화가 연결됐다.

"……무슨 일이죠?"

전희서가 자세를 고쳐 잡으며 두 손으로 공손하게 스마트폰을 쥐었다.

"대표님. 보고드릴 게 있습니다."

"이 시간에 보고라. 굉장히 중요한 일인가 봐요? 말씀하세요."

귓가에 들리는 목소리는 굵고 낮았다. 희서는 알 수

있었다. 이 시간에 급하게 보고를 한다는 건 별로 좋은 소식이 아니라는 걸 대표는 이미 눈치채고 있다.

"그…… 제 스마트폰이 해킹을 당했다는 연락을 받았습니다. 그래서 피해자 연대 대변인이라는 사람을 만났는데……."

"……."

"만남을 요청했어요. 해킹 여부를 확인해 주겠다고요. 혹시 모를 가능성에 방문해서 해킹된 악성 프로그램을 삭제하고 잘 넘어갔나 싶었는데…… 갑자기 연락이 안 됩니다."

"……그들이 전희서 부장님 스마트폰을 검사라도 했습니까?"

차갑게 꽂히는 비수 같은 대답이다. 희서가 말을 잇지 못하고 침묵하자, 다시 목소리가 들려왔다.

"그런가요?"

"해킹 프로그램을 스캔하기 위해……."

"실수하셨네."

더 낮게 깔리는 목소리를 들은 희서의 동공이 여기저기 움직였다. 희서가 다급하게 답했다.

"하, 하지만 보안 폴더는 멀쩡하고……."

"음. 보안 폴더는 뭔가요? 제가 분명 저와의 컨택 자료들은 확인 후 삭제하라고 부탁드렸을 텐데."

"……."

"아. 전희서 부장님. 보험 드셨나 봐요?"

"아, 아닙니다! 저는 그냥 대표님의 지시 사항을 행여 놓칠까 해서 나름……."

"괜찮아요. 너무 걱정하지 말아요. 그 정도는 충분히 이해하니까."

침묵이 흘렀다. 희서는 아무 말도 할 수 없었다. 적어도, 이 사람 앞에서는 힘없는 존재가 되어 버린다. 이상하게도 그랬다. 나원일 대표는 범접할 수 없는 아우라를 풍긴다. 잠깐의 침묵을 깨는 원일의 목소리가 들려왔다.

"그래도 베르테르 계획에는 지장 없겠죠?"

"아, 무, 물론입니다! 그때도 제 보안 폴더 패턴은 풀지 못했어요."

"그럼 됐네요. 부장님 개인사는 상관없으니까. 하지만 베르테르 계획은 알려지면 안 됩니다."

희서가 눈을 깜박였다. 자기도 모르게 눈가에 눈물이 맺히고 있었다. 만약, 모든 게 다 거짓이고, 보안 폴더마저 해킹당했다면? 그 안에 모아 둔 모든 자료가 밝혀진다면? 전희서는 꼼꼼했다. 성격상 중요한 자료들은 그

냥 버려두지 않는다. 그렇게, 일루전 대표인 나원일의
메시지들을 몰래 저장했다. 보험이 맞았다. 행여 자기
를 내치기라도 하면 그때 써먹기 위한 나름의 보험. 희
서가 손을 올려 눈가를 훔쳤다. 욕지거리를 중얼거리며
희서가 다시 스마트폰을 잡았다.

"대표님…… 혹시 베르테르 계획이…… 알려진다면
요?"

"하."

감탄사라고 해도 좋을, 짧은 대답만 들렸다. 희서가
불안한 표정으로 스마트폰에 귀를 기울였다.

"……그러면 저는 어떻게 되는 거죠?"

"뭘 어떻게 합니까. 일루전의 귀중한 인재이자 자산
인데."

"……네?"

"베르테르 계획을 알고 있는 이들은 극소수입니다.
그들이 누군지 모르지만, 계획의 내용까지는 알 수 없
겠죠. 전 부장님도 모르시잖아요? 그러니 너무 걱정하
지 마세요. 전 부장님은 잘해 주고 계십니다. 해킹 쪽 뒷
배경이 드리머일까요? 그렇다면 바로 퇴사하고 다시
돌아오는 게 좋겠어요. 전희서 부장님 같은 인재를 잃
는 건 싫거든요. 사람을 다루다 보니, 내게 도움이 되는

사람이 얼마나 중요한지를 잘 알게 됩니다."

"……감사합니다."

"전 부장님은 내 사람이고, 약속은 꼭 지킵니다. 다만
위험한 이들이 접근했으니, 당분간은 조용히 지내세요.
이후 연락 시도는 중지하세요. 내가 다시 연락드리겠습
니다."

"네. 알겠습니다. 대표님."

약간 울먹이는 말투로 전희서가 대답했다. 스마트폰
스피커로 빨려 들어간 대답 소리가 그대로 나원일의 귓
가에 도착하며 박혔다.

원일이 미소 지으며 말했다.

"그럼 끊겠습니다."

통화가 끊겼다. 원일의 미소가 사라졌다. 가만히 스
마트폰을 내려놓은 원일이 탁자 위에 있는 갈릴레오 이
스케이프먼트의 추를 슬쩍 밀었다. 진자 운동을 시작하
며 톱니들이 천천히 규칙적으로 돌기 시작했다. 톡. 톡.
톡. 지켜보던 원일이 스마트폰 통화 버튼을 눌렀다.

"네. 대표님."

"……보험을 들었어."

"전희서요?"

원일이 낮은 목소리로 말했다.

"죽여. 필요 없으니까."

"언제 시행할까요?"

원일이 공허한 눈빛으로 진자 운동을 하는 추를 쳐다보며 답했다.

"내일. 그전에, 전희서와 연락해서 사정을 좀 파악해봐. 해킹을 당했다면서 접근한 이들이 있다는데. 베르테르 계획에 방해가 돼서는 안 되니까."

"……알겠어요. 바로 연락해 볼게요."

똑똑. 노크 소리가 들렸다. 원일이 고개를 돌려 벽에 걸린 시계를 쳐다보았다. 미팅 약속 시간이었다. 다시 원일이 스마트폰으로 시선을 돌렸다. 스피커폰 통화 중이었다. 원일의 사무실은 가장 은밀하고 개인적인 공간인 만큼 방음 역시 철저했다.

"다시 통화하지. 중요한 미팅이 있어서."

"네."

통화를 종료한 원일이 곧바로 일어나 문을 향해 걸어갔다. 손잡이를 돌리자, 검은 정장을 입은 비쩍 마른 남자가 고개를 꾸벅 숙였다. 원일이 입가에 미소를 띠며 정중히 안으로 안내했다.

"기다렸습니다. 들어오시죠."

원일의 안내에 따라 검은 정장의 남자가 안으로 발을

내디뎠다. 소파에 앉자 원일이 준비한 노트북을 꺼내 펼쳤다. 검은 정장의 남자가 명함을 내밀었다. 원일이 명함을 받아 들고 한참을 바라보았다.

"……박 실장님도 명함이 있다니. 의외군요."

"그래야 합법적으로 보이니까요."

박 실장의 대답에 원일이 입꼬리를 올렸다. 박 실장이 말없이 검지로 노트북을 가리켰다. 원일이 마우스를 움직여 동영상 하나를 재생했다. 원일이 나긋한 목소리로 입을 열었다.

"'포비아'의 효과를 보여 줄 샘플입니다."

"말로만 들었지 직접 보는 건 처음입니다."

"천천히 감상하시죠."

영상 속의 남자는 뭔가에 홀린 듯 마구 떠들며 발버둥을 치고 있었다. 자동차에 올라탔다가 다시 내리며 바닥을 기는 등 제정신이 아닌 걸로 보였다. 무거운 것이 매달린 듯 힘겹게 걸음을 옮기던 남자가 괴성을 지르며 팔다리를 마구 흔들었다. 그렇게 발악하던 남자의 표정이 점점 차분해지더니, 순간 도로 한복판으로 뛰어들었다. 달려오던 트럭과 정면으로 충돌한 남자는 팔다리가 꺾인 채 허공으로 날아갔다. 박 실장이 눈살을 찌푸렸다. 재생이 종료되고, 원일이 박 실장의 눈을 쳐다보며 말했다.

"어떻습니까?"

"확실히 자살로 보이네요. 이 남자에게 포비아를 주입한 겁니까?"

"그렇습니다. 테스트용으로요. 이 남자는 저희 소속 연예인의 과거를 가지고 협박해 돈을 갈취하던 자입니다. 마땅히 죽여야죠. 쓰레기니까."

원일이 씩 웃었다. 박 실장이 그런 원일에게 다시 물었다.

"환각을 이용하는 것 같은데. 어떤 방법을 쓴 겁니까?"

"이 부분을 잘 들어 보세요."

원일이 영상 중간을 재생했다. 볼륨을 높이자, 남자가 뭐라고 떠드는 소리가 확연히 들려왔다. 고양이. 박 실장이 흥미로운 눈으로 노트북 모니터에 집중했다. 사방팔방에 고양이가! 남자의 외침에 박 실장이 원일을 보며 물었다.

"……고양이는 보이지도 않는데?"

"포비아에 중독되면 가장 혐오하는 존재가 실재하게 됩니다. 그리고 그 '혐오'는 '공포'로 바뀝니다. 이 남자의 경우는 고양이죠."

원일이 웃으며 입을 열었다.

"포비아는 뇌의 전전두엽 피질과 편도체를 조작합니다. 즉, 공포는 극대화하고 생존 회로는 최소화합니다. 쉽게 말씀드리면 빨리 이 무서운 상황을 벗어나고 싶은데, 가장 안전한 탈출구가 죽음인 거죠."

"……완벽한 자살 유도 약물이네요."

"그래서 완전범죄에 완벽한 작품입니다."

"부검 시 문제 같은 건?"

"그냥 보통의 약물 중독과 같으니, 약에 취해 자살한 걸로 알겠죠. 몇 번의 테스트를 거쳐서 확인한 거니 걱정 안 하셔도 됩니다. 참, 포비아는 구강, 주사, 피부 침투 모두 효과를 봅니다. 광범위하죠."

박 실장이 품에서 스마트폰을 꺼내 누군가에게 연락했다. 그런 박 실장을 원일이 미소를 머금은 채 지켜봤다. 통화를 마친 박 실장이 원일을 보며 말했다.

"대표님 계좌 확인해 보시죠."

원일이 스마트폰으로 금액을 확인했다. 박 실장의 목소리가 낮게 깔렸다.

"……그럴 리는 없겠지만, 저희 투자금을 회수하지 못하면 대표님도 각오하셔야 합니다."

"말씀하신 대로 그럴 리는 없습니다."

박 실장이 자리에서 일어섰다. 따라 일어서려는 원일을 말리며, 박 실장이 고개 숙여 작별 인사를 건넸다. 원일이 밝은 미소로 마지막 말을 던졌다.

"참! 투자자는 많으면 많을수록 좋으니, 소개 많이 부탁드리겠습니다! 아직 제가 그쪽 시장은 잘 몰라서요."

"……알아보도록 하죠. 그럼."

박 실장이 몸을 돌려 문밖으로 나섰다.

원일의 미소가 바로 사라졌다.

박 실장의 명함을 천천히 찢으며, 원일이 싸늘하게 중얼거렸다.

"깡패 새끼가 명함이 뭐야, 명함이. 주제 파악을 못 해."

스마트폰이 울렸다. 원일이 스피커폰으로 전환했다.

"접니다. 대표님."

"말해."

"전희서와 연락했어요. 대충 상황도 들었고요. '해킹피해자연대'라는 조직이 있었다는데, 그들 사무실과 대변인 연락처가 감쪽같이 사라졌대요."

"조사해 봐."

"네. 그리고 전희서는……"

"내일. 알아서 처리해."

"네."

반으로 찢은 명함을 다시 포개어 찢었다. 원일의 입
술이 실룩거렸다. 찢은 명함을 다시 포개어 찢었다. 더
는 찢지 못할 정도로 잘게 나뉜 쪼가리들을 흩뿌리며,
원일이 차갑게 웃었다.

"하나가 둘이 되고, 둘이 넷이 되고, 넷이 여덟이 되
고. 이거 재밌네."

베르테르 D-5,
12월 20일

늦은 시각이라 손님들이 하나둘 빠져나갔지만, 전희서
는 시간 따위는 신경 쓰지 않았다. 바에 혼자 앉아 묵묵히
술잔을 기계적으로 입에 가져가는 행위만 반복하는 전희
서의 머릿속은 온통 헝클어진 실타래처럼 뒤죽박죽인 상
태였다. 황진수가 어제부터 연락이 되지 않는다.

"씨발⋯⋯."

희서가 낮은 목소리로 중얼거렸다. 몇 번이나 통화를
시도하고 메시지를 보내도 답이 없다. 황진수가 전희서
의 연락을 무시할 이유는 전혀 없었다. 이건, 일신상의
문제가 생긴 거다. 희서가 내린 결론은 그랬다. 그리고

문제가 생길 이유 역시 결론은 쉬웠다.

"……거의 다 왔는데."

희서가 술잔을 내려놓고 앞머리를 움켜쥐었다. 두통이 몰려왔다. 답답한 기분에 고함을 내지르고 싶었다. 빈 술잔에 다시 술을 따르는데, 누군가 그런 희서의 옆자리에 앉았다. 합석을 요구하는 양아치인가 싶어 희서가 보지도 않고 손을 휘저었다.

"꺼져. 합석 안 해."

"전희서 부장님."

목소리를 들은 희서가 놀라 고개를 들어 옆자리에 앉은 사람을 쳐다보았다. 초록색 후드티를 입고 마스크를 한 남자가 희서를 가만히 바라보고 있었다. 희서가 피식 웃었다. 하지만 웃음소리는 희미하게 떨리고 있었다.

"……여긴 어쩐 일이에요?"

"대표님께서 보내셨습니다."

"이러다 남들 눈에 띄면 어쩌려고?"

"그럴 리는 없습니다."

희서가 술잔을 툭 하고 밀었다. 후드티를 입은 남자가 고개를 저었다.

"이왕 왔는데 한잔해요."

"괜찮습니다. 저는 대표님 지시만 전달하고 돌아갈

겁니다."

"⋯⋯지시? 무슨 지시? 입이라도 막게?"

희서의 목소리가 갈라졌다. 매서워진 눈빛이 남자의
시선과 부딪쳤다.

"황진수 어딨어?"

"⋯⋯몇 달간 연락이 안 될 겁니다."

"그걸 답변이라고 하는 거야?"

"대표님 지시입니다. 일이 다 끝날 때까지만 조용히
지내라고."

"잠적하라는 거지? 나보고?"

"그렇습니다. 해외라도 잠깐 나갔다 오세요. 기분 전
환도 할 겸."

"⋯⋯사람 잘못 봤어. 혹시라도 황진수한테 뭔 일 생
겼으면 나도 가만히 안 있어."

희서가 뿌득 이를 갈았다. 턱을 치켜든 희서가 싸늘
한 눈초리로 후드티를 입은 남자를 쏘아보았다.

"내가 입만 열면 다 같이 끝이야. 혼자 가지는 않는
다고."

"그 성격 잘 알기에 대표님이 직접 저를 보내신 겁니
다. 전희서 부장님."

남자가 품에서 갈색 봉투를 꺼냈다. 희서의 시선이

봉투로 향했다. 남자가 봉투를 툭툭 건드리다가, 그대로 앞으로 밀었다. 희서의 앞으로 봉투가 쓱 밀렸다. 남자가 중얼거렸다.

"많이 취하셨네요. 공격적인 태도는, 술 때문인 걸로 알겠습니다. 대표님은 자기 사람은 끝까지 책임지시는 분입니다. 물론 전희서 부장님도 마찬가지고요."

"이게 뭔데?"

"여행 경비입니다. 깨끗하게 세탁된 거니 걱정하지 말고 마음껏 쓰시면 됩니다."

"돈?"

남자가 자리에서 일어섰다. 희서의 시선도 남자를 따라 위로 올라갔다. 몸을 돌리는 남자의 등 뒤로 희서가 물었다.

"……베르테르 계획은 뭐지? 왜 하필 그날이야? 뭘 꾸미고 있는 거야?"

남자는 대답하지 않고 그대로 자리를 떠났다. 희서가 분한 표정으로 그 모습을 지켜보다가, 술잔이 아닌 술병을 들고 벌컥벌컥 들이켰다. 퉁. 술병을 내려놓은 희서가 얼굴이 붉게 물든 채 고개를 이리저리 흔들었다.

"돈…… 돈…… 그래. 돈이 최고지. 돈이 최고야. 다 돈 때문에 사는 거야."

갈색 봉투를 물끄러미 보던 희서가 손을 가져가 만지작거렸다. 꽤 두툼하다. 봉인된 봉투 끝을 뜯어냈다. 열린 봉투 안을 살펴본 희서의 입꼬리가 기괴하게 올라갔다.

"돈 때문에 그 짓거리를 한 거고…… 이 정도로는 부족해. 그래도 내가 뒤통수칠까 봐 무서운가 봐? 건드리기만 해 봐. 제대로 후려쳐 줄 테니까……."

사사삭. 이상한 소리가 희서의 귓가에 들려왔다. 소리가 난 곳으로 희서가 눈을 돌렸다. 작고 검은 존재가 봉투 윗부분을 타고 기어다니고 있었다. 바퀴벌레. 바퀴벌레가 더듬이를 돌려 방향을 바꿨다. 그리고 희서의 손등을 올라타기 시작했다. 바퀴벌레를 발견한 희서의 팔뚝 위로 소름이 쭉 돋았다. 벌떡 일어난 희서가 팔로 허공을 휘저으며 비명을 질렀다.

"꺄악!"

아직 바에 남아 있던 몇몇 사람들이 희서를 향해 고개를 돌렸다. 주위 시선을 의식한 희서가 입술을 깨물며 다시 자리에 앉았다. 가장 혐오하는 존재, 바퀴벌레. 전희서는 바퀴벌레라는 글자만 봐도 치를 떨 정도였다. 숨을 돌린 희서가 천천히, 벌어진 봉투 안을 살폈다. 현금 다발만 보일 뿐이다. 혹시 몰라 희서가 얼른 봉투 끝을 잡아 접어 버렸다. 그대로 봉투를 가방에 넣으려는 순간, 봉투의 접은 부분 주변이 이리저리 꿈틀거리기 시작했다. 볼록해졌다가, 들어갔다가, 다시 볼록해졌다가. 봉투를 든 희서의 손이 덜덜 떨렸다. 불룩. 불룩. 불룩. 참지 못하고 희서가 봉투를 가방에 쑤셔 넣었다. 그리고 그대로 지퍼를 올려 잠그려는 순간, 봉투의 접힌 부분이 서서히 벌어지기 시작했다. 사사삭. 희서의 표정이 창백하게 변했다. 봉투가 활짝 열리며 검은 바퀴벌레 무리가 우르르 기어 나왔다. 가방을 잡고 있던 희서의 손에 올라탄 바퀴벌레들이 줄지어 희서의 옷 속으로 숨어 들어갔다.

"아악! 아아악!"

전희서가 옷을 풀어 헤치며 마구 날뛰었다. 보다 못한 사람들이 무슨 일인가 하고 다가와 봤지만, 날뜀이 너무 심해 섣불리 접근하기 힘들었다. 눈물 콧물을 뿌려 가며 희서가 울부짖었다.

"바퀴벌레! 바퀴벌레가!"

사람들 눈에는 그저 전희서 혼자 온몸을 비틀며 팔다리를 휘젓는 모습만 보일 뿐이다. 희서의 몸부림에 탁자가 흔들리며 술병과 술잔이 떨어져 깨졌다. 미친 듯이 몸부림치던 희서가 입고 있던 옷을 마구 찢기 시작했다.

"제발요…… 살려 주세요…… 제발!"

희서가 악을 쓰며 목과 팔등을 쉴 새 없이 손으로 쓸
어내렸다. 갈색 봉투 입구에 발라져 있던 포비아에 중
독된 희서는 이미 환각에 빠져 있었다. 수십도 아닌 수
백 마리에 가까운 바퀴벌레들이 봉투에서 몰려나와 희
서의 온몸을 타고 기어다니고 있었다. 희서가 손톱으로
목덜미를 마구 긁어 댔다. 지켜보던 사람들이 스마트폰
을 꺼내 경찰에 신고하고 있었다. 이제 돈 같은 건 안중
에도 없었다. 온몸을 타고 다니는 바퀴벌레들이 너무
무서웠다. 다리에 힘이 풀린 희서가 바닥에 드러누워
마구 뒹굴기 시작했다. 울면서 바둥거리는 희서의 입에
서 어린아이 같은 울음소리가 터져 나왔다.

"싫어! 바퀴벌레 싫어요! 흐잉…… 흐아앙…….."

툭. 투둑. 툭. 바퀴벌레들이 희서의 몸과 바닥의 압박
을 이기지 못하고 조각나 부서지는 소리가 귓가에 들렸
다. 끈적거리는 죽은 바퀴벌레의 체액들로 희서의 옷이
더러워졌다.

"끼야악!"

바둥거리던 희서가 몸을 일으켜 엉거주춤 기었다. 수
백 마리 바퀴벌레들의 더듬이가 한곳으로 향했다. 그리

고 동시에 기어가기 시작했다. 목적지는 희서의 얼굴이
었다.

"안 돼! 아악! 사, 살려 줘요! 바, 바, 끼악! 아악!
억…… 커헉……."

바퀴벌레들이 구멍이란 구멍은 죄다 찾아 빠르게 기
어 오고 있었다. 희서의 양 귓속으로, 코 속으로, 입 속
으로. 울음을 터트리느라 벌어진 입술 틈으로 바퀴벌레
들이 꾸역꾸역 기어 들어갔다. 들어찬 바퀴벌레들을 마
구 뱉어 내며 희서가 양팔을 마구 휘저었다. 희서의 눈
동자 앞에 거대한 더듬이가 보였다. 눈도 구멍이다. 공
포에 질린 희서가 비명을 지르려 했지만, 이미 입 안에
가득 들어찬 바퀴벌레 때문에 소리가 나오지 않았다.
희서가 고개를 흔들어 댔다. 귀에서, 코에서 바퀴벌레
들이 하나둘 떨어져 나왔지만, 계속 기어 올라오는 개
체가 훨씬 많았다. 쇼크가 오는지 희서의 동공이 급격
하게 흔들렸다. 벌어진 입에서 침과 바퀴벌레들이 진득
하게 흘러나왔다. 좌우로 마구 흔들리던 동공의 움직임
이 갑자기 멈췄다. 희서의 움직임도 마찬가지였다. 가
게에 남아 있던 사람 하나가 그런 희서를 보며 말했다.

"이봐요! 괜찮아요? 지금 119랑 경찰 불렀으니까 진
정하세요!"

희서가 천천히 고개를 끄덕이며 입가에 미소를 띠었다. 난동을 부리던 희서가 진정되자, 걱정하던 사람들이 웅성거리며 다시 제자리로 돌아갔다. 주저앉아 있는 희서의 시선은 바닥을 향해 있었다.

깨진 술잔. 깨진 유리 조각.

희서가 미소를 띤 채로 멍하니 중얼거리기 시작했다.

"도망가. 도망치자…… 가장 안전한 곳으로…… 바퀴벌레가 없는 곳으로…… 여기는 위험해…… 달아나야 해……."

희서가 더듬거리며 바닥에 있는 유리 조각을 집어 들었다. 몸을 앞뒤로 천천히 흔들던 희서가 그대로 유리 조각을 자신의 목덜미에 깊숙하게 박았다. 푹. 푹. 몇 번을 더 박다 보니 순식간에 피 분수가 뿜어져 나왔다. 사람들이 놀라 비명을 질렀다.

"……안전한…… 곳……."

미소를 머금고 중얼거리는 희서의 얼굴은 온통 피투성이가 된 채였다. 진자 운동처럼 까닥거리던 고개가 천천히 그 움직임을 멈췄다. 그대로 희서의 몸이 앞으로 고꾸라졌다.

엎드린 희서의 몸에서 새어 나오는 핏물이 가게 바닥을 적시며 천천히 번지고 있었다.

베르테르 D-4,
12월 21일

선데이 클럽의 비밀 작업실 스크린에 영상이 재생되고 있었다.

혹시 몰라 전희서의 행적을 추적했다. 그리고, 연모가 해킹한 바의 CCTV 영상을 선데이 클럽 멤버들이 모두 지켜보고 있었다. 전희서가 사망하던 상황이 녹화된 영상이었다.

끔찍한 장면에 아린이 고개를 돌렸다. 연모가 힘없이 입을 열었다.

"이건 좀…… 예상외라…… 이렇게 자살할 줄…….'

"저거 정상으로 안 보여. 다들 안 이상해요?"

주리가 손으로 가리키며 말했다. 확실히 평범한 상황은 아니었다. 지찬이 눈살을 찌푸린 채 입을 열었다.

"……전희서 반응이…… 도망치려 했던 것 같아."

아린이 고개를 돌려 지찬을 쳐다보았다. 굳은 표정으로 지찬에게 말했다.

"어디서?"

"난 모르지…… 하지만 뭔가 몸을 막 털어 내고 바닥을 기고…… 예상되는 건 무슨 벌레 같은 게 꼬였나 하는 건데…… 이건…….”

문혁을 제외한 모두가 그런 지찬의 말을 듣고 놀란 표정을 지었다. 주리가 짜증 난 말투로 말했다.

“그럼 환각이야? 약물 부작용? 중독잔가? 근데 저렇게 대놓고 공개된 장소에서 약을 해요?”

“……아니요.”

문혁이 말을 꺼냈다.

“접선자가 뭔가 있어요. 초록색 후드티 남자요.”

후드티를 입은 남자의 얼굴은 보이지 않았다. 하지만 그 남자와의 만남 후 전희서는 폭주했다. CCTV 녹화 영상에 음성은 없는지라 예상하는 게 다이지만, 문혁은 가장 수상한 점을 잘 파악하고 있었다. 아린이 문혁을 보며 말했다.

“……접선 후 당했구나.”

“꼬리 자르기야.”

연모가 영상을 종료했다. 자신의 목에 유리 조각을 박던 전희서의 공허한 눈빛이 잊히지 않았다. 뭐라고 말했는지는 알 수 없지만, 그 표정만으로도 그 상황을 벗어나기 위해 극단적인 선택을 했다는 걸 모두는 짐작하고 있었다. 순간 문혁의 스마트폰이 울리기 시작했다. 깜짝 놀란 멤버들이 문혁을 쳐다보았다. 발신자는 장태진, 바로 선오의 전 매니저였다. 문혁이 가만히 통화 버튼을 눌렀다.

"네."

"문혁 씨…… 지금 난리입니다."

멤버들은 모두 굳은 표정으로 통화하는 문혁을 지켜보고 있었다. 문혁의 목소리는 매우 어두웠고, 표정은 불안해 보였다. 문혁이 통화 중인 태진에게 말했다.

"……불과 3일밖에 안 됐어요."

"나도 영문을 모르겠어요. 자살은 확실해요. 목격자들이 많았거든요. 뭔가에 취한 듯 발악하다가 갑자기 유리 조각으로 자기 목을 찔렀다고."

"……일단은 저희도 확인했지만…… 그럼 황진수는요?"

"행방불명이래요. 연락도 안 되고. 그래서 전희서의 자살 원인이 황진수와 연관된 게 아닌가 하고 경찰도 의심하는 거 같긴 한데…… 주변 인물들 의견도 묻고 하다가 저도 알게 된 겁니다."

"……."

"문혁 씨. 당분간 몸조심하는 게 좋겠어요. 나야 사정은 모르지만, 뭔가 위험해 보여요. 나도 몸조심할 테니. 그럼 이만 끊을게요."

통화를 종료한 문혁이 깊은 한숨을 내쉬었다. 지켜보던 아린이 물었다.

"무슨 일인데?"

"전희서 자살 이후 황진수는 행방불명."

문혁의 대답에 모두가 소스라치게 놀랐다. 멤버들은 한동안 말을 잇지 못했다. 문혁은 스마트폰을 내려놓고 생각에 잠겼다. 전희서는 자살. 선오도 자살로 판정. 그리고 뭔가에 취한 것 같았다는 목격자 진술. 술을 못하던 선오의 만취 상황. 묘하게 이어지는 흐름.

선오가 마지막으로 남긴 메일에서는 극본 〈오필리어〉를 언급했다.

그리고 원작에서 오필리어의 죽음은 사고인지 자살인지 애매하게 표현됐다.

침묵을 깨며 주리가 테이블을 쾅 하고 내리쳤다.

"이 쓰레기 같은 새끼들이!"

"……진정해 주리야……."

"팀 킬이잖아, 딱 봐도! 뭔 자살이야 자살은! 사람 쉽게 죽이네 얘들? 뭐 뒷배 있나? 아 씨 다들 몰라요? 이런 식으로 우리 선오 님도……."

주리가 울컥했는지 말을 멈췄다. 숨을 들썩거리던 주리가 힘없이 입을 열었다.

"······씨······."

지찬이 씁쓸한 목소리로 말했다.

"어떤 방법을 썼는지 모르지만 분명 입막음 같은데."

문혁이 아린을 보며 천천히 입을 열었다. 표정은 매우 어두웠다.

"전희서가 뭔가에 취한 듯 보였다는 말이 있었어. 그게 혹시 술이 아니라면······."

아린이 문혁을 보며 입을 벌렸다.

"설마······ 그래서 선오도?"

문혁의 표정 역시 착잡한 건 마찬가지였다.

"······가정은 해 봐야지."

"······이렇게 된 이상 끝까지 간다. 나는 끝까지 갈 거야. 선오 억울한 거 풀어 줘야 해."

"하지만······ 너무 위험해."

아린이 문혁의 두 눈을 똑바로 바라보며, 가슴을 두드렸다.

"네 말이 맞아······ 맞는데······ 머리로는 이해가 되는데······ 가슴이 이해를 못 해!"

아린이 분한 표정으로 말했다. 문혁이 안쓰러운 시선으로 아린을 쳐다보았다. 아린의 목소리가 갈라졌다.

"······아직도 죄책감이 든다고······ 이제는 싫다고······."

아린이 울먹였다. 주리가 일어나더니 아린을 덥석 안
았다. 흐느끼는 아린을 토닥이던 주리가 주먹을 들어 올
렸다. 주리가 주먹을 천천히 돌리며 싸늘하게 말했다.

"언니…… 복싱에 카운터라고 있어요. 상대가 공격
하는 걸 노려서 되받아치는 거요. 그래서 섣불리 공격
못 해요."

연모가 그런 주리를 보며 고개를 끄덕였다.

"……상호확증파괴 말하는 거지?"

"그게 뭐야?"

"……핵보유국들 전략인데…… 쉽게 말하면 상대가 핵
을 쓴다면 나도 쓰겠다 보여 주면서…… 억제하는 거야."

"맞아. 내 말이 그거라고. 카운터 복서한테는 공격 잘
못해. 쉽게 들어왔다가 처맞거든."

지찬이 조용히 입을 열었다.

"……무슨 말인지 알겠어. 상대도 우리가 강하다고
생각하면 위험도가 감소한다는 논리잖아. 그러면 우리
도 핵을 가지고 있어야 하는데……."

지찬이 뭔가 떠올랐는지 주리를 보며 갑자기 소리
쳤다.

"핵폭탄이다!"

"……이 아저씨가 진짜?"

"아니 너 말하는 게 아니라…… 그 일루전 전용 핵폭
탄이 떠올랐다고!"

아린이 주리의 품에서 벗어나 지찬을 쳐다보며 물
었다.

"……뭔데?"

"일루전 소속 톱스타 레이. 걔 캐 보면 뭔가 나오지
않을까? 연예계에 선오 같은 천사는 없다고 보는 게 내
생각이거든."

연모가 후다닥 노트북으로 향했다.

"……어…… 방법이 떠올라서……."

스크린에 노트북 화면이 떠올랐다. 연모의 분위기가
다시 바뀌었다. 연모가 깊은숨을 내쉬더니, 진지하게
말했다.

"레이 뒤 캐는 건 쉬워요. 제가 선오 님 정보 캐는 거
랑 똑같으니까. 수틀리면 트위터 계정 플텍 걸어서 뻘
짓하는 애들이 있어요. 뒤로 조리돌림 하거든요. 레이가
얼마 전에 신곡 발표하고 음원 1위 했는데, 그러면 2위
로 밀린 사람 팬 계정 찾으면 됩니다. 해시태그 검색해
서…… 알계가 많긴 한데 보면 딱 이상한 게 있어요. 팔
로워요. 팔로워가 되게 많은 알계가 있다고요. 그리고
플텍 따위 풀면 그만이고."

주리가 고개를 끄덕였다. 주리의 반응을 본 연모의 말이 빨라지기 시작했다. 자신감이 붙은 말투였다.

"풀었습니다. 역시 레이 뒷담 까네요. 루머 루머 루머…… 뒷담은 보통 루머거든요. 음…… 뒷소문이 엄청 많네요. 많다면 사실일 확률이 높아요. 왜냐면 센 거 한 방이면 되니까. 자잘하게 지어낼 필요가 없거든요. 그냥 남초 쪽 여신이랑 스캔들 하나면 되는데 이건 너무 많아요……."

"뒤가 구린 놈이라는 거네."

주리의 말에 연모가 고개를 끄덕였다.

"맞아. 어디서 들었대. 우리 언니 지인이 봤대. 아는 사람이 봤대. 시작은 달라도 다수의 루머들에 공통점이 하나 보이네요."

"그게 뭔데?"

"클럽 죽돌이."

주리의 눈빛이 바뀌었다.

"나 방금 뭔가 떠올랐어요."

주리의 눈동자가 위로 올라가더니 조금씩 움직였다. 아마도 떠오른 생각을 정리 중인 것 같았다. 정리를 마쳤는지 주리가 다시 입을 열었다.

"……제가 일하는 피트니스 센터에 손님 중 하나가

저 좋아하거든요?"

"뭐!"

연모가 자기도 모르게 발끈하며 소리쳤다. 깜짝 놀란 주리가 연모를 쳐다보자, 연모가 눈치를 보며 말을 얼 버무렸다.

"……아니야…… 계속 말해."

"너 어느 부분에서 발끈한 거야? 혹시 내가 생각하는 그 부분이야?"

지찬의 물음에 연모가 얼굴이 붉어진 채 고개를 돌렸 다. 주리가 눈을 끔벅거렸다. 멍하니 보고 있던 지찬이 슬그머니 고개를 돌렸다. 눈물을 닦은 아린이 배시시 웃으며 문혁에게 속삭였다.

"나는 알고 있었는데. 로맨스 작가잖아."

"……괜찮아?"

"……좀 진정됐어. 미안."

말없이 연모를 보던 주리가 다시 고개를 돌렸다. 딱 히 표정 변화는 없었다. 주리가 헛기침한 뒤 곧바로 말 을 이었다.

"……아무튼 저는 그 사람 별로고 관심도 없어요. 되 게 멍청하거든요. 중요한 건 그 사람이 잘난 척하려고 맨날 떠드는 게 지가 밴드 멤버라는 건데요. 강남에서

엄청 유명한 애프터 클럽에서 일한다고 자랑질 졸라 했
어요."

"애프터 클럽이 뭐지?"

아린이 묻자 주리가 답했다.

"자정 지나 새벽에 피크 찍는 곳이요."

"다른 클럽과 차이가 있어?"

"다른 사람 눈에 띄기 싫은 사람들이 많이 찾겠지."

지찬의 말에 아린이 이해했다는 눈빛을 보냈다. 주리
가 다시 말을 이어 갔다.

"……그러면서 언제 누굴 봤느니 뭐니 떠드는데……
연모가 클럽 죽돌이라고 한 말 들으니까 갑자기 떠오른
거예요. 분명 레이도 봤다고 했었어요."

지찬이 반신반의하는 표정으로 입을 열었다.

"구라 친 걸 수도 있잖아? 너한테 점수 따려고."

"그럼 선오 님 언급해야죠. 내가 얼마나 선오 님 처돌
이인데. 그러니까 멍청하다는 거예요."

멍청하다는 말을 들은 연모가 슬며시 주리를 보았다.
주리가 짐짓 모르는 척 말을 이었다.

"……머리 좋은 누구랑 너무 비교되더라고요."

"아……."

눈빛이 바뀐 연모가 얼른 노트북에 얼굴을 파묻었다.

마우스를 빠르게 움직이던 연모가 웹사이트를 클릭했다. 레이 팬덤 공식 카페인 '레이버스'였다.

"레이는 선오 님을 제외하고 가장 큰 팬덤을 가졌어요. 그만큼 극성스러운 애들도 많아요."

"그쪽도 혐선클이 있나 봐?"

지찬의 말에 연모가 고개를 흔들었다.

"우리는 특별 케이스죠. 선오 님은 인성이 천사잖아요. 팬을 차별하지 않았어요. 그러면 팬들도 자중해요. 하지만 레이는 다르겠죠. 이렇게 뒷말이 많은데 인성이 바를까요? 절대 아니죠. 그러면 폭주하는 애들이 나와요."

지찬이 멍하니 연모를 보며 물었다.

"······폭주라······ 아아, 사생? 야, 사생 진짜······ 나도 예전에 잠깐 겪어 봤지."

"네. 사생 애들."

연모의 대답에 모두 주리를 쳐다보았다. 주리가 슬쩍 시선을 피하며 중얼거렸다.

"······선오 님은 항상 빛나야 해서······ 제가 다 쓸어 버렸죠."

주리의 활약을 띄워 주고 싶은지 연모가 얼른 말을 받았다.

"맞아요. 레이한테는 주리 같은 애가 없어요. 구심점인 '또라이'가 없다고요. 그럼 우글우글 미쳐 날뛰고 춘추전국시대 찍는 건데…… '일당백 전사'가 없으니까요."

"야…… 맞는 말인데 좀…… 그렇다?"

"어? 아…… 미안해."

"아냐. 적극적으로 가자고. 빨리!"

주리의 응원에 기분이 좋아졌는지 연모가 희미한 미소를 지었다. 주리 역시 마찬가지였다. 지찬이 아린을 쳐다보았다. 아린이 조용히 하라는 눈빛을 보냈다. 지찬이 시선을 문혁에게로 돌렸다. 문혁의 무뚝뚝한 표정을 본 지찬이 조용히 중얼거렸다.

"……나만 지금 애들 썸 타는 거 이상한 거야?"

연모가 다시 말을 이었다.

"사생 애들이 다 그렇죠. 숙소 앞에서 텐트까지 치고 밤새우고, 해외 활동 있으면 비행기 좌석 정보 돈으로 매수하고, 촬영이나 활동 때마다 택시 기사들 매수해서 추격하고, 애들이 제일 먼저 파악하려 하는 게 뭐겠어요?"

문혁이 짐작 가는지 고개를 끄덕이며 말했다.

"레이의 동선."

"네. 레이의 동선을 제일 잘 아는 인간들이 바로 사생이라는 거죠."

연모가 답하며 마우스를 클릭했다. 노트북을 빙글 돌리며, 연모가 쉬지 않고 입을 열었다.

"어차피 대한민국에서 팬심으로 노는 SNS는 한정됐거든요. 그중에 삼대장은 공식 카페가 위치한 포털 사이트, 트위터, 유튜브. 이 삼대장만 잘 노려 살피면 대부분 알아낼 수 있어요. 공카에서 집착하거나 자극적인 게시글을 올린 이들 수소문, 그리고 그 아이디나 말투 등을 트윗과 유튜브 댓글로 검색. 아, 트위터야 워낙 유명하지만 유튜브도 만만치 않아요. 렉카들 판치니까. 얻어걸리는 일도 있어서."

점점 자신감이 붙는 말투였다. 연모가 잠깐 주리를 봤다가, 다시 입을 열었다.

"공카 집착 팬, 트위터 집착 팬, 유튜브 집착 팬. 아무튼 집착하는 인간들이 문제죠. 금방 나와요. 사생만 찾으면 되니까요. 그렇게……."

연모가 마우스를 클릭했다. 화면에 비공개 트위터 계정이 떠올랐다.

"……또 찾았네요."

문혁이 일어나 스크린을 쳐다보았다. 연모가 말했다.

"레이 동선 공유하는 사생 계정이에요. 그동안 트윗들 살펴보면…… 어디 보자…… 아, 여기 있네요. 클럽에 방문. 강남 소재 '콜로세움'."

주리가 밝아진 표정으로 말했다.

"맞아. 멍청이가 콜로세움에서 일한다고 한 거 같아."

"이로써 구라는 아니라는 게 증명됐네요. 진짜 레이가 방문하는 클럽입니다."

순간, 사생팬 계정에 트윗이 올라왔다. 모두가 말을 멈추고 스크린을 쳐다보았다.

12/23 확정 콜세 간다 R 매니 피셜 뜸 서폿 개 빡셈 미친 ㅋㅋㅋㅋㅋ

"히야! 이거 아침 드라마네. 매니저 매수한 거야?"

지찬의 물음에 연모가 답했다.

"매니저들 힘들죠. 박봉이잖아요."

"그렇다고 관리하는 연예인을 팔아?"

아린이 지찬을 보며 말했다.

"……어디서 들었는데…… 매니저랑 연예인 관계가 별로면 그런다고 하더라고. 그만큼 레이가 인성이 안 좋다는 뜻일 테고."

선오의 라이벌급 톱스타 레이. 선오의 죽음과 관련 있다고 생각되는 일루전 대표 나원일. 문혁은 눈을 감았다. 두 번째 행동을 시작할 시간이었다. 나원일에게 접근하려면 일루전의 핵심을 공략해야 한다. 그게 바로 레이다. 문혁이 눈을 떴다. 자신을 바라보고 있는 연모와 주리와 지찬과 아린의 모습이 보였다. 아린이 입을 열었다.

"……한번 해 볼까? 나는 너 믿어."

"……."

쉽지 않지만, 오직 선오를 위해서. 모두는 선오를 위해서 달린다. 똑똑한 연모도, 직설적인 주리도, 은근 허당인 지찬도, 그리고 아린도. 모두 '혐오스런 선데이 클럽'이라는 비방에도 불구하고 선오를 사랑한다. 역시 선오는 사랑받는 사람이다. 여전히. 문혁은 다짐했다. 늦었지만 지금이라도 선오를 위해 뛸 것이다. 문혁이 해야 할 일은 단순했다. 모두가 선오의 죽음에 대해 의문을 가진다. 그리고 움직인다. 그 의문을 풀기 위한 시작은 문혁이었다.

"레이, 캐 보자."

문혁이 대답했다. 아린이 빙긋 웃었다. 연모와 주리도 마찬가지였다. 지찬이 다가와 어깨를 토닥였다. 문혁은 생각했다. 어떻게든 선오 네 죽음에 대한 진실을 알고 싶어. 이제는 돌이킬 수 없어. 비록 누군가 우리에게 오합지졸들이 모였다고 손가락질해도, 누구보다 진짜 너에게 가까이 다가갈 수 있는 사람들이 모였어.

너를 제일 잘 아는 사람들이 모였으니까.

너를 제일 사랑하던 사람들이 모였으니까.

문혁이 노트북을 열었다.

"조금만 시간을 주세요."

3장

레이 공략

베르테르 D-3,
12월 22일

일루전 엔터테인먼트 사옥 최상층에는 나원일 대표의 개인 사무실이 있었다.

직원 대부분이 퇴근한 늦은 저녁 시간, 사무실 문이 열리며 누가 봐도 강렬한 인상의 사내들이 천천히 안으로 들어섰다. 마중하던 원일이 소파에 앉기를 권했다. 소파에 앉는 이들을 향해 나원일이 부드러운 미소를 보였다.

"다들 바쁘신 분들이라 모시기가 참 힘들었습니다."

"에이, 됐수다. 우리보다 나 대표가 더 바쁘지, 뭐."

민머리 사내가 피식 웃으며 다리를 꼬았다. 테이블 위로 간단하게 정리한 자료 파일과 커피 잔이 놓여 있었다. 옆에 앉은 흰머리 사내가 그런 민머리 사내를 힐끗 보더니, 앞에 놓인 커피 잔을 들어 입으로 가져갔다.

선글라스를 낀 사내가 원일을 쳐다보며 말했다.

"……커피 말고 술은 없소?"

"술이요. 원하시면 준비하겠습니다."

"……부산 애들은 이런 중요한 미팅 자리에서도 술을 찾나? 야쿠자 애들이랑 어울리니 물들지. 걔들 허구한 날 술 마시고 술잔 깨고 그러잖아. 아, 이건 짱깨 새끼들인가?"

비아냥거리는 민머리 사내를, 선글라스 낀 사내가 가만히 고개를 틀어 쳐다보았다. 민머리 사내가 상체를 앞으로 내밀며 선글라스를 노려보았다.

"아래서 놀지 왜 올라왔어 그니까. 씨발."

"……마…… 한 번 더 그 주둥아리 놀려 봐라. 그 눈깔을 파가 처삐리 뿌게."

"뭐 이 새꺄?"

흰머리 사내가 눈살을 찌푸리며 커피 잔을 내려놓았다.

"여기서 분쟁 일으킬 필요는 없잖아? 자리 주선한 박실장 체면이 뭐가 돼?"

"북성파가 왜 서울까지 처올라와 지랄이냐 이 말이요."

"……나 대표 선택이니 우리가 뭐라 할 건 없지. 우리랑 거래하면 될 것을 굳이……."

흰머리 사내가 원일을 바라보며 낮은 목소리로 말했

다. 싸늘하고 차가운 말투였다. 마주 앉아 있던 박 실장이 가만히 입을 열었다.

"⋯⋯여기 세 조직이 현재 가장 실세입니다. 나 대표가 요청했습니다. 저희 조직 역시 단독으로 거래하려 했지만 나 대표가 원치 않더군요."

"그런 거야? 판 씨게 키우네 거."

민머리 사내가 웃으며 원일을 노려보았다. 원일이 민머리 사내를 마주 보며 미소를 지었다.

"정확히는 평등한 거래라고 할까요? 드린 자료들을 보시면 알겠지만 완전범죄가 가능하니까요. 다들 필요하시리라 생각했습니다. 기회는 공평하게 드려야죠."

"대충 봤는데⋯⋯ 이거 그냥 그짝이 헛소리 지껄이는지 어찌 알아. 뭘 믿고 돈을 써?"

민머리 사내가 자료 파일을 툭 던지며 투덜거렸다. 흰머리 사내가 고개를 끄덕이며 수긍하는 모습을 보였다. 앞의 둘을 지켜보던 박 실장이 옆에 앉은 선글라스 낀 사내 쪽을 바라보았다. 민머리와 흰머리 사내들과는 달리, 파일을 자세히 살펴보고 있는 모습이었다. 나원일이 선글라스 사내를 바라보았다.

"북성 쪽은 관심이 높네요. 아무래도 서울보다는 해외 거래 경험도 많으실 거고. 그 정도로 '포비아'는 가치가 높습니다. 자료는 모두 사실입니다."

박 실장이 고개를 끄덕였다. 원일이 몸을 돌려 사무실 중앙 자신의 자리로 향했다. 리모컨을 든 원일이 그대로 버튼을 눌렀다. 준비해 둔 롤스크린이 천천히 내려와 펼쳐졌다.

"그래도 직업상 의심이 많으신 분들이니…… 확실하게 보여 드려야 믿으실 것 같았습니다. 그래서 준비했습니다. 포비아 효과에 대한 영상입니다."

"저번의 그 영상입니까?"

박 실장의 질문에 원일이 고개를 살짝 저었다.

"여러 가지 방법을 시험해 보는 중이라…… 표본은 많을수록 좋죠."

선글라스 사내가 고개를 들어 스크린을 쳐다보았다.

"……동남아들 파이가 커가 내 관심이 많소."

"글로벌 루트를 넓히는 건 저도 찬성입니다."

원일이 리모컨으로 영상을 재생했다. 지저분한 창고 바닥이 보이다가 카메라가 위로 올라가니, 초췌한 얼굴로 의자에 묶여 떨고 있는 황진수의 모습이 화면에 나타났다. 카메라를 쳐다보는 황진수의 눈은 겁에 질려 있었고 입은 재갈을 물린 상태였다. 카메라가 고정되고, 초록색 후드티를 입은 남자가 황진수에게 다가갔다. 팔과 다리가 결박되어 반항할 수 없는 황진수가 몸부림쳤지만, 의자만 들썩거릴 뿐이다. 흥미가 생겼는지 민머리 사내가 꼰 다리를 풀더니 상체를 내밀며 스크린을 주시했다. 후드티 사내가 작은 약병을 꺼내 열더니, 그대로 황진수의 정수리에 약물을 들이부었다. 그러고는 재갈을 빼 버렸다. 콜록거리며 황진수가 울음을 터트렸다.

— ……사…… 살려 주세요! 제발 살려 주세요!

후드티 사내가 카메라 뒤로 사라졌다. 몸을 떨며 고개를 두리번거리던 황진수가 어딘가를 보며 미친 듯이 울부짖었다. 눈물 콧물이 범벅이라 잘 알아들을 수가 없었다. 흰머리 사내가 나원일에게 말했다.

"볼륨 좀."

원일이 볼륨을 올렸다. 황진수의 동공이 좌우로 마구 흔들렸다. 껵껵거리는 이상한 소리를 내기 시작하더니 입이 벌어지며 침이 줄줄 흐르기 시작했다.

— 배, 뱀…… 뱀이야…… 뱀이다! 뱀이라고! 뱀이야!

원일이 영상을 잠깐 정지했다.

"뱀은 없습니다. 지금 환각을 보는 것입니다."

"……왜 뱀이지?"

"잠재적으로 가장 혐오하는 대상이 뱀인 거죠. 계속 볼까요?"

다시 영상을 재생하자, 입에 거품을 물며 발악하는 황진수의 모습이 보였다. 결국 반동을 이기지 못하고 의자에 묶인 채로 바닥에 넘어져 버렸다. 황진수가 비명을 질렀다. 하나같이 다 뱀에 대한 말들이었다. 꿈틀거리며 요동치던 황진수의 몸이 갑자기 축 늘어졌다. 무표정하게 엎드려 있던 황진수의 입꼬리가 서서히 올라갔다.

그리고, 땅바닥에 마구 머리를 박기 시작했다.

피가 튀고 살점이 찢겨 나갔다. 고통이 느껴지지 않는지 황진수가 여전히 웃으며 머리를 마구 박았다. 몇 번을 그렇게 반복하니 얼굴이 온통 피투성이가 되었다. 이마가 찢어지고 상처가 벌어지며 피가 줄줄 흘러내렸다. 그렇게 천천히 황진수의 움직임이 굳어 갔다. 시간이 지나자 미동도 없이 엎드려 있는 황진수의 머리 주변으로 피가 흘러나와 작은 웅덩이를 만들었다. 원일이 영상을 껐다.

"확인들 되셨습니까."

"……약물이니 환각을 보는 건 알겠는데 왜 지 혼자 날뛰다가 가지?"

민머리 사내가 의아한 표정으로 물었다. 옆에 앉은 흰머리 사내가 자료 파일을 건드리며 민머리 사내를 쳐다보았다.

"자살하게 만드는 약물이라고."

"맞습니다. 사람은 모두 죽음을 방지하기 위한 자기방어 체계가 존재합니다. 포비아는 이 체계를 무너트리며 동시에 죽음을 가장 편한 안식처로 착각하게 합니다."

선글라스 사내가 자리에서 일어섰다. 원일에게 다가간 그가 만족한 듯 입을 열었다.

"더 볼 거도 없네. 돈은 마이 있으니 아무 때나 연락하소."

"감사합니다."

선글라스 사내가 그대로 몸을 돌려 사무실을 나갔다. 흰머리 사내가 한숨을 내쉬었다. 고개를 까닥거리던 민머리 사내가 눈을 치켜올려 원일을 노려보았다.

"……혹시…… 우리 쪽에 제조법 넘길 생각은 없수?"

원일이 미소를 거두었다. 차가운 목소리가 원일의 입에서 흘러나왔다.

"그럴 일은 없습니다."

"하…… 나 대표가 잘나가는 몸인 건 알지만…… 너무 나대면 위에서 안 좋게 봐서 그래. 북성 새끼들까지 부르고, 응?"

"유진 측은 별로 거래하고 싶은 의향이 없나 봅니

다?"

민머리 사내의 표정이 일그러졌다.

"……말조심하쇼?"

흰머리 사내가 손을 들어 민머리 사내를 제지했다.

"나는 흥미가 있으니 유진파랑 엮지 말고. 우리 주령은 거래 의향이 있으니 형님께 물어볼 시간을 줬으면 하네."

"아 저거 멋대로 나대는 꼴 정말 보렵니까?"

"자료와 영상을 봐서는 완전범죄가 가능한 물건이니까, 보고할 가치는 있지. 이미 북성파는 만족하고 갔잖아."

"……."

원일이 남아 있는 이들을 보며 부드러운 목소리로 말을 이었다.

"실은 제가 준비하고 있는 멋진 공연이 있습니다. 공연을 보시게 되면 아주 만족하실 겁니다. 포비아가 얼마나 대단한 약물인지 확실하게 보여 드릴 테니까요."

모두가 원일을 쳐다보았다. 박 실장이 물었다.

"……나 대표의 목적은 뭡니까?"

"음…… 글쎄요. 사람 욕망은 다 똑같지요."

"지금도 엔터 쪽 거물 아닙니까?"

원일이 말없이 박 실장을 보며 입꼬리를 올렸다. 원일의 표정을 본 박 실장의 표정이 굳어졌다. 대충 만족하는 인간이 아니다. 민머리와 흰머리 사내도 그런 나원일의 표정을 보며 인상이 굳어졌다.

"하 씨발…… 은근 포스 쩌네 거."

민머리 사내가 나원일을 보며 정수리를 매만졌다. 흰머리 사내가 자료 파일을 챙겼다. 원일이 웃으며 마무리를 지었다.

"그럼, 잘 부탁드립니다. 1차 투자 여부 말입니다. 참, 공연을 보여 드리겠다고 했죠? 공연의 제목은 '베르테르'입니다. 많은 기대 바랍니다."

*

레이의 동선에 맞춰 실제로 클럽에 방문한다.

유명 연예인인 레이를 사적인 자리에서 만나려면 이 방법뿐이었다. 그렇다면 누가 방문할 것인가. 답은 어차피 정해져 있었다. 루머가 맞는다면 레이는 소위 난봉꾼이다. 미인을 좋아한다는 얘기다. 문혁 앞에 앉아 있던 지찬의 목소리가 낮게 깔렸다.

"……새벽에 쟤네 둘만 들어가는 거…… 좀 위험하

지 않아?"

"……."

당일 무슨 일이 벌어질지는 문혁도 모른다. 하지만
이 방법밖에는 없다. 레이가 워낙 얼굴이 알려진 유명
인이라 튀는 행동은 자제할 거라는 가정을 믿는 수밖에
없었다. 냉정하지만, 어쩔 수 없는 선택이다. 위험 없이
얻을 수 있는 보상은 없다. 약간 굳은 표정의 문혁을 보
며 지찬이 한숨을 내쉬었다.

"……초 치려는 건 아냐."

"압니다."

클럽에 방문하는 것은 바로 주리와 아린의 역할. 연
모가 작업실 문을 열고 나왔다. 문혁에게 다가온 연모
가 문혁이 부탁한 조그만 장치를 테이블에 놓았다. 몰
래 촬영과 녹음을 할 수 있는 귀고리 형태의 소형 카메
라였다. 연모가 이것저것 설명을 시작했다.

"……최대 세 시간까지 촬영할 수 있어요…… 동시
녹음도 되고…… 휴대폰 부품을 쓴 거라 성능은 확실하
고요."

"실시간 전송은요?"

"가능해요. 동시 송출요."

아지트에서는 연모와 지찬이 보조하는 역할. 지찬이

신기한 눈으로 카메라를 이리저리 살피는 동안, 아지트 현관이 열렸다. 클럽룩을 맞추기 위해 쇼핑하러 갔던 아린과 주리가 돌아온 것이다. 클럽에 어울리는 복장으로 치장한 주리가 뚜벅뚜벅 걸어와 앉아 있는 연모 앞에 서서 내려다보았다.

"야! 어때?"

"……어…….."

"어버버한다 또. 어떠냐니까?"

"아…… 완전 멋져."

"당연하지."

주리가 씩 웃으며 연모의 어깨를 툭 쳤다. 주리 뒤로 산뜻한 복장을 한 아린이 주뼛거리며 서 있었다. 지찬이 아린을 보며 감탄했다.

"이야! 완전 딴사람 됐네? 영화 〈오션스 8〉 봤냐? 거기서 쫙 차려입고 간지가…… 딱 걔들이랑 매칭된다 니들."

"오션 8이 뭔데 아저씨?"

"아 그게…… 주리야…… 너 영화 잘 안 보지?"

"아니 영화 보는 거랑 옷 입은 거랑 뭔 상관?"

"……아…… 그냥…… 미안…… 멋지다고."

주리가 연모 앞에 앉았다. 테이블 위에 놓인 소형 카메라를 손으로 툭툭 치더니, 갑자기 말을 던졌다.

"……야. 너는 나 걱정 안 돼?"

연모가 놀란 눈으로 주리를 바라보았다. 주리가 시선을 살짝 피하며 소형 카메라를 계속 건드렸다. 답을 기다리는 눈치였다. 연모가 조용히 말했다.

"……걱정 안 하는데."

"뭐? 이 씨! 새벽에 클럽 들어가서 무슨 일이라도 당하면……."

연모가 주리를 보며 엷은 미소를 띠었다.

"……그럴 리가 없지. 천하의 임주리가. 나는 믿거든."

"헐, 박연모가 플러팅을 다 치네? 궁극의 발전이다."

주리가 소형 카메라를 툭 치며 연모 쪽으로 밀었다. 마찬가지로 미소를 띤 주리가 연모를 바라보았다.

"이거나 설명해 줘. 성능이야 뭐 확실할 거고…… 나도 너 믿으니까."

아린은 문혁을 보고 있었다. 아린의 입에서 흘러나오는 목소리는 매우 가라앉은 말투였다.

"연극반 애들이 항상 의상 챙겨 주고 그랬는데…… 지나가는 배역 1 도와주고…… 지금 내가 입은 게 그거 같네. 그때 생각난다."

그 말에 문혁은 예전의 아린이 생각났다. 그리고 항상 함께했던 우리 셋. 선오가 생각나 문혁은 잠깐 생각에 잠겼다.

"야! 그 표정 뭐야? 무슨 생각해? 과거의 나는 아니지?"

맞아. 문혁이 아린을 바라보았다. 쏘아붙이는 아린의 표정은 밝았다. 그 표정을 보는 순간 그때가 떠올랐다. 한창 빛나던 그때. 삼총사가 함께했던 그때가.

회상

극본을 쓰는 건 자신 있었지만, 연기는 다르다. 원래부터 무뚝뚝한 문혁이었지만 지금 표정은 더 심했다. 구경하고 있던 아린이 웃으며 문혁을 쳐다보았다. 아린의 시선을 느낀 문혁이 인상을 찡그렸다. 아린이 문혁 곁으로 다가왔다. 마시던 음료수 캔을 흔들며 아린이 문혁을 놀렸다.

"똥 마려운 고양이 같다 너."

"……강아지야."

"뭐가 됐든. 아니 뭘 그렇게 긴장해? 나 목 아픈 거 때문에 오늘만 대타잖아."

문혁이 아린을 향해 고개를 팩 돌리며 뭐라 말하려고

입술을 달싹이다가 그대로 다시 다물었다. 아린이 문혁에게 계속 조잘거렸다.

"그냥 대사만 받아 주면 되는 거야. 나 목감기 때문에 병원 약 타야 해서…… 곧 있으면 선오 올 거야. 금방 갔다 올게!"

아린이 떠난 뒤 문혁은 들고 있던 극본을 펼치고 얼굴을 파묻었다. 방과 후의 공연실에는 아무도 없었다. 따로 빌린 것이다. 문혁이 대사를 혼자 읊었다. 쪼그리고 앉아 대사를 중얼거리던 문혁이 인기척을 느꼈는지 공연실 입구 쪽으로 고개를 돌렸다. 선오가 손을 흔들며 걸어오고 있었다.

"좀 늦었지? 미안."

"……더 늦게 와도 됐는데……."

선오가 무대 위로 올라섰다. 기지개를 켠 선오가 크게 숨을 들이마시더니 내뱉었다.

극본 〈오필리어〉의 대사를 맞춰 달라는 선오의 부탁이 있었다. 평소에는 아린이 받아 주곤 했지만, 오늘은 목감기가 심해 문혁이 대신해야 하는 상황이었다. 내키지 않았지만 거절할 수가 없었다. 선오가 문혁의 극본을 연기한다는 것부터 문혁은 선오에게 감사하고 있었으니까. 물론 겉으로는 전혀 내색하지 않았다. 언제나 무표정인 문혁을 보며 선오가 장난스럽게 말했던 적이 있었다.

"너 그거 다 연기하는 거지?"

"무슨 소리야."

"언제나 한결같은 표정이잖아. 그것도 다 연기라고. 감정을 숨기는."

"그냥 내 성격이야."

"내가 잘 알거든. 너 은근 연기 잘하는 거 알아?"

연기가 아니다. 문혁은 계속 중얼거리고 있었다. 이게 뭐라고 긴장이 되지? 연기하는 게 아니라 그저 대사만 치면 되는 건데. 쉬운 건데. 선오가 문혁을 바라보았다. 문혁이 극본에 파묻었던 고개를 들었다. 미소를 짓는 선오의 눈빛이 반짝이고 있었다. 문혁이 엉거주춤 일어서며 물었다.

"……나도 일어나?"

"아니. 그냥 대사만 해 주면 돼. 그냥 편하게."

문혁이 다시 슬그머니 무대 바닥에 앉았다. 선오가 피식 웃었다. 문혁이 선오를 흘깃 쳐다보며 말했다.

"그 웃음 뭐냐?"

"아니…… 평소랑은 좀 달라 보여서."

"……뭐……가 다르냐. 똑같다고."

선오가 웃음을 띤 채 알겠다며 고개를 끄덕였다. 문혁이 한숨을 내쉬었다. 선오가 양팔을 들어 깍지를 끼더니 몸을 풀었다. 문혁이 극본을 빠르게 넘겼다. 선오가 기지개를 켜며 마무리했다.

"준비됐어?"

"……아린이는 여기서 어떻게 준비해? 심호흡?"

"……그치. 호흡을 가다듬지."

물론 선오의 농담이다. 문혁이 숨을 들이마셨다 내쉬는 모습을 보며 선오가 킥킥 웃었다.

"아린이보다 더 잘하네? 역시 연기에 소질이 있어."

"……죽는다, 너."

선오가 뾰로통한 표정으로 문혁에게 말했다.

"에이, 뭘 또 삐지고 그래."

"……아니 난 아무렇지도 않다니까?"

"누가 봐도 쭈뼛거리는데?"

"……그냥 빨리 시작하면 안 될까?"

문혁이 선오를 올려다보았다. 선오는 여전히 미소를 거두지 않았다. 바짝 굳어 있는 문혁을 향해 선오가 말했다.

"그럼 시작할게."

시작한다는 말에 또 긴장한 문혁이 허둥지둥 말을 내

뱉었다.

"……다시 한번 말하지만, 이거 연기 아니다?"

"음…… 문혁이 네가 쓴 극본이고…… 네가 연출가
고…… 나는 주연 배운데…… 설마 아무 감정 없이 대
사만 읽으려는 건 아니지?"

정곡을 찔렸는지 문혁이 움찔했다. 문혁이 괜히 자리
에도 없는 아린을 언급하며 물었다.

"아…… 아린이도 감정 실었냐?"

그런 문혁의 모습이 웃겼는지 선오의 미소가 더 커
졌다.

"그랬지 아마?"

"……음……."

당황하는 문혁의 표정을 선오가 재밌다는 얼굴로 바
라보았다.

"그래도 감정을 조금만이라도 실어 줬으면 해. 그게
내게도 도움이 되니까."

"……."

진지한 눈빛의 선오를 보며 문혁이 마지못해 살짝 고
개를 끄덕여 답했다. 여전히 얼굴은 굳어 있었다.

"그럼…… 나 먼저 한다?"

긴장이 채 풀리지 않아 더듬거리면서도 문혁은 열심

히 극 중 햄릿의 대사를 읊었다.

"어차피 이루어질 수 없는 거였소. 내 모습을 잊어 주길. 당신이 기억했던…… 모든 나를 잊어 주길. 다정했던 그때의 모습은 내 진심이었으나…… 이제는 모두 물거품이거늘. 운명은 우리를 맺어 주고…… 다시 갈라놓았음을. 그 운명을 거역할 수 없음을…… 이해해 주기를."

심장이 두근거렸다. 잠깐 대사를 멈춘 문혁이 슬쩍 선오를 바라보았다.

선오의 몸이 떨리는 게 보였다. 문혁이 얼른 대사를 이어 갔다.

"사랑했던 오필리어여. 지금에서야 고백하건대…… 나는 당신을 사랑했었소. 하지만 이제 나를 잊어 주기를. 비록 저승에서 다시 만났어도…… 이것은 스쳐 지나가는 인연이라 생각하기를……."

선오의 입술이 서서히 벌어졌다. 눈빛도 흐려지고 있었다. 미소도 사라지고 있었다. 이 순간 선오는 오필리어에 완전히, 몰입하고 있었다. 애타는 목소리가 흘러나왔다.

"저승에서야 다시 만나게 된 연인님…… 잊을 수 있나요? 저를 잊을 수 있나요? 이렇게 다시 만났는데 그냥 지나칠 수 있나요? 저는 할 수 없어요…… 낭군이여.

결국 증오하고…… 저주하고…… 원망하고…… 이런 내가 괴로워 떠났지만…… 왜 다시 나타나셨나요. 다시 보는 순간…… 품었던 모든 감정이 사라지네요. 하나만 빼고요. 제게 사랑을 가르쳐 주신 분이여. 이 어찌…… 스쳐 가는 인연이라 치부하시나요?"

문혁이 뚫어져라 선오를 쳐다보았다. 대사를 해야 하는데 가슴 한구석이 탁 막힌 느낌이다. 문혁이 힘들게 입을 열었다.

"오필리어여. 나는…….'

"저를 사랑하나요?"

"나는…….'

"저를 사랑했었나요?"

"당연히. 내 사랑은 언제나 당신이었소."

약을 타 가지고 돌아온 아린이 손뼉을 치는 소리가 들렸다.

선오가 눈을 감더니, 그대로 고개를 끄덕였다.

선오가 눈을 뜨더니, 그대로 문혁을 보며 씩 웃었다.

베르테르 D-2,
12월 23일 레이 공략

—아아, 잘 들려요?

"네."

귀를 만지며 문혁이 짧게 답했다. 새벽 2시. 레이의
방문 일정에 앞서 클럽 '콜로세움'에 입장했다. 아린과
주리는 먼저 입장하고 문혁은 일행이 아닌 것처럼 뒤늦
게 들어왔다. 이 시간에 이렇게 많은 사람을 본 건 처음
이라 어안이 벙벙했지만, 침착을 유지해야 했다. 연모
가 제작한 소형 이어폰은 성능이 좋았다. 다시 귓가에
연모의 목소리가 울렸다.

—지금부터 실시간 녹음 들어갑니다. 대답은 안 하셔
도 됩니다.

문혁이 클럽 내부를 살폈다. 휘황찬란한 조명과 시끄
러운 음악 속에서 사람들이 춤을 추고 있었다. 무대 뒤편
으로 2층으로 오르는 계단이 보였다. 1층 무대 위로 2층
에 개별 룸이 존재하는 식이다. 무대 좌측에 있는 간이
바로 가서 구석에 자리를 잡고 앉았다. 바텐더가 문혁을
힐끗 쳐다보며 물었다.

"주문은?"

"……괜찮습니다."

"헌팅하러 오셨나 봐? 잘생겨서 한두 번이 아니겠어."

"……."

문혁은 대꾸하지 않고 2층으로 오르는 계단 입구를 쳐다보았다. 아까부터 아린과 주리를 찾고 있었다. 레이는 1층 무대에서 절대 놀지 않을 것이다. 얼굴이 드러나면 안 되기에 개별 룸으로 갈 것이다. 예상대로라면. 아린의 제안을 따라 선데이 클럽은 계획을 세웠다. 콜로세움에서 가장 비싼 VVIP룸을 당일 요청한다면 어쩌면 레이와 겹칠지도 모른다. 계단 입구를 지키고 있는 기도 곁으로 천천히 걸어가는 아린과 주리의 모습을 발견했다. 눈에 띄지 않을 리가 없었다. 아니나 다를까 남자 몇이 추파를 던지며 꼬여 들었다.

"와. 대박. 같이 놀래?"

"아니. 꺼져."

"……뭐?"

주리의 대답에 어이가 없는지 남자 하나가 주리를 노려보며 턱을 치켜들었다. 주리의 입꼬리가 올라가더니, 고개를 비스듬히 틀고 남자의 턱 부분을 보며 낮게 말했다.

"……꺼지라고. 수준 낮게 어디서 껄떡거려."

"이 씨발……."

아린이 주리의 팔을 잡고 끌었다. 아린이 눈짓하자 기도가 몸을 틀어 섰다. 기도의 덩치를 본 남자들이 욕을 내뱉으며 자리를 피했다. 아린이 기도에게 말했다.

"여기서 가장 비싼 룸으로요."

기도가 아린을 슬쩍 보더니, 이어피스 마이크로 묻는 모습이 보였다. 기도가 고개를 까닥였다.

"……당일 예약이 된 상황이라. 다른 방은 어떨까요?"

"아니, 나는 가장 비싼 룸에서 놀 거예요."

주리와 아린의 목소리는 연모의 소형 이어폰을 통해 다른 멤버들에게도 동시에 전송되고 있었다. 아린의 제안이 통할까. 레이가 만약 방문하지 않으면 헛물을 켜는 셈이다. 문혁은 차분히 둘을 지켜보며 기다렸다. 그때 연모의 목소리가 들렸다.

—레이 방문! 레이 방문!

문혁이 입구 쪽으로 얼른 고개를 돌렸다. 후드를 걸치고 마스크를 쓴 남자와 그를 둘러싼 몇몇 이들이 입장하고 있었다. 아마도 저 남자가 레이인 듯싶었다. 빠른 걸음으로 계단 쪽으로 간 레이를 알아보고 기도가 고개를 숙였다. 연모의 말은 아린과 주리에게도 들렸을 테다. 아린이 바로 레이인 걸 알아채고 목소리를 높여기도에게 강하게 항의했다.

"⋯⋯여기 괜찮다고 해서 모처럼 왔더니 실망이네요. VVIP룸만 간다고요 우리는."

"⋯⋯예약하지 않으셨으니까⋯⋯."

"안 그러면 수준 낮은 새끼들만 꼬인다고!"

아린의 외침에 흥미가 생겼는지 레이가 아린 쪽으로 고개를 돌렸다. 주리가 아린의 말에 동조하듯 고개를 끄덕였다. 씩씩거리는 아린과 주리를 바라보던 레이가 웃으며 말을 걸었다.

"제가 VVIP룸 예약한 사람인데⋯⋯."

아린과 주리가 레이를 쳐다보았다. 레이가 살짝 마스크를 내렸다. 잘생긴 외모가 드러났다. 주리가 움찔했지만, 아린은 표정 변화가 없었다. 레이가 약간 놀랐는지 아린을 바라보았다. 아린이 서늘하게 말했다.

"왜요? 연예인 보면 놀라야 하나?"

흥미가 생겼는지 레이가 미소를 지었다.

"동석하죠 우리. 수준 높은 사람들끼리요."

"⋯⋯그건 마음에 드는 말이네요."

레이와 일행들이 계단을 오르고 아린과 주리가 뒤를 따랐다. 둘의 뒷모습을 보는 문혁의 가슴이 두근거렸다. 혹시 들키지는 않을까. 연모가 준비해 준 장치들은 완벽했지만, 어쨌든 밀폐된 공간에 들어가서 레이의 진실을 밝히는 건 아린과 주리의 몫이다. 문혁이 낮은 목소리로 귀를 잡고 말했다.

"조심해."

둘의 대답은 들리지 않았다. 그게 당연했다. 이제는 둘을 믿는 수밖에 없었다.

*

레이와 합석한 지 20분 정도가 흘렀다. 고급 안주와 양주들이 테이블을 채우고 나자, 레이의 일행 중 하나가 아린에게 다가와 스마트폰을 달라고 요청했다. 주리가 기분 나쁘다는 말투로 쏘아붙였다.

"왜요? 왜 우리 스마트폰을 달라고 해?"

"······유출을 방지하기 위함이겠지."

아린이 피식 웃으며 스마트폰을 꺼내더니 테이블에 휙 던졌다. 주리 역시 불만스러워하면서도 아린을 따라 스마트폰을 내줬다. 레이가 앞머리를 뒤로 넘기며 웃었다.

"미안합니다. 저는 괜찮은데······ 소속사가 싫어하거든요. 혹시 몰라서요."

"괜찮아요."

"그런데 나이도 그렇게 많아 보이지 않는데…… 여기 꽤 비싸거든요. 그리고 아까 말이 되게 인상 깊더라고요. 수준 낮은 새끼들이랑은 놀기 싫다고 한 거."

"우리가 수준이 높으니까요."

"그러니까. 상류층은 상류층끼리 어울려야지. 모처럼 괜찮은 분들을 만났네."

레이가 히죽 웃었다. 그러고는 고개를 돌려 일행 중 한 명을 보고 지시했다.

"폰 챙기고 입구 쪽에 서 있어."

레이의 경호원으로 보였다. 두 명의 사내가 스마트폰을 챙겨 입구 양옆에 우두커니 자리를 잡고 섰다. 주리가 잠깐 당황한 표정을 지었지만, 곧바로 표정을 풀었다. 아린이 주리에게 말했다.

"걱정할 거 없어. 유명인이니까…… 알아서 잘하시겠지."

"어떻게 아는지 제가 여기 오는 날이면 쥐도 새도 모르게 나타나요. 예전에는 문을 열어젖히고 들이닥친 적도 있고요. 뭐 말하는지 아시죠?"

레이가 술잔에 술을 따라 건넸다. 주리가 단숨에 들이켰다. 아린이 술잔을 들어 입에 가져가다가 레이를 보며 피식 웃었다.

"팬이 많은 건 좋잖아요?"

"팬 같지도 않은 잡것들이 팬이라고 설치는 게 싫어서 그렇죠. 어차피 이 바닥에서 팬이라는 건 지갑이랑 똑같은 거지만."

아린의 눈빛이 흔들렸다. 선오라면 절대 하지 않을 말, 아니 그런 생각조차 못 할 망언이었다. 아린의 눈을 빤히 쳐다보던 레이가 시선을 떼지 않고 그대로 술잔을 입에 털어 넣었다.

"……뭐 틀린 말이라도 했나요?"

"……물이 다르니까 틀린 말은 아니죠."

레이가 눈을 빛내며 고개를 끄덕였다.

"제 팬덤 아시죠? '레이버스'. 지금 연예계 쪽에서는 가장 큰 규모라고. 걔들 하나하나가 다 내 돈지갑이고. 그러니까 나도 분위기 맞춰 주는 거야. 돈 주니까. 무시 못 할 돈이 들어오니까. 걔들의 가치는 그뿐이야. 어차피 삶은 다 연기 아냐?"

아린이 고개를 끄덕이며 머리를 쓸어 넘겼다. 그러면서 자연스레 귀고리를 매만졌다. 아린이 차고 있는 귀고리 안에는 연모가 숨겨 놓은 카메라가 내장되어 있다. 아린이 빈 술잔을 내밀며 살짝 미소를 지었다.

"……당신의 팬이 아닌 게 다행이네요."

귀고리를 만지는 순간, 잠깐 소리가 먹혔다. 신호였다.

— 촬영할게요!

문혁은 초조해졌다. 설마 카메라가 고장 나는 건 아닐까. 그럴 리는 없겠지만 어색한 연기로 귀고리를 들키는 게 아닐까. 잠깐 숨을 죽이고 기다리자, 다시 아린의 목소리가 들리기 시작했다. 레이의 웃음소리와 함께. 문혁이 숨을 크게 내쉬었다. 아직 괜찮다.

말없이 술만 마시는 주리에게로 레이의 관심이 옮겨졌다. 레이가 게슴츠레 주리를 쳐다보며 아린에게 물었다.

"두 분은 어떤 관계?"

"친구요."

"이런 미인 따님들을 두신 부모님은 얼마나 기쁠까? 특히 아버지들 말이야."

"딱히."

"……나는 그런 거 잘 모르지만. 친부모가 누군지도 몰라. 하지만 아버지처럼 따르는 분은 있지……."

레이의 표정이 어두워지더니 고개를 숙이며 혼잣말을 중얼거렸다. 웅얼거리는 목소리를 듣기 위해 아린이 집중했다.

"……더 잘해야 한다고…… 돈을 더 벌고……."

레이가 고개를 들더니 활짝 웃었다. 아린이 순간 놀

라 살짝 몸을 뒤로 뺄 정도로 급격한 감정 변화였다. 레이가 흥분한 목소리로 신나게 떠들었다.

"지갑 년들을 더 많이! 마침 새로운 돈지갑들이 유입될 예정이거든요. 기분이 좋아 요즘 아주."

주리의 표정이 싸늘하게 변했다. 아린이 주리의 손을 살짝 잡았다. 레이가 무슨 말을 하고 있는지를 선데이 클럽 멤버 모두가 눈치채고 있었다. 레이가 눈을 깜박거렸다.

"라이벌이 딱 사라지니까…… 뭐 나는 님도 보고 뽕도 따고 하는 거죠. 걔 지갑들을 다 흡수해서 내 지갑으로 만들어 버리면……."

"……너……."

주리가 말을 꺼내기 전에 아린이 재빨리 레이의 말에 동조하는 척 입을 열었다.

"누구 말하는 건지?"

"……이선오 몰라? 그 새끼 얼마 전에 뒤졌잖아."

주리의 손이 꿈틀거렸지만, 아린은 계속 잡고 놓지 않았다.

—와 이놈 말하는 거 진짜…….

연모의 화난 목소리가 들렸다. 듣고 있던 문혁 역시 순간 울컥했지만, 바로 침착을 되찾으며 최대한 차분한 목소리로 말했다.

"참아."

아린이 잠깐 말을 멈췄다가, 다시 입을 열었다.

"근데…… 내가 보기에는 당신이 더 매력적인데?"

주리가 아린을 쳐다보았지만, 아린은 개의치 않았다. 입꼬리에 미소를 걸친 채 자신을 빤히 바라보는 아린을, 레이 역시 뚫어지게 쳐다보다가 다시 술잔을 입으로 가져갔다.

"술맛 좋네…… 역시 보는 눈이 달라. 마음에 들어."

"연예인은 관심 없어서. 지금은 우리끼리니까."

"결국 인기는 다 헛된 거야. 죽었잖아. 뒤지면 끝이지. 뭐 10년, 100년 추모할 거야? 얼른 다른 오빠로 갈아타야지. 그게 걔들 본색인데."

"……."

잠깐 대화가 끊겼다. 무슨 말을 해야 할지 아린은 고민하고 있었다. 속으로 분노가 치밀어 올라 견딜 수 없었지만, 어떻게든 참고 있었다. 선오를 위해서 여기 있는 거야. 복잡한 감정이 소용돌이치며 아린의 머리를 자꾸 방해하고 있었다. 레이가 아린을 가만히 쳐다보았다. 아린 역시 시선을 피하지 않고 레이를 쳐다보았다. 주리의 손을 잡은 아린의 손바닥에 땀이 찼다.

침묵은 의심을 만든다. 대화가 끊기면 안 된다. 레이의 말을 곱씹어 보다가, 문혁의 머릿속에 문득 뭔가 떠올랐다. 문혁이 조용히 속삭였다.

—베르테르 효과.

문혁의 목소리를 들은 아린이 다시 미소를 지었다. 레이가 그런 아린을 보며 물었다.

"……그 표정은 뭐야?"

"……그거 있잖아요. 스타가 죽으면 따라 죽는 거. 갑자기 그게 생각나서. 걔들은 갈아탈 머리도 없는 거잖아. 정말 하찮아."

"아…… 베르테르 효과?"

레이가 웃으며 말했다. 아린이 맞는다며 고개를 끄덕였다. 최대한 목소리가 떨리지 않게끔, 아린이 자연스레 목을 매만지며 말을 이어 갔다.

"웃기지 않아요? 허상을 좇는 멍청이들."

"베르테르…… 맞아 베르테르…… 그러고 보니 그렇네? 왜 그럴까?"

레이가 갑자기 되물었다. 아린이 멈칫하며 입을 다물었다. 레이가 미소를 거뒀다. 차가운 얼굴로 레이가 다시 물었다.

"그쪽은 누군가를 그 정도로 좋아해 본 적 있어요?"

갑작스러운 물음에 아린은 말을 잇지 못했다. 레이가 고개를 돌렸다. 이번에는 주리를 향해서 물었다.

"누군가를 그 정도로 좋아해 본 적 있어요? 따라 죽을 정도로."

주리 역시 섣불리 대답하지 못했다. 레이가 머리를 흔들다가 손을 들어 서 있던 사내를 향해 손가락을 까닥거렸다. 그가 품에서 뭔가를 꺼내 레이에게 건넸다. 아린의 표정이 굳어졌다. 주사기. 약병. 고무 튜브. 레이가 테이블 위를 손으로 치우더니 손수건을 깔았다. 그러고는 눈을 깜박거리며 중얼거렸다.

"……나는 없는데…… 정말 좋아하면 따라 죽을 수 있을까? 궁금하거든……."

고무 튜브로 팔뚝을 묶고 주사기로 약병을 찌르며 레이가 고개를 다시 들었다. 당황한 주리와 아린을 보는 레이의 입술이 실룩거렸다.

"해 볼래요?"

"……."

"궁금할 때는…… 약이 최고야. 답을 주거든."

"……안 해요."

아린이 딱 잘라 말하자, 레이가 눈을 치켜떴다. 주리를 보며 레이가 히죽 웃었다.

"그쪽은?"

"대답할 필요 있어?"

"……그래. 싫으면 안 해도 돼. 나는 궁금한 거 못 참는 사람이라…… 베르테르 효과라…….."

─위험한 거 아니에요? 마약 하는데!

문혁의 귓가에 연모의 외침이 들렸다. 문혁이 숨을 골랐다. 레이가 이 정도로 망가진 인간일 줄 몰랐다. 문혁이 자리에서 일어서며 애써 침착을 유지했다. 녹음과 촬영은 이 정도면 됐다. 더 있다가는 무슨 일이 벌어질지 모른다. 문혁이 작게 속삭였다.

─그만 나와.

문혁의 말을 들은 주리가 일어서려 했지만, 아린이 제지했다. 주삿바늘이 레이의 팔뚝에 박혔다. 약이 들어가는 걸 느끼며 레이가 고개를 위로 쳐들더니 눈을 감았다. 야릇한 신음과 함께 레이가 고개를 좌우로 흔들었다. 어쩐지 좀 이상했었다. 급격하게 보이는 감정의 변화와 헝클어진 눈빛도. 몰래 클럽을 찾는 이유가 이거였구나. 하지만 어떤 이유에선지 아린은 계속 자리를 잡고 앉아서 지켜보고 있었다. 레이가 계속 베르테르를 강조하는 것처럼 보여서였다. 레이가 빈 주사기를 손가락으로 톡 쳐냈다. 주사기가 구르다가 아린의 앞에 멈췄다.

"……하아…… 베르테르 그거 있지? 조만간에…….''

아린이 레이의 벌어진 입을 쳐다보았다. 레이가 혀를 내밀어 입술을 핥으며 고개를 좌우로 까닥거렸다.

"……진짜 큰 베르테르 효과가 일어날 거거든…… 근데 나는 이해가 잘 안 가더라…… 근데 내가 이해할 필요는 없다고…… 그러더라?"

아린이 침을 꿀꺽 삼켰다. 베르테르 계획과 관계가 있을까. 레이가 배시시 웃으며 아린을 쳐다보았다.

"……진짜 안 해?"

"약은 우리 아빠가 싫어해서. 그럼 돈줄 끊기거든."

아린이 자리에서 일어서며 레이에게 답했다. 주리 역시 따라 일어섰다. 레이의 눈매가 싸늘해졌다. 낮은 목소리가 레이의 입에서 흘러나왔다.

"뭐야…… 어디 가게?"

"나가려고."

"……야. 니들도 다 원한 거잖아. 나랑 한번 자 보려고 그런 거 아냐? 씨발 그러면 여기서 하면 되잖아. 다들 그랬는데 왜 니들만 개기냐고, 이 씨발년들아!"

레이가 버럭 소리를 지르며 테이블을 내리쳤다.

"뭐 공주 나셨어? 어? 씨발 잡년들이 진짜…… 니들

앞에 톱스타가 있잖아! 우리 잘 맞는다며? 아…… 아니
다…… 미안해요…… 내가 좀 약발이 돌아서 헛소리했
네…… 욕해서 미안?"

아린이 대답할 가치도 없다는 듯 몸을 돌려 입구 쪽으
로 향했다. 레이의 경호원들이 그런 아린을 막아섰다.

─주리야! 어떻게 좀 해 봐!

연모의 목소리를 들으며, 주리가 주먹을 들더니 슬슬
털었다.

"개더러운 새끼네 이거. 아까부터 졸라 참았는데 잘
됐네 뭐. 언니 잠깐만."

아린의 앞으로 나선 주리가 레이의 경호원을 보며 양
주먹을 들었다. 레이가 피식 웃었다.

"너 뭐 하냐? 야…… 그냥 애들 때려눕혀…… 뒤처리
는 내가 할……."

주리가 상체를 숙이더니 빠르게 돌진했다. 갑자기 달
려드는 주리에 놀란 경호원 중 하나가 팔을 내밀었지
만, 순식간에 위빙으로 피한 주리가 허리를 틀며 그대
로 경호원의 턱을 라이트훅으로 갈겼다. 턱이 제대로
돌아갔는지 휘청거리던 경호원이 그대로 바닥에 풀썩
쓰러졌다. 나머지 경호원과 레이가 놀란 눈으로 주리를
쳐다보았다. 쓰러진 경호원보다 덩치가 더 큰 경호원이

양팔을 들어 자세를 취했다. 주리가 씩 웃었다.

"복싱? 누구 앞에서 지랄이야!"

주리의 외침과 거의 동시에 경호원이 빠르게 다가왔다. 워낙에 덩치가 컸기에 위압감을 느낀 주리가 뒤로 잠깐 물러섰다. 카운터펀치를 노리는 순간, 덩치의 목이 꺾이며 기괴한 비명이 룸 안에 울리더니 그대로 고꾸라졌다. 주리가 놀라며 아린을 쳐다보았다.

"와…… 언니 방금 뭐예요?"

"하이킥. 나 킥복싱 유단자야."

오른 다리를 접어 내리며 아린이 주리를 향해 말했다. 아린과 주리가 레이 쪽으로 시선을 돌렸다. 아린이 테이블 위로 발을 올리며 차갑게 말을 던졌다.

"……함부로 움직이지 마. 그대로 대가리를 날려 버릴 테니까."

"……뭐야, 니들…….."

"약쟁이 새끼야! 우리 폰이나 내놔!"

주리가 레이를 보며 소리치자 레이가 낄낄대며 웃기 시작했다.

"그거 다 부쉈을 거야…… 원래 항상 그랬거든?"

주리가 놀라 바닥에 쓰러진 경호원들 품을 뒤졌다. 박살 난 스마트폰을 챙긴 주리가 짜증이 나는지 쓰러진 경호원을 발로 걷어찼다.

"아 씨, 진짜 개새끼들이네."

"⋯⋯우리 건드리면 가만 안 돼. 너 약쟁이인 거 다 까발릴 거야."

아린의 말에 레이가 피식피식 웃더니 머리를 마구 긁적였다. 혀를 날름거리며 계속 입술을 적시던 레이가 아린을 쏘아보며 입을 열었다.

"증거가 없잖아. 어? 뭘 믿고?"

"⋯⋯주리야 가자."

몸을 돌린 아린의 등 뒤로 비웃음이 담긴 레이의 목소리가 들려왔다.

"또 보자? 특히 너. 이름이 뭐지? 이름이 뭐야? 이름이라도 알려 줘, 응? 싫어? 그럼 나중에 알려 주기다?"

"⋯⋯미친 새끼."

아린과 주리가 문밖으로 나섰다. 안의 상황을 듣고 있던 문혁이 이미 입구 쪽에서 둘을 기다리고 있었다. 문혁이 손을 들어 어서 나오라는 손짓을 했다. 클럽 관계자 몇몇이 요란한 소리를 듣고 다가오는 게 보였다. 아린과 주리가 뛰기 시작했다.

"야! 쟤들 잡아!"

레이가 악에 받쳐 소리 지르는 게 들렸다. 1층 무대에서 춤을 추고 있던 사람들을 피하며 아린과 주리가 문혁에게로 향했다. 문혁이 손을 내밀었다. 아린이 문혁의 손을 잡았다. 쫓아오는 관계자들을 피해 출구를 나서는데, 클럽 입장을 관리하는 덩치들이 이어피스로 뭔가를 듣더니 문혁을 막으려고 다가왔다. 아린이 외쳤다.

"잠깐 손 좀 놔 봐!"

문혁이 엉겁결에 손을 놓자마자, 아린이 달리던 기세 그대로 점프하더니 몸을 돌리며 왼 다리를 뻗었다. 그대로 관자놀이를 맞은 덩치 하나가 옆으로 쓰러졌다. 착지한 아린이 다급하게 외쳤다.

"주리야!"

"네에!"

다른 덩치가 주춤하다가 곧바로 다시 달려들었지만, 먼저 스텝을 밟은 건 주리였다. 순식간에 품으로 파고든 주리가 그대로 복부에 주먹을 꽂아 넣었다. 덩치가 고통에 고개를 떨구는 순간을 노리고, 주리가 어퍼컷으로 턱을 올려 쳤다. 덩치가 뒤로 나자빠졌다. 주리가 얼른 몸을 뒤로 빼며 통통 뛰기 시작했다. 남은 덩치는 둘이다. 주리가 인상을 찡그리며 중얼거렸다.

"……여기 덩치들은 뭐 다 한 방 컷이네? 클럽에서 관리 안 하나?"

"우리가 센 거야."

아린이 자세를 잡으며 주리 옆에 섰다. 문혁이 뒤를
돌아보며 말했다.

"……사람들 몰려와."

덩치 둘이 동시에 달려들었다.

서로 눈빛을 교환한 뒤, 앞으로 달리던 아린이 그대
로 공중으로 뛰어 빙글 돌더니 오른발 돌려차기로 덩치
의 목덜미를 후려갈겼다. 충격이 얼마나 강한지 덩치의
몸이 자석처럼 끌리듯 바닥에 처박혔다. 주리가 좌우로
움직이며 덩치의 눈을 현혹하다 인중에 제대로 고속 스
트레이트를 박아 버렸다. 덩치가 몸이 경직된 채로 풀
썩 쓰러졌다. 아린이 문혁을 돌아보며 말했다.

"빨리 튀자!"

"……."

셋은 문혁이 주차해 둔 차를 향해 뛰었다. 차에 올라
타 시동을 걸고 움직이기 시작했을 때에야 모두 안심했
다. 숨을 몰아쉬는 아린을 보며 주리가 흥분했는지 마
구 떠들었다.

"와! 와! 언니 진짜 개멋져요! 언제부터 배웠어요?
유단자? 단증도 있어요 그럼? 나 그렇게 공중 돌려차기
하는 거 살면서 눈으로 처음 봤어."

"……그냥 취미로 하다가…… 쭉 하게 됐어."

아린이 손을 휘저으며 주리를 진정시켰다. 주리가 운전하는 문혁을 보며 다시 말했다.

"아까 들었죠? 룸에서 언니가 하이킥 작렬하는데 완전 소름 돋았어요 진짜! 보셨어야 했는데."

"주리야…… 그만해."

아린이 멋쩍은지 주리를 말렸다. 문혁도 어안이 벙벙했지만, 어쨌든 둘 다 무사했다. 그게 중요한 거다. 문혁이 핸들을 돌렸다. 잠자코 운전만 하던 문혁이 말을 꺼냈다.

"다행이야. 무사해서 다들."

룸미러를 살폈다. 방긋 웃는 아린과 주리의 얼굴이 보였다.

*

아지트에 돌아오자마자 연모와 지찬이 모두를 반겼다. 문혁은 긴장이 풀렸는지 소파에 털썩 앉아 한숨을 내쉬었다. 아린이 곧바로 냉장고로 가더니 캔 맥주를 꺼냈다.

"……아 심장 떨려…… 갑자기 주사기 나오는데 진

짜 놀랐어."

단숨에 맥주를 벌컥벌컥 들이켠 아린이 치를 떨며 고개를 흔들었다. 보고 있던 지찬이 말을 꺼냈다.

"설마 마약까지 하다니. 어쨌든 잘 돌아와서 다행이다 니들. 이렇게 되면 핵폭탄 확보한 거?"

"일단 저는…… 작업실로 갈게요."

연모가 이동하자 주리도 연모의 뒤를 따랐다. 문혁은 다시 머릿속을 정리하고 있었다. 아린이 문혁 곁에 앉아 말을 건넸다.

"뜻밖의 소득이야."

"……무기가 생겼어."

"그럼 다음 단계로?"

문혁이 아린을 바라보았다. 말없이 고개를 끄덕인 문혁이 지찬을 쳐다보았다.

"노트북은요?"

"개별로 다 준비해 놨어. 작업실에."

문혁이 소파에서 일어섰다. 아린과 지찬도 마찬가지였다. 셋은 작업실로 향했다. 작업실에 들어서자 원형 테이블 위에 각각 노트북이 준비된 게 보였다. 연모가 자료를 편집하는 동안 주리가 투덜거렸다.

"이런 약쟁이 새끼가 선오 님 라이벌? 세상 미쳐 돌

아간다 진짜. 어딜 비벼?"

"……룸에서 참느라 나도 힘들었어."

"그죠 언니? 나오기 전에 죽빵을 날렸어야 했는데……."

문혁이 테이블 앞에 앉으며 노트북을 열었다. 문혁의 행동을 본 멤버들도 각자 노트북을 열었다. 연모가 작업을 마무리하고 모두에게 USB 스틱을 건넸다. 멤버들이 USB 스틱을 노트북에 꽂았다.

"일단은 촬영본 중에 이슈 될 만한 부분들 간단하게 편집했고요……."

문혁이 USB 안에 들어 있는 영상을 하나 클릭했다. 레이가 자신의 팬들을 비꼬는 모습이 고스란히 녹화되어 있다. 음질도 괜찮았다. 연모가 문혁을 보더니 물었다.

"……마약 장면은…… 그것도 올릴까요?"

"아니. 그건 놔둬요."

연모가 고개를 끄덕였다. 협상을 위해서는 강한 무기가 필요하니, 레이가 마약을 하는 장면은 나원일과 거래할 때 쓸 생각이었다. 아린이 모두에게 말했다.

"자, 각자 알지? 맡은 구역 확실하게. 다 같이 동시에 올리는 거다? 주리는 트위터, 지찬 오빠는 커뮤니티, 나는 유튜브, 문혁이는 레이버스 공카야. 계정은 연모가 익명으로 준비했으니까 신경 쓰지 말고 마구 올려 버려!"

지찬이 키득거리며 웃었다.

"간만에 진짜 혐오스런 선데이들 같다?"

주리가 지찬에게 눈을 흘기며 말을 받았다.

"아저씨가 뭘 모르네. 원래 사랑에 눈먼 인간이 제일 무서운 거야."

"그러는 너는 왜 히죽거리냐. 너도 기대하고 있잖아. 레이 개망신당하는 거."

"당연하죠. 그 새끼 아주 묻어 버릴 거야. 감히 선오 님을 욕해?"

문혁이 레이버스 공카에 접속하며 모두에게 말했다.

"……시작합시다."

선데이 클럽 멤버들이 논쟁이 일어날 만한 모든 사이트에 레이의 행각을 올리기 시작했다. 트위터, 유튜브, 각종 커뮤니티, 그리고 레이의 강성 팬덤인 레이버스 쪽까지. 반응이 오는 데는 5분도 채 걸리지 않았다. 주리가 놀란 표정으로 노트북을 보며 말했다.

"……어…… 장난 아닌데요? 벌써 리트윗이 1000을 넘었어요!"

"……커뮤니티들도 난리 났어."

문혁은 레이버스 공카 게시글에 달리는 수많은 댓글

을 살펴보고 있었다. 강성 팬덤으로 유명한 곳인 만큼 온갖 욕설이 난무하고 있었다. 사랑하는 대상이 자신들을 돈지갑 취급하고 있다는 걸 알게 됐으니 당연한 결과였다. 순식간에 수백 개의 댓글이 달리고 게시글들이 주룩 올라오고 있었다. 아린이 침을 꿀꺽 삼켰다.

"유튜브 조회수 10만 돌파……."

문혁이 트위터에 접속했다. 이미 '레이 영상'이 실시간 트렌드로 올라와 버렸다. 효과는 확실했다. 주리가 손을 들었다.

"쪽지 왔는데…… 기자라는데요? 쌩까요?"

연모의 작업대는 스크린 옆 앞쪽이다. 연모가 고개를 들어 모두에게 말했다.

"인스타도요. 디엠이 벌써 수십 개네요. 여기도 기자라고 연락 달라는 디엠이 왔어요."

원하는 건 기자들 따위의 디엠이 아니다. 이슈를 만든 목적은 바로 일루전 측에서 접근해 오는 것이다. 문혁이 고개를 흔들었다.

"무시하세요."

"……어라? 커뮤니티에 올린 글이 삭제됐어."

지찬이 말하며 문혁을 바라보았다. 일루전에서 눈치 챘다. 문혁의 눈빛을 본 지찬이 그제야 알아챈 듯 킥킥 웃었다.

"……그런 거야? 뭐 이미 퍼질 대로 퍼졌지. 터질 대로 터지고. 빵!"

슬슬 시작되고 있었다. 레이버스 공카에 올린 글도 삭제되었다. 일단 플랫폼 커뮤니티들은 손을 쓴 모양이다. 하지만 SNS는 그리 쉽지 않다. 한번 퍼지면 걷잡을 수 없다. 문혁이 조용한 목소리로 입을 열었다.

"……아마 SNS 쪽으로 접촉해 올 거예요."

*

분이 풀리지 않는지 레이가 빈 양주병을 들어 경호원에게 던졌다. 피하지도 않고 그대로 얻어맞은 경호원이 뒤로 물러섰다가 다시 자리를 잡았다. 깨진 양주병 조각들을 보며 레이가 분노 어린 목소리로 말했다.

"돈은 뭐 하러 처받아? 여자 둘을 못 이겨? 그러고도 니들이 경호원이야?"

"……죄송합니다."

"……엿같네. 기분 개잡쳤어. 앞으로 여기는 손절이야. 빨리 다른 여자들 불러와! 기분 풀게!"

노크 소리가 들렸다. 레이가 말을 멈추고 시선을 돌렸

다. 경호원 한 명이 문을 살짝 열었다. 클럽 관계자였다.

"파트너를……."

레이가 입꼬리를 올렸다. 손을 까닥거리며 들어오라는 손짓을 했다. 젊은 여성 둘이 들어서다가 레이를 보고 소리를 질렀다.

"와! 진짜 레이네? 신기하다!"

"……이리 와 앉아요. 오늘은 연예인이 아니라 인간 레이로 있을 거니까. 진탕 놀아 보죠."

레이가 웃으며 말했다. 여성들을 좌우에 앉히고 술을 추가하려는데, 품에서 스마트폰이 울렸다.

"미안. 잠깐 실례."

레이가 스마트폰을 들었다. 메시지를 본 레이의 표정이 굳어졌다. 벌떡 일어난 레이가 벽 쪽으로 돌아 메시지를 확인했다. 메시지 내용은 없었다. 첨부 파일 하나가 전부였다. 레이가 첨부 파일을 클릭하자, 짧은 영상이 재생됐다. 눈을 빛내며 떠드는 레이 자신의 모습이다.

―제 팬덤 아시죠? 레이버스. 지금 연예계 쪽에서는 가장 큰 규모라고. 걔들 하나하나가 다 내 돈지갑이고. 그러니까 나도 분위기 맞춰 주는 거야. 돈 주니까. 무시 못 할 돈이 들어오니까. 걔들의 가치는 그뿐이야. 어차피 삶은 다 연기 아냐?

"이런…… 씨발……."

다시 메시지가 도착했다. 이번에도 내용은 없었다. 첨부된 파일을 클릭했다. 다른 영상이 재생되기 시작했다.

—그거 있잖아요. 스타가 죽으면 따라 죽는 거. 갑자기 그게 생각나서. 걔들은 갈아탈 머리도 없는 거잖아. 정말 하찮아.

—아…… 베르테르 효과?

전화가 걸려 왔다. 레이가 떨리는 목소리로 경호원에게 말했다.

"다…… 다들 내보내. 다들 나가."

영문을 모르는 표정으로 쳐다보는 여성들을 경호원들이 일으켜 세우더니 끌고 나갔다. 혼자 남겨진 레이가 그대로 통화 버튼을 눌렀다. 싸늘한 목소리가 레이의 귓가에 박혔다.

"……어디까지 떠들었어?"

"……죄송합니다. 그년들이 몰래 촬영할 줄은……."

"변명은 듣고 싶지 않아. 내가 알고 싶은 건 네가 어디까지 떠들었냐야. 어디까지 떠들었어?"

"……여…… 영상의 내용이 전부예요……."

"베르테르 효과를 언급했던데."

레이가 순간 말을 잇지 못했다. 나원일의 목소리가 낮

게 깔렸다.

"……'베르테르 계획'에 대해 언급했나?"

"아니요! 저 대화는 이선오가 죽은 걸 얘기하다 자연스레 나온 내용…….."

"……너를 구해 준 건 나야."

원일에게는 보이지 않을 텐데도 레이가 고개를 마구 끄덕였다.

"……대표님…… 잘못…… 잘못했어요…….."

"……그런데 내 발목을 잡아?"

"아니에요! 진짜 아니에요…….."

침묵이 흘렀다. 이윽고 원일의 목소리가 다시 낮게 울렸다.

"……그럴 일은 없을 테지. 그렇다면 다른 누군가가 있겠지."

"……."

"전희서와 관련된 정보…… 어떻게 됐어."

레이가 더듬거리며 답했다.

"사무실을 빌린 사람을 일단 추려 봤는데요…….."

"당장 내 사무실로 와."

전화가 끊겼다. 멍하니 있던 레이가 SNS들에 접속했다.

이곳저곳 접속해 보던 레이의 표정이 점차 창백하게
질려 갔다.

베르테르 D-1,
12월 24일

날이 밝았다.

다들 쪽잠을 청하느라 잠들어 있는 사이, 테이블에
엎드린 문혁이 눈을 떴다. 미간을 주무르던 문혁이 가
늘게 뜬 눈으로 멤버들을 둘러보았다. 지찬의 모습이
보이지 않았다. 잠깐 외출한 듯싶었다. 그대로 노트북
화면을 쳐다보았다. 문혁의 눈빛이 변했다. 각종 커뮤
니티에 올라왔던 레이의 본색을 폭로하는 글들이 전부
사라지고 없었다. 문혁이 눈살을 찌푸렸다. 일루전이
손을 쓴 모양이었다. 기척을 느낀 아린도 눈을 떴다. 문
혁의 표정이 굳어 있는 걸 보자마자 아린이 곧바로 물
어보았다.

"……왜 그래?"

"글이 다 지워졌어."

아린도 자신의 노트북 화면을 살폈다. 가짜 합성 영

상이라는 댓글이 베플로 달려 있었다. 더군다나 영상은 신고된 모양이었다.

"……이걸 반나절 만에……."

연모와 주리도 잠에서 깼다. 분위기가 이상한 걸 느꼈는지 잠에서 덜 깬 얼굴로 주리가 두리번거렸다.

"왜요? 분위기 왜 이래?"

"……트위터로 쪽지 왔어요!"

연모가 다급하게 외쳤다. 모두가 연모에게 시선을 돌렸다. 연모가 노트북을 손으로 가리키며 얼른 보라고 손짓했다. 문혁과 아린이 연모의 노트북으로 다가갔다. 노트북을 받아 든 문혁이 그대로 쪽지의 내용을 확인했다. 보낸 이는 생성된 지 얼마 안 돼 보이는 소위 알계라고 불리는 계정이었으나, 정체는 바로 알 수 있었다.

　―원하는 게 뭐야.

문혁이 답장을 입력했다. 쪽지를 보낸 지 몇 시간이 지났음에도 상대방이 실시간으로 확인하고 있었다. 기다리고 있었던 모양이다.

　―먼저 인증부터.

쪽지창에 사진이 전송되었다. 레이였다. 어느새 아린과 주리와 연모 모두 문혁 뒤에 서서 같이 화면을 보는 중이다. 문혁이 다시 자판을 두드렸다.

　―이선오의 사망과 일루전의 연관에 대해 알고 싶다.

쪽지 내용을 확인은 했지만, 답장이 없었다. 문혁이 다시 쪽지를 전송했다.

　―그리고 베르테르 계획에 대해 구체적으로 알고 싶다.

역시 답장이 없었다. 문혁이 USB에서 마약을 하던 영상 편집본을 그대로 전송했다.

　―이게 퍼지면 일루전도 타격이 클 텐데?

드디어 답장이 올라왔다.

　―그건 공개되면 안 돼. 그러면 나는 바로 매장이야.

문혁이 잠깐 행동을 멈추고 상황을 지켜보았다. 다시

쪽지가 올라왔다.

　—일단 만나서 대화하지.

　먼저 만나자고 제안을 한다. 내키지는 않지만, 시간
이 없었다. 베르테르 계획은 만 하루가 남은 상황이다.
문혁이 고개를 돌려 멤버들을 쳐다보았다. 아린이 고개
를 끄덕였다. 어쩔 수 없었다. 일단 최대한, 안전은 확보
해야 한다. 문혁이 답장을 보냈다.

　—이것 말고도 자료들은 많아. 무슨 말인지 알지?
　—수틀리면 마약 자료들을 풀겠다는 거잖아. 나도 자폭할 생
　　각은 없어. 나 혼자 이러는 것도 아니야. 대표님 지시다.

　나원일 대표. 드디어, 접촉할 수 있게 됐다. 보고 있던
주리가 주먹을 불끈 쥐며 환호했다.
　"이제 끝이 보이는구나!"
　다시 쪽지가 올라왔다.

　—날짜는 내일. 시간은 오전 11시. 장소는 우리가 보내는 주
　　소로. 구체적인 거래 조건을 듣고 싶어 하신다. 일단 폭로 영

상은 모두 내려.

—알겠다.

보내 준 주소를 얼른 검색해 보았다. 수도권 외곽에 있는 외진 곳이다. 연모가 주소를 확인하며 말했다.

"대충 정보 좀 살펴볼게요."

문혁의 스마트워치가 진동했다. 오전 8시를 가리키는 알람 소리였다. 문혁이 의자에 등을 기대며 한숨을 내쉬었다. 주리가 흥분된 말투로 입을 열었다.

"진짜 여기까지 왔다는 게 믿기지 않아요. 우리가…….."

주리의 목소리 끝이 흐려지더니 감정이 복받쳤는지 훌쩍거렸다. 아린이 주리를 다정히 안았다. 문혁은 생각에 잠겨 있었다. 지금까지 계획한 대로 죽 달려왔고 이제 마지막에 다다랐다. 하지만. 뭔가 꺼림직한 이 기분은 뭘까. 작업실 문이 열리며 지찬이 들어왔다.

"……다들 일어났네? 요즘 불면증이 있나 잠도 안 오고…… 바람 좀 쐬고 왔어."

테이블 위에 삼각김밥 따위를 올려놓으며 지찬이 씩 웃었다.

"이건 냉장고에 넣어 놓을게."

병 음료 세트였다. 아린이 김밥을 들어 베어 물더니 지찬에게 말했다.

"지찬 오빠도 알아야지. 일루전에서 접촉 제안이 왔어."

"진짜? 잘됐네!"

연모가 고개를 들어 문혁을 바라보았다.

"……일단 일루전이 소유한 건물은 맞아요. 찾아보니까요."

문혁이 차분한 목소리로 말했다.

"저 혼자 갈게요."

"안 돼! 다 같이 가야지! 짐을 혼자 다 메지 말라니까."

아린이 문혁을 보며 진지하게 말했다. 문혁이 고개를 저었다.

"이번에는 위험해 보여."

"지금까지 위험하지 않았던 적이 있어? 그러니까 더 안 돼. 우리를 못 믿는 거야?"

"……."

모두가 문혁을 쳐다보고 있었다. 문혁이 말없이 그들을 마주 보았다. 지금까지 다들 잘해 주었다. 하지만 느낌이 좋지 않았다. 문혁이 가만히 입을 열었다.

"모두를 못 믿는 건 아니지만…… 뭔가 느낌이 이상해서."

"……걱정되는 건 알지만 이제 우리는 다 같이 한배를 탄 팀이라고."

아린이 문혁에게 말했다. 강한 어조였다. 문혁이 아린을 바라보았다. 예전의 아린과 겹쳐 보였다. 자신만만하던 그때의 아린의 모습이 보였다. 문혁이 결심한 듯 고개를 끄덕였다.

"그럼 연모 씨랑 주리 씨는 남아 주세요."

"왜요! 저도 갈 거예요!"

주리가 인상을 쓰며 말했다. 연모가 주리에게 다가가 진정시키며 말했다.

"레이 마약 영상…… 혹시 올려야 할 상황이…… 있을지도 모르니까……."

지찬이 진지한 목소리로 입을 열었다.

"……나…… 이번에는 도움이 되고 싶어. 클럽 작전 때 아무 도움도 못 돼서 내심 미안했다고. 운전 하나는 잘하니까…… 한 명이라도 더 많으면 좋잖아?"

아린이 지찬을 보며 미소를 지었다. 아린의 손이 문혁의 어깨 위로 올라왔다. 따뜻한 기운이 느껴졌다. 문혁이 시선을 올렸다. 아린의 웃는 얼굴이 보인다. 다시 과거의 아린과 지금의 아린이 겹쳐 보인다.

이 안 좋은 느낌은 뭔가 익숙하다.

그때 우리 셋은 항상, 서로 눈이 마주치기만 해도 웃었었는데.

그림자가 질 거라고는 꿈에도 생각 못 했었지.

"너무 걱정하지 마."

아린의 말에 문혁이 고개를 끄덕였지만, 여전히 표정은 그림자처럼 어두웠다.

회상

선오는 중학교 때부터 이미 유명했다. 수많은 소속사가 데뷔를 제안했지만 선오는 모든 제안을 거절하고 예술고 진학을 선택했다. 그냥 연기를 더 공부하고 싶다는 단순한 결정이었다. 이미 데뷔는 언제든 원할 때 할 수 있는, 정해진 거나 다름없는 사실이었으니까. 어려서부터 그런 소리를 들어왔고 선오 역시 그게 당연하다고 생각했다.

"근데 아니야. 니들 만나고 나서 느꼈어."

"나라면 당연히 데뷔했어."

문혁이 선오를 보며 무뚝뚝하게 말했다. 선오가 웃으며 그런 문혁의 팔을 살짝 쳤다. 문혁이 찡그리며 바라보자 선오가 당황한 표정으로 입을 열었다.

"네가 잘 몰라서 그래. 그 사람들 다 돈 벌려고 그랬던 거야. 나를 보는 게 아니라 항상 돈을 봐."

"그게 뭐 어때서."

"……응. 나도 그렇게 생각했어."

선오가 문혁의 눈을 똑바로 바라보며 조용한 목소리로 말했다.

"그런데 너 만나고 그게 재미없다는 걸 알았지."

문혁은 눈을 깜박이며 말없이 생각에 잠겼다. 선오가 한 말의 의미를 계속 곱씹어 보고 있었다.

무대 위에 앉아 있는 둘을 보며 아린이 저만치서 달려왔다.

"음료수!"

들고 있는 봉지를 빙글 돌리며 아린이 무대 위로 올라왔다.

"사 왔다!"

문혁이 아린을 쳐다보며 중얼거렸다.

"……탄산인데 흔들면…….."

"불만형 인간은 먹지 마 그럼. 선오만 줄 거임."

선오가 캔 하나를 들어 따자 거품이 쑥 올라왔다. 선오가 그 모습을 보며 나지막이 읊조렸다.

"……즐거움을 주기도 전에 거품이 되어 사라지는구나."

"……."

문혁이 〈오필리어〉 극본을 꺼내 들었다. 선오가 극본을 지그시 바라보았다. 아린이 음료수를 홀짝이며 말했다.

"졸업 작품 등록은 언제까지야?"

"다음 주."

문혁이 속해 있는 연출부의 3학년 졸업 작품은 담당 교사들의 심의를 거쳐, 최종 결선을 통과한 하나의 극본만 무대에 올라가게 된다. 문혁의 극본은 〈햄릿〉의 등장인물인 '오필리어'를 주인공으로 하는 2인극이었다. 햄릿과 오필리어가 각각 죽어 저승에서 만나, 서로의 삶과 사랑 그리고 죽음에 대해 논하는 내용이다. 원작과는 달리 오필리어가 주체적인 인물로 등장해 햄릿을 압도하는 배역이라, 문혁은 극에 맞는 마땅한 여성 연기자를 고민했었다. 하지만 선오의 연기를 본 뒤 그 고민은 사라져 버렸다. 꼭 여성이 배역을 맡을 필요는 없다. 젠더 프리로 가면 된다. 그리고 선오 역시 원작 캐릭터가 여성인 배역을 해 본 적이 없는지라 문혁의 극본에 큰 흥미를 느꼈다. 그렇게 아린까지 도와 셋은 〈오필리어〉를 준비하기 시작했다.

"이제 본격적인 신들이야."

문혁의 말에 선오와 아린이 집중하며 귀를 기울였다. 문혁이 극본을 펼쳐 보이며 설명했다.

"원작 시퀀스를 풀 거거든."

선오가 극본을 받아 들더니 한참을 들여다보았다. 아린이 보고 있다가 말을 얹었다.

"그거네, 여기. 〈햄릿〉 3막 1장 신."

문혁이 고개를 끄덕였다. 아린이 인상을 쓰며 다시 말했다.

"······오필리어 욕하면서 떠나보내는 장면이잖아. 나 이때 햄릿 되게 별로였는데."

"······진심은 아니니까."

"아무리 진심이 아니래도 말 너무 심하게 했어."

선오는 계속 극본을 보고 있었다. 문혁이 그런 선오를 보며 작품을 어떻게 풀어야 할지 고민했다. 선오가 맡는 오필리어 연기는 의심의 여지가 없이 완벽할 테다. 하지만 그 상대인 햄릿 배역은 선오의 연기 때문에 비중이 죽어 버릴지도 모른다. 2인극인 만큼 작품의 균형이 탄탄히 잡혀야 하는데, 너무 한쪽으로 비중이 쏠리게 되면 분위기가 무너질지도 몰랐다. 이 신은 햄릿이 당시에 왜 그런 선택을 해야만 했는지를 변명하고, 오필리어는 왜 자신에게 그런 선택을 했냐며 분노하는 장면이라 특히 더 고민이었다. 극본을 보던 선오가 시선을 돌려 문혁을 쳐다보았다. 문혁의 표정을 본 선오가 씩 웃었다.

"……뭘 고민하는지 알겠는데."

"……점쟁이냐?"

"아니…… 너도 그러잖아. 내가 길게 말 안 해도 다 알아듣고…… 이해해 주지."

선오가 극본을 내려놓았다. 문혁이 그런 선오를 말없이 쳐다보았다. 아린이 영문을 모르는 표정으로 문혁에게 물었다.

"답답하니까 말을 해 말을. 그래서 이 부분이 왜 고민인데?"

선오가 양손을 들더니 아린에게 말했다.

"한 손은 주먹. 한 손은 보자기. 가위바위보. 그럼 무조건 보자기가 이기잖아. 오필리어는 2인극이라 잡아먹히면 안 돼. 둘 다 주먹이거나, 둘 다 보자기여야지."

문혁이 놀란 눈빛으로 선오를 보았다. 선오가 양손을 내리더니 문혁을 바라보며 말을 이었다.

"……균형이 무너질까 봐 걱정하는 거 다 알아. 내 말 맞지?"

문혁의 눈빛이 흔들렸다. 선오는 연기뿐만이 아니라

타고난 연출의 재능까지 겸비하고 있었다. 자신과는 다른, 빛나는 재능이었다. 문혁이 입술을 꾹 다물었다. 왠지 대답하고 싶지 않았다. 갑자기 자신이 작아진 것처럼 느껴졌다. 아린이 그런 문혁을 보며 의아해했다.

"너 표정이 왜 그래?"

"표정이 뭐?"

"엄청 굳었잖아. 속 안 좋아?"

선오가 걱정스러운 눈길로 문혁을 보고 있었다.

"아냐. 아무것도."

문혁은 슬쩍 선오의 시선을 피했다. 뭔가 알 수 없는 복잡한 기분이었다.

베르테르 D-DAY

"조금 있으면 도착이야."

지찬이 내비게이션을 보면서 입을 열었다. 문혁이 시간을 확인했다. 오전 10시 50분이다. 아까부터 인가라곤 거의 없는 외진 길의 연속이었다. 지찬이 핸들을 좌우로 돌리며 투덜거렸다.

"……뭔 이런 산 구석에 건물을 지었어? 비포장도로

라 엄청 흔들리네."

"좀 수상하지 않아?"

"……이건 그냥 접근을 차단하는 거나 마찬가지지. 누가 이런 산길로 들어오냐고."

저만치 앞의 탁 트인 공간에 낡은 건물이 서 있는 게 보였다. 마치 창고 같은 생김새였다. 문혁이 조용히 입을 열었다.

"수상하네요."

"……정신 똑바로 차리자고. 여차하면…… 안전이 제일이니까 바로 튀자."

지찬이 중얼거렸다. 건물 앞에 주차한 뒤 셋은 차에서 내렸다. 문혁이 조심스레 발걸음을 옮겼다. 지찬과 아린이 뒤를 따랐다. 낡은 문짝을 밀자 삐걱거리는 소리가 났다. 안으로 들어서자 외관과는 달리 깔끔하게 현대식 실내 장식으로 꾸며진 내부가 모습을 드러냈다. 1층과 2층. 그리고 몇 개의 방으로 보이는 공간도 있다. 문혁이 주변을 살피는 사이, 아린이 인기척을 느끼고 문혁을 불렀다. 문혁이 돌아보자 아린이 떨리는 목소리로 말했다.

"……저기…… 왔어."

2층에서 내려다보고 있는 남자. 보는 순간 누군지 바

로 알 수 있었다. 남자 옆에는 레이가 서 있었는데, 초록색 후드티를 입은 상태였다. 남자가 천천히 계단을 내려오며 입꼬리를 올렸다. 경계하고 있는 문혁 앞에 선 남자가 양손을 들더니 손뼉을 쳤다.

"참 대단합니다. 실력이요. 뭐라고 부를까요?"

"……."

"아, 맞다. 뭔 클럽이라고 했었지…… 그래…… 선데이 클럽. 반갑습니다. 나원일입니다."

문혁의 눈빛이 흔들렸다. 나원일은 이미 선데이 클럽을 알고 있다. 아린의 표정도 굳어지긴 마찬가지였다. 어디서 정보를 얻은 거지? 약한 모습을 보여 주면 안 된다는 생각에 문혁이 냉정을 유지하며 낮은 목소리로 말했다.

"중요한 건 거래입니다."

"거래라…… 전희서를 농락하고…… 레이의 정체도 다 까발리고…… 이미 손해가 막심해요."

아린이 싸늘한 목소리로 쏘아붙였다.

"……황진수도 전희서처럼 처리했나?"

나원일의 시선이 아린에게 향했다. 입가가 실룩거리더니 활짝 벌어지며 가지런한 치아가 드러났다.

"둘 다 죽었어요. 아니, 죽였지."

"……."

"해킹피해자연대라…… 기상천외한 수법으로 정보를 훔치더니…… 레이를 이용해서 나를 불러낸다…… 목적이 뭘까? 아무리 생각해 봐도 답은 하나난데……."

나원일의 입꼬리가 내려가더니 표정이 차갑게 변했다.

"……선데이 클럽의 뒤에는 누가 있지? 북성? 유진? 주령?"

"……무슨 소린지 모르겠는데."

"말이 안 되잖아. 당장 범죄를 모의해도 성공할 능력들인데. 응? 선데이 클럽 여러분."

"처음 듣는 이름들이야."

나원일이 눈살을 찌푸렸다. 미간에 손을 올린 원일이 잠깐 생각하더니, 다시 고개를 들었다.

"……만약 아니라면…… 왜 이렇게 나를 귀찮게 하는 거지? 이유가 뭐야?"

문혁의 입술이 떨렸다. 정말 묻고 싶던 질문이다. 문혁이 천천히 입술을 열었다.

"이선오를…… 왜 죽였어?"

나원일이 묘한 눈빛으로 문혁을 쳐다보았다. 설명할 수 없는 기괴한 표정을 짓고 있었다. 웃는 것처럼도, 우는 것처럼도 보였다. 가면을 계속 바꿔 쓰고 있는 것처럼. 원일이 말없이 문혁을 계속 쳐다보았다. 아린이 문혁 옆에서 다그치듯 되물었다.

"선오가 죽어야 레이가 톱이 될 테니까! 그래서 당신이 자살로 위장해서 선오를 죽였잖아! 전희서처럼!"

원일이 손을 들어 입가에 올리더니 아린과 문혁을 번갈아 쳐다보았다. 고개를 돌려 레이에게 뭐라고 속삭이던 원일의 어깨가 조금씩 들썩거렸다. 문혁의 표정이 굳어졌다.

원일은 웃고 있었다.

"아. 그 이유였어?"

"그 이유? 우리는 선데이 클럽이야! 선오를 사랑했던…… 누구보다도 사랑했던 사람들이라고! 선오의 억울함을……."

문혁이 아린을 제지했다. 아린이 문혁을 쳐다보았다. 문혁의 표정이 이상했다. 아린이 문혁에게 물었다.

"왜 그래? 지금 눈앞에 선오를 죽인 놈이……."

"뭔가 이상해."

커다란 웃음소리가 원일의 입에서 터졌다. 한참을 웃던 원일이 기가 막힌다는 표정으로 문혁과 아린을 멀뚱히 바라보았다. 노려보는 아린에게 원일이 피식거리며 헛웃음을 내뱉었다.

"그게 동기였어? 괜히 걱정했잖아. 그런 하찮은 이유
라니."

"하찮은 이유?"

아린이 발끈하며 소리쳤다. 원일이 레이를 보며 말했다.

"시작해."

레이가 고개를 끄덕이더니 천천히 다가오기 시작했
다. 아린이 움찔하며 자세를 잡았다. 문혁의 가슴이 두
근거렸다. 아까부터 계속 느낌이 안 좋다. 선오에 대한
언급에도 전혀 동요하지 않는다. 왜지? 갑자기 의문이
떠올랐다. 다가오는 레이를 보며 아린이 킥을 날릴 준
비를 하는 게 보였다. 뭐지? 너무 조용하잖아. 아무 말
도 하지 않고 있어. 지금 여기에는 나와 아린 말고도 한
명이 더 있는데.

강지찬.

문혁이 서둘러 뒤를 돌아봤다.

순간, 지찬이 문혁의 몸을 강하게 붙잡았다.

"이게 무슨!"

"미안하지만…… 그렇게 됐어."

지찬이 힘을 주자 문혁이 그대로 바닥에 쓰러졌다. 문
혁의 팔을 뒤로 꺾어 붙들고 있던 지찬이 체중을 실어 그
대로 짓눌렀다. 아린이 놀라며 지찬에게 소리쳤다.

"지찬 오빠! 뭐 하는 거야!"

"너나 신경 써라."

어느새 레이가 틈을 놓치지 않고 아린을 덮쳤다.

"꺅!"

비명이 울렸다. 문혁은 당황스러웠다. 왜 지찬이 이런 짓을? 바둥거리는 아린의 팔을 끈으로 결박하며, 레이가 히죽거렸다.

"또 보자고 했지? 세상 참 믿을 놈 하나 없네?"

"……놔…… 이 씨 이거 놔!"

아린이 외쳤지만, 레이는 들은 척도 하지 않았다. 아린의 손과 발을 묶은 레이가 그대로 여분의 끈을 던졌다. 지찬이 받아 들고 문혁을 결박하기 시작했다. 문혁이 숨을 몰아쉬자 바닥의 먼지가 휘날렸다. 지찬이 묵묵히 문혁의 손과 발을 묶었다. 그대로 일어선 지찬이 원일에게로 걸어갔다. 원일의 입꼬리가 치켜 올라갔다.

"……내가 선데이 클럽을 어떻게 알았겠어. 강지찬 씨가 알려 줬지."

"언제부터……."

문혁이 멍하니 중얼거렸다. 믿을 수가 없었다. 사람을 잘못 봤던 건가. 지찬의 차에서 둘이 나눴던 대화를 떠올렸다. 그럴 리가 없는데. 온갖 생각에 머리가 복잡해졌다. 레이가 어디론가 사라졌다. 아린이 죽일 듯이 지찬을 노려보며 욕을 내뱉었다.

"……개새끼……."

"……."

"어떻게 이럴 수가 있어! 우리한테!"

지찬의 표정은 착잡했다. 원일이 어깨를 으쓱하며 지찬의 어깨를 툭툭 쳤다.

"일루전에서 앞으로 함께할 친구지. 누구보다 성공한 배우가 될 거야. 내가 밀어줄 테니."

레이가 저만치에서 뭔가를 끌고 오는 게 보였다. 문혁의 심장이 다시 쿵쾅거렸다. 저게 뭐지. 무슨 짓을 하려는 거지. 아린이 참다못해 눈물을 흘렸다. 분해서 흘리는 눈물이었다. 문혁의 동공이 이리저리 흔들렸다. 침착하자. 지금 어떤 상황인지 모르지만 일단 침착해야한다. 냉정해지자. 냉정을…….

"다 거짓말이었냐고! 선오를 사랑한 거 다 거짓이었냐고!"

아린이 울부짖었다. 레이가 끌고 온 것은 1미터 정도 길이의 기계 장치였다. 문혁이 원일을 보며 힘겹게 물었다.

"……저게 뭐지?"

원일이 문혁 앞으로 다가와 쭈그리고 앉았다.

"포비아. 너의 공포다."

*

지찬의 스마트폰에 메시지가 도착한 것은 레이의 영
상을 올리던 새벽이었다. 멤버들은 잠들어 있었다. 메
시지를 확인한 지찬의 눈빛이 떨렸다. 나원일이었다.

강지찬 씨. 해킹피해자연대 사무실을 예명으로 임대한 건 실
수한 겁니다. 우리 쪽 정보력도 꽤 넓어서. 얘기 좀 하죠.

애써 무시하려 했다. 하지만 지찬은 두려워지기 시
작했다. 자신의 정체가 밝혀졌으니 무슨 일이 벌어질지
모른다. 전희서와 황진수의 경우만 봐도 일루전은, 아
니 나원일은 어떤 짓이라도 할 인간이다. 스마트폰을
내려놓은 지찬이 머리를 움켜쥐었다. 설마 연극 시절
사용한 예명으로 알아차릴 줄은 꿈에도 몰랐다. 엎드려
자는 문혁을 보며 지찬이 손을 뻗었다. 조언을 구하자.
그래. 문혁이라면 이 상황을⋯⋯.

다시 메시지가 도착했다. 지찬이 움직임을 멈췄다.

성공하고 싶지 않습니까. 제가 보장합니다. 일루전의 모든 역
량을 동원해 대스타로 만들어 줄 테니까요. 흥미가 생긴다면
연락 바랍니다.

빌어먹을. 지찬은 동요했다. 그리고 동요하는 자신이
한심했다. 뻗은 손을 거둬들인 지찬이 스마트폰을 잡고
한참을 바라보았다. 일루전은 연예 사업에 영향력이 지
대한 명실상부 최고의 엔터테인먼트 회사다. 작정하고
밀어준다면 영화 주연을 꿰차는 건 일도 아닌 걸 잘 안
다. 지찬은 현재 자신의 상황을 떠올리고 있었다. 나는
지금 뭐 하는 걸까. 뭘 갈등하는 걸까. 두려워서 도망치
고 싶은 걸까. 타깃이 되는 것보다는 차라리……. 지찬
이 고개를 마구 저었다. 안 돼. 선데이 클럽을 배신할 수
는 없다. 선오를 볼 면목이 없어. 하지만 이미 지찬의 손
은 통화 버튼을 누르고 있었다. 지찬이 가만히 몸을 일
으켜 작업실 밖으로 나갔다. 신호가 몇 번 울리더니, 밝
은 목소리가 들려왔다.

"그럴 줄 알았습니다."

"……조건이 뭡니까."

"강지찬 씨가 속해 있는 인물들의 정보요."

"……친구들을 배신할 수는 없습니다."

"그래요? 그 친구들이 당신 꿈을 도와주기라도 합니까?"

지찬은 말문이 막혔다. 30대 초반이 되도록 변변한 직장도 구하지 못했다. 부모님께 빌붙어 살며 아쉬운 과거만 떠올릴 뿐이다. 다시 연기가 하고 싶었다. 하지만 이제는 늦었다. 차라리 계속 연기를 했다면 이런 후회는 하지 않을 텐데. 연기를 접게 만든 계기가 뭐였지? 지찬의 표정이 조금씩 구겨졌다. 나는 재능이 없다고 생각한 계기가 있잖아. 선오처럼 빛나는 연기가 하고 싶었다. 포기하지 않고 계속했어야 했다. 언젠가는 기회가 찾아오는 법인데. 선오는 선오고 나는 나일 뿐인데 너무 빨리 놓아 버렸어. 배우로 성공하고 싶었다고. 이제야 그 기회가 찾아온 건가. 빌어먹을. 지찬이 천천히 입술을 열었다.

"……내 꿈은……."

"그 꿈이 뭐든 간에요. 꿈을 좇아가는 건 당신이지 친구들이 아니잖아요. 끽해야 응원이나 해 주지 뭐 실질적인 도움이 됩니까? 그런 감상적인 생각은 다 집어치워요. 어차피 성공에는 희생이 따르는 법입니다."

"……."

"생각할 시간을 드리죠. 나는 당신의 꿈을 이뤄 줄 수 있는 사람입니다."

통화가 끊어졌다. 지찬은 멍하니 서 있었다. 화려한
배우가 되고 싶었다. 무대를 장악하는 연기자가 되고
싶었다. 꿈을 꿀 때는 하루하루가 기대로 가득했었다.
지찬이 다시 작업실을 향해 천천히 걸었다. 잠들어 있
는 멤버들을 보며 지찬의 표정이 점점 더 구겨져 갔다.
연모는 천재 소리를 듣는 공대생이다. 주리는 어린 나
이에도 이미 인기가 많은 트레이너야. 아린이는? 건물
을 통째로 살 정도로 대박을 터트린 소설가고. 문혁은?
그래. 문혁은 유일하게 나처럼 꿈을 포기했지. 지찬의
표정이 서서히 풀어졌다. 그래도 나와 같은 사람이 있
잖아.

'하지만 너는 백수지. 문혁은 백수가 아니야.'

지찬의 귓가에 목소리가 들렸다. 내면의 소리였다. 지
찬의 표정이 다시 굳어졌다. 다시 귀가 간지러워졌다.

'유일하게 너만 성공하지 못했어. 앞으로도 그럴 거고.'

아니야. 지찬이 속으로 중얼거렸다. 너 누구야. 누군
데 내게 말을 거는 거야.

'너잖아.'

꿈을 포기한 건 왜였지. 지찬이 힘겹게 앉아 스마트
폰만 하염없이 바라보았다. 재능이 없다고 생각했으니

까. 무슨 이유로? 재능이 넘치는 사람을 직접 봤으니까. 그게 누구지?

이선오야.

'꿈을 접은 이유는 이선오야. 그런데 뭐 하러 이선오에게 집착해?'

선오에 대한 열등감이 계기였다. 그게 지금의 지찬을 만들었다. 그렇게 생각하면 편해질까. 지찬이 작은 소리로 혼자 중얼거렸다.

"……다시 그때로 돌아가고 싶어."

화려한 스타를 꿈꾸던 그때로. 아직 기회는 남아 있었다. 아직 꿈을 버리지 않았다.

지찬이 다시 스마트폰을 들었다.

베르테르 실행 세 시간 전

레이가 끌고 온 장치는 묘한 생김새였다. 납작하고 긴 주둥이가 보였다. 주둥이와 연결된 몸체는 둥그스름했다. 레이가 전원을 연결하더니 장치를 가동했다. 쿵쿵거리는 소음이 들려왔다. 몸체 안에서 뭔가를 만들어 내는 모양이었다. 묶여 있는 문혁과 아린 앞으로 주둥이를 겨누며, 레이가 문혁을 가만히 내려다보았다.

"포비아는 가장 혐오하는 것을 눈앞에 보여 주는 환각 약물이야."

"……."

"그리고 자살하게 만들지. 중독되면 그냥 죽는 거야."

레이가 말을 하다 말고 지찬 쪽으로 고개를 돌렸다. 지찬이 말없이 고개를 끄덕였다. 레이가 다시 고개를 돌려 문혁에게 말했다.

"니들 아지트 다 확보했어. 강지찬이 음료수병에 포비아를 탔으니…… 남아 있던 애들은 이미 마시고 뒈졌겠네."

"……뭐…… 무슨 소리야!"

문혁이 발버둥을 치며 소리를 질렀다. 아린이 비명을 지르며 눈물을 흘렸다. 문혁이 이 정도로 감정을 표출한 것은 거의 처음이었다. 숨을 몰아쉬며 문혁이 레이를 노려보았다. 레이가 아무렇지 않은 얼굴로 답했다.

"뭘 무슨 소리야. 애들 다 죽었을 거라고."

"입 닥쳐!"

"그리고 니들도 이제 곧 죽을 거야. 이거, 포비아 약물을 기화하는 장치거든. 알겠어? 니들은 실험용 생쥐야. 테스트 샘플이라고."

아린이 떨리는 목소리로 지찬을 보며 말했다. 눈물이 범벅이 된 상태였다.

"……지찬 오빠…… 아니지? 거짓말이지? ……우리 애들…… 다들 친했잖아…… 선데이 클럽 멤버들…… 오빠도 좋아했고……."

지찬이 아린의 시선을 피했다. 아린의 눈매가 사납게 바뀌더니 악을 써 댔다.

"이 개새끼야! 죽여 버리겠어!"

레이가 발로 아린의 배를 걷어찼다.

"아악!"

경멸하는 눈초리로 레이가 중얼거렸다.

"시끄럽네 진짜."

원일이 손목시계를 보며 시간을 확인했다. 다시 문혁 앞으로 다가온 원일이 허리를 숙여 문혁의 머리를 툭툭 쳤다.

"함부로 까불면 안 되지."

"……."

"아까 내가 왜 기가 막혔는지 알려 줄까? 니들이 제일 듣고 싶어 하는 대답도 해 줄 겸."

원일이 계속 문혁의 머리를 툭툭 치며 말을 이었다.

"이선오는 내가 죽이지 않았어."

문혁의 눈이 커졌다. 거짓말이다. 문혁의 변한 눈을
보며 원일이 미소를 지었다.

　"포비아를 노린 게 아니었다니. 나도 예상치 못했지
만…… 하찮은 인간들이 발버둥 치는 모습이 안쓰럽
네…… 그래. 마지막 선물을 줄까? 베르테르 계획은 말
그대로 베르테르 효과를 일으키는 거야."

　베르테르 효과를 일으킨다니. 문혁은 이해가 잘 가지
않았다. 원일이 그런 문혁을 비웃었다.

　"단, 강제로. 포비아를 이용해서. 대량으로 중독시켜
집단 자살을 만들 거다."

　기겁하는 문혁의 표정을 보며 원일이 만족한 듯 웃
었다. 레이가 장치 주둥이를 문혁과 아린 가까이로 옮
겼다. 원일이 레이와 지찬을 뒤로 물러서게 한 뒤 지시
를 내렸다. 레이가 장치 뒤에서 조작 버튼을 매만졌다.
문혁이 입술을 깨물었다. 정신을 바짝 차리고 집중해야
했다. 적어도 아린이만큼은 구한다. 아린이마저 잃을
수는 없어. 원일이 준비한 방독면을 쓴 뒤, 레이가 고개
를 끄덕이며 버튼을 누를 준비를 했다. 원일이 낮은 목
소리로 말했다.

　"……샘플이니 많은 양은 아니지만 대신 그 농축도
를 다섯 배 올렸지. 반응이 궁금한데?"

원일이 손을 들었다가 내렸다.

버튼을 누른 레이가 곧바로 장치 범위 밖으로 몸을 피해 원일의 곁으로 이동했다.

주둥이에서 연기가 뿜어져 나옴과 동시에, 문혁이 기를 쓰고 아린을 밖으로 차 버렸다.

아린의 몸이 저만치 굴러갔다. 문혁이 주둥이 쪽으로 기를 쓰고 기었다. 연기가 그런 문혁의 온몸을 휘감았다. 어떻게든 주둥이를 막으려고 문혁이 몸을 웅크렸다. 원일이 흥미로운 표정으로 레이에게 지시를 내리자 레이가 장치를 꺼 버렸다. 꿈틀거리는 문혁을 보며 아린이 울부짖었다.

"안 돼! 문혁아!"

원일이 고개를 갸우뚱거리며 의아한 표정을 지었다.

"……내 머리로는 이해가 안 가. 왜 저런 행동을 하는 거지? 그래 봤자 어차피 죽는 건 똑같은데."

연기의 분출이 멈췄다. 레이가 스마트폰으로 어디론가 지시를 내렸다. 천장에 있는 커다란 환풍기가 가동되기 시작했다. 포비아 연기 잔여물들이 그대로 환풍구로 빨려 들어가 사라졌다. 남은 건 쓰러져 있는 문혁과 울부짖는 아린뿐이었다. 원일이 문혁을 빤히 쳐다보다가, 고개를 돌려 레이에게 말했다.

"다섯 배로 농축한 거 맞아?"

"······네."

"그런데 왜 반응이 없어? 포비아는 농축도가 별 의미가 없는 건가?"

지찬은 원일 곁에서 문혁과 아린을 덤덤히 지켜보고 있었다. 몇 분이 경과해도 반응이 보이지 않자, 원일이 살짝 눈살을 찌푸렸다. 손목시계를 본 원일이 서늘한 목소리로 말했다.

"······짜증 나네. 기다리는 건 내 취향이 아니야."

레이가 원일의 표정을 살피며 초조한 기색을 내비쳤다.

"······대표님······ 베르테르 계획도 준비해야 하니 여기는 우리 애들한테 맡기시고······."

"그래 봤자 깡패 새끼들이잖아. 네 수준을 보면 알아."

원일의 말에 레이가 입을 다물었다. 그런 레이를 보며 원일이 피식 웃었다.

"······뭐, 하긴······ 지저분한 일 처리들은 전문이니."

"계획 실행이 중요하니······ 먼저 가시는 게······."

원일이 탐탁지 않은 표정으로 레이를 쳐다보았다. 계속 조용히 있던 지찬이 원일을 향해 허리를 숙이며 조심스레 제안을 건넸다.

"대표님. 제가 여기 남아서 상황을 지켜보고 보고 올

리겠습니다."

레이를 보던 표정과는 반대로 원일의 표정이 살짝 밝아졌다.

"아, 강지찬 씨. 괜찮겠어요? 지찬 씨야 뭐 깡패 새끼들이랑은 다르지."

레이의 표정이 굳었다. 원일이 레이를 쳐다보며 낮은 목소리로 말했다.

"……사람의 근본은 변하지 않는다는 거…… 아주 잘 봤어."

레이가 지찬을 보며 못마땅한 표정을 지었다. 지찬이 레이의 시선을 의식하지 않는 듯 다시 한번 원일에게 허리를 숙였다.

"……앞으로 잘 부탁드리겠습니다."

"나만 믿어요. 강지찬 씨."

원일의 말에 지찬이 고개를 숙였다. 원일의 입꼬리가 올라갔다. 아린은 계속 울음 섞인 목소리로 외치고 있었다.

"문혁아! 제발…… 문혁아!"

원일이 레이를 불렀다. 레이가 다가오자 원일이 조용히 속삭였다.

"……장치 챙겨. 계획 장소로 바로 떠난다."

레이가 장치를 끄고 사라졌다. 원일이 지찬의 어깨를 한 번 툭 치더니, 그대로 몸을 돌려 떠났다. 쿨럭거리며 기침을 하는 문혁을 지찬이 말없이 내려다보고 있었다. 아린이 손발이 묶인 채로 힘겹게 기어 왔다.

"……문혁아…… 흑…… 제발……."

조금 시간이 흐른 뒤, 지찬이 어디론가 달려가기 시작했다. 건물 입구였다. 뭔가를 살피는 듯 초조한 표정으로 지찬이 건물 밖과 문혁을 번갈아 보았다. 시동 소리와 함께 원일과 레이가 탄 차가 떠나는 걸 확인한 지찬이 재빨리 돌아와 문혁의 몸을 뒤집었다. 아린이 악을 써 댔다.

"개새끼야! 건들지 마!"

"……잠시만 기다려……."

지찬이 서둘러 문혁을 결박한 끈을 풀었다. 이어 아린에게 다가가자 아린이 발버둥 치며 발악했다.

"이 살인마! 저리 꺼져!"

지찬이 한숨을 내쉬며 그대로 아린의 몸을 뒤집었다.

"……내가 진짜 애들 죽일 놈으로 보이냐?"

"……뭐?"

"연모랑 주리 멀쩡해. 다 연기라고 이거."

문혁이 일어나 앉았다. 손목을 어루만지며 지찬을 쳐

다보았다. 아린이 풀려나자마자 벌떡 일어나 지찬을 경계했다. 지찬이 양손을 들며 힘없이 말했다.

"일단은 미안하다."

아린이 주춤거리다가 문혁에게로 달려왔다. 문혁을 안은 아린이 울음을 터트렸다. 하염없이 우는 아린의 등을 문혁이 조용히 토닥였다. 지찬이 멋쩍게 다가와 말을 꺼냈다.

"……예상하지 못했어. 여기서 포비아를 쓸 줄은."

"……어떻게 된 겁니까."

문혁의 물음에 지찬이 머뭇거리다가, 낮은 목소리로 답했다.

"처음에는…… 나쁜 생각을 했어. 내가 등신인 건 맞아. 하지만 그래도…… 애들을 죽이라는 지시를 받으니까 정신이 번쩍 들더라. 친구를 해칠 바에는 그냥…… 내 꿈을 포기하는 게 낫다고."

"……."

"하지만 이미 정체를 들킨 상황이라 너희들도 위험할 거라고 판단했어. 그래서 나원일이 모르게 연기한 거야. 하지만…… 설마 포비아를 여기서 사용할 줄은……."

아린이 정신을 차렸는지 문혁의 몸을 더듬었다. 문혁의 얼굴을 만지며 다급하게 물었다.

"몸 괜찮아? 어디 이상한 데는 없어?"

"……일단은 괜찮은데."

문혁도 영문을 몰랐다. 아린과 지찬이 걱정스러운 눈빛으로 문혁을 바라보았다. 문혁이 두 손을 들어 앞뒤로 살폈다. 별다른 이상은 없다. 분명 환각을 보여 준다고 했는데 아직은 그런 기색이 없다. 문혁이 차분한 목소리로 말했다.

"……나원일을 막아야 해."

원일의 말을 계속 생각하고 있었다. 오늘이 베르테르 계획 실행일이며, 몇 시간 남지 않았다는 말. 베르테르 효과를 강제로 일으킨다는 말. 베르테르 효과. 연예인의 죽음을 비관하며 모방 자살을 시도하는 사회 현상.

선오의 죽음과 베르테르 효과.

처음 선데이 클럽과 만났을 때 주리가 했던 말이 떠올랐다.

레이가 클럽에서 떠들어 대던 말도 떠올랐다.

여러 명의 말이 동시에 겹치며 문혁의 뇌리에 박혔다.

─강제로. 포비아를 이용해서. 대량으로 중독시켜 집단 자살을 만들 거다.

─지갑 년들을 더 많이! 마침 새로운 돈지갑들이 유입될 예정이거든요. 기분이 좋아 요즘 아주.

―이미 공카에 선오 님 추모식 공지도 올라왔어요.
아니 얼마나 됐다고 벌써…….

문혁이 지찬을 보며 말했다.

"……선오 추모식요."

그제야 눈치챈 아린이 놀라 소리를 질렀다. 지찬도
파악하고 곧바로 스마트폰을 꺼냈다. 팬덤 공식 카페
공지를 확인한 지찬이 떨리는 목소리로 말했다.

"……선오 추모식…… 오늘 오후 2시야……."

문혁이 힘겹게 몸을 일으켰다. 아린이 부축했지만, 문
혁이 괜찮다는 손짓을 보냈다. 시간이 없었다. 베르테르
계획은 선오 추모식에서 벌어질 집단 자살이었다. 어떻
게든 막아야만 했다. 선오도 자신의 팬들을 구하고 싶을
거야. 우리가 도와야 해. 지찬이 서둘러 말을 던졌다.

"……아직 건물에 사람들이 남아 있어. 빨리 달아나
야 해."

아린이 지찬을 보며 물었다.

"여기 뭐 하는 데야? 포비아…… 이거 해독제 없어?
여기 제조실 같은 데야? 뭐 들은 거 없냐고! 그냥 도망갈
수는 없잖아! 문혁이 어떡해! 전희서처럼 죽는 거냐고!"

"포비아 제조실은 맞아…… 문혁이는 당분간 지켜보
는 수밖에는…… 진짜 미안하다 내가……."

지찬이 안쓰러운 눈빛으로 문혁을 바라보았다. 연모와 주리를 죽이라는 지시를 받으며, 지찬은 포비아에 대한 설명을 들었다. 가장 혐오하는 존재로 인한 극단적인 공포심을 일으켜 100퍼센트 자살을 유도하는 환각 물질. 문혁이 당했다. 직접 두 눈으로 보면서도 막을 수 없었다. 지찬의 몸이 떨렸다. 아직은 괜찮아 보여도 언제 환각이 찾아올지 모른다. 두려웠다. 이런 저주받은 약물은 없어져야 한다. 문혁이 그런 지찬을 보며 덤덤히 말했지만, 식은땀이 흘러내리고 있었다. 공포의 발현에 대한 두려움.

　"……난 괜찮아요."

　"아니…… 진짜 내가…… 면목이 없다……."

　"남은 사람들이 몇 명이죠?"

　문혁이 건물 내부를 둘러보았다. 여러 방이 있으니 연구실도 있을 거고, 저장고도 있을 테다. 하지만 일일이 찾아 없애기에는 시간이 없었다. 그렇다고 내버려두고 간다면 나원일이 다시 돌아와 또 끔찍한 일을 저지를지도 모른다. 아린이 화가 나는지 씩씩대며 몸을 풀었다.

　"몇 명이 오든 다 때려눕힐 테니까 빨리 오라 그래!"

　아린의 말이 끝나기 무섭게 저만치에서 다가오는 사

람들의 모습이 보였다. 레이의 수하들이었다. 지찬이
입술을 깨물며 중얼거렸다.

"……일단 둘 다 다시 엎드려 있어 봐."

아린이 지찬을 쳐다보았지만, 문혁이 의미를 파악하
고 바로 아린을 잡으며 바닥에 엎드렸다. 양팔에 문신
한 사내가 어슬렁거리며 걸어오더니 지찬에게 말했다.

"……그쪽이 직접 처리하려고?"

"……일단 결과를 지켜보라는 대표님 지시가 있었습
니다."

"말이 다르잖아. 나는 저년은 죽이라고 레이 씨한테
지시받았어."

"……대표님의 단독 지시는 제가 받았습니다만…….
레이 씨가 뭔가 오해했나 봅니다."

문신한 사내가 지찬 앞에 다가와 허리춤에서 칼을 빼
들어 흔들었다.

"……단독 지시는 제가 받았습니다만…… 말투 개
티껍네 씨발. 니 뭔데? 어차피 따까리잖아 니도. 난 레
이 씨 따까리 니는 대표님 따까리. 근데 좀 이상하게 말
한다?"

"불쾌했다면 사과드리죠."

"콱!"

문신 사내가 칼을 지찬의 눈앞에 들이밀었다. 지찬이 움찔하자 문신 사내가 히죽거리며 지찬을 놀렸다.

"등신 새끼 쫄긴."

문신 사내 뒤로 대여섯 명이 몰려와 킥킥대며 지찬을 비웃었다. 지찬의 이마에서 식은땀이 흘러내렸다. 지찬이 스마트폰을 들어 보이며 문신 사내에게 말했다.

"……확인해 볼까요?"

"아니 그냥 꺼져 좀. 나는 저년만 죽이면 된다니까? 아 이 새끼 혀 졸라 기네 진짜!"

지찬이 스마트폰을 보더니 씩 웃었다.

"다 왔네요."

갑자기 건물 밖에서 사이렌 소리가 울렸다. 사이렌 소리를 들은 사내들의 표정이 변했다.

"뭐야 씨발, 경찰 불렀어?"

문신 사내가 지찬을 보며 소리쳤다. 지찬이 뒤로 물러서며 아린의 다리를 툭 건드렸다. 지찬의 신호임을 감지한 아린이 그대로 문신 사내의 다리를 쓸어 차 버렸다. 갑작스러운 공격에 당한 문신 사내가 넘어지며 칼을 떨어뜨렸다. 지찬이 얼른 칼을 들며 외쳤다.

"곧 겨, 경찰이 올 거야! 움직이면……."

아린과 문혁이 벌떡 일어나 지찬 곁에 섰다. 사내들

이 당황하며 서로를 쳐다보았다. 넘어진 문신 사내가 욕을 내뱉으며 일어섰다. 굳어 있는 지찬의 표정을 본 문신 사내가 묘한 미소를 지었다.

"이 씨발…… 저 새끼 구라 쳤네."

문신 사내의 말에 당황하던 사내들이 정신을 차렸다. 각자 칼을 꺼내 들며 모두 지찬을 노려보고 있었다. 지찬의 눈이 이리저리 움직였다.

"……왜 안 들어와 애들……."

그때였다. 건물 안으로 뭔가가 날아들었다. 소형 드론이다. 드론을 본 지찬의 표정이 밝아졌다.

"뭐야 저거?"

고개를 돌려 쳐다보는 문신 사내 앞에 드론이 다가왔다. 드론을 잡으려고 팔을 휘두르는 문신 사내의 얼굴에 갑자기 검붉은 액체가 뿜어졌다.

"으아악!"

얼굴을 감싸 쥔 문신 사내가 비명을 지르며 몸을 숙였다. 그 순간 아린이 그대로 문신 사내의 얼굴을 걷어찼다. 고개가 젖혀질 정도로 강한 충격이었다. 아린의 눈빛이 매서워졌다. 문신 사내가 비명도 못 지르고 자빠졌다. 남은 사내들을 보며 아린이 싸늘하게 말했다.

"……니들 오늘 다 죽었어."

"지찬 씨. 칼 줘 봐요."

문혁이 지찬에게 다가와 말했다. 지찬이 엉겁결에 칼을 건넸다. 문혁이 칼을 들더니 그대로 가슴 위로 가져갔다. 사내 하나가 그런 문혁을 보더니 인상을 찡그렸다.

"뭔 똥폼을 잡아?"

"……군대에서 배웠거든."

문혁이 고개를 까닥거리며 천천히 다가갔다. 사내가 비웃음을 던지며 칼을 들고 문혁을 노려 휘둘렀다. 문혁이 재빨리 칼을 튕겨 내며 사내의 무릎을 찍어 찼다.

"아악! 내 다리!"

자세가 무너진 틈을 놓치지 않고 아린이 그대로 사내의 턱을 돌려 찼다. 금세 조용해진 사내가 픽 쓰러졌다. 아린이 문혁을 보며 놀란 눈으로 말했다.

"……무슨 군대를 나왔길래 나이프 파이팅도 해?"

문혁이 아린을 보며 어깨를 으쓱했다.

드론이 계속 사내들을 맴돌며 경계하고 있었다. 입구에서 큰 목소리가 들렸다. 지찬이 반가움에 고개를 돌리자, 드론 조종기를 들고 있는 연모와 두 주먹에 테이핑한 주리가 보였다. 지찬이 한숨을 내쉬며 중얼거렸다.

"타이밍 하나는 진짜 죽이네……. 사이렌 소리 울리라고 미리 언질해 놓길 잘했지…… 십년감수했다……."

"언니! 괜찮아요?"

주리가 달려와 아린 곁에 섰다. 연모가 드론을 조작하며 지친 곁에 섰다. 앞에 나선 문혁이 칼을 쥔 상태로 사내들을 경계했다. 사내들 역시 함부로 나서지 못하는 상황이다. 정적이 흘렀다. 주리가 참지 못하고 사내들을 도발했다.

"쫄았냐? 이 새끼들아. 니들 잘하는 거 해. 덤비라고!"

"······이 씨발!"

주리의 도발에 사내들이 참지 못하고 달려들었다. 연모가 빠르게 장치를 조작했다.

"호신용 스프레이에는 보통 캡사이신이 들어가죠. 캡사이신 아시죠? 눈에 들어가면 장난 아니에요. 이얍."

드론이 빙글빙글 돌며 사내들에게 액체를 뿌렸다. 액체가 눈에 튄 몇 명이 칼을 놓치며 비명을 질렀다. 주리가 빠르게 파고들어 원투 펀치를 날렸다. 얻어맞은 사내가 픽 쓰러졌다. 주리가 몸을 돌려 다른 사내에게도 원투 펀치를 날렸다. 마찬가지로 머리가 흔들리며 사내가 고꾸라졌다. 그런 주리 뒤로 아린의 몸이 붕 떴다. 화끈한 공중 돌려차기에 가격당한 사내가 그대로 넘어졌다.

문혁이 남은 사내들의 수를 세었다. 세 명이다.

"칼은 위험하니까 섣불리 접근하지 마."

문혁의 목소리에 아린과 주리가 진정했다. 연모가 드론을 조작해 사내들의 눈을 현혹했다. 재빨리 달려간 문혁이 오른손을 뻗었다. 일부러 겁을 주기 위한 공격이었고, 칼이 무서워 피한 사내의 팔 밑에 문혁이 그대로 어깨를 넣어 위로 들어 올렸다. 중심이 무너진 사내가 비틀거리자 문혁이 다시 무릎 아래를 찍어 찼다. 사내가 비명을 지르며 나동그라졌다. 순간을 놓치지 않고 연모의 드론이 남은 두 명의 사내에게 다시 액체를 뿜었다. 사내들이 허둥지둥하며 팔을 들어 액체를 막으려 했다.

아린과 주리가 동시에 외쳤다.

"비켜!"

"비켜요!"

문혁이 재빨리 옆으로 피했다. 아린이 무서운 속도로 달려와 그대로 점프해 공중에서 사내의 머리를 무릎으로 가격했다. 주리의 주먹이 남은 사내의 턱을 사선으로 갈겼다. 나자빠지는 사내들을 보며 주리가 주먹을 탈탈 털었다.

"……끝!"

아린이 주리를 보며 손을 들었다. 주리가 힘차게 하이 파이브를 했다. 지찬이 대견스러운지 연모의 머리를 쓰다듬었다. 연모가 지찬을 보며 씩 웃었다. 칼을 바닥에 던진 문혁이 깊은숨을 내쉬었다. 일단 아직까지 몸 상태는 괜찮았다. 문혁이 주변을 둘러보며 차분하게 말했다.

"이 사람들이 전부예요?"

"내가 알기론 그래."

지찬이 답했다. 주리가 쓰러진 사내를 걷어차며 물었다.

"근데 나원일이랑 레이는요? 얘넨 또 뭐고…… 일단 지찬 아저씨 지시대로 오긴 한 건데."

"상황이 좀 급해서 나중에 설명할게."

굳은 아린의 표정을 보며 주리가 입을 다물었다. 문혁이 지찬을 보며 말했다.

"……여기도 처리해야 해요."

"맞는 말인데…… 시간이 없잖아 지금은."

지찬이 풀 죽은 목소리로 답했다. 연모가 그런 둘을 보며 물었다.

"왜요?"

"약물 제조 공장인데…… 그냥 두고 갈 수가 없어서."

"아. 그럼 싹 다 불 질러 버려요. 어차피 사람도 안 오는 곳인데."

기가 막힌 발상이다. 지찬이 연모를 보며 피식 웃었다. 모두가 여기저기 돌아다니며 태울 만한 것들을 찾기 시작했다. 연모가 제조 시설을 발견하고 모두에게 알렸다.

"이곳을 발화점으로 삼으면 돼요."

10여 분이 지나자 기름과 태울 재료들이 쌓였다. 연모가 제조 시설 안 화학 약병들을 보며 고개를 끄덕였다.

"……이 정도면 되겠네. 위험하니까 먼저 밖으로 피해요. 기름으로 발화선을 만들고…… 참, 저 사람들도 밖으로 치워야지. 타 죽으면 안 되니까요."

쓰러진 사내들을 모두 밖으로 옮긴 선데이 클럽 멤버들이 한자리에 모였다. 연모가 뭔가를 계산하며 옮긴 사내들의 위치와 건물의 거리를 파악했다.

"이 정도면 불길에 영향을 받지는 않을 거예요. 허허벌판이라 유독 가스도 금방 날아갈 거고요."

주리가 연모를 보며 묘한 미소를 지었다. 준비는 끝났다.

라이터를 꺼내며 지찬이 중얼거렸다.

"……담배 피우는 게 이럴 때 도움이 될 줄은 몰랐네."

기름으로 만든 발화선에 지찬이 라이터를 던졌다. 순식간에 불길이 퍼지며 건물로 향했다. 타고 왔던 차에 모두가 올라타고 지찬이 서둘러 시동을 걸었다. 불길이 뱀처럼 꿈틀거리며 움직였다. 연모가 중얼거렸다.

"슬슬 시작합니다."

엄청난 굉음이 들리며 건물 유리창이 박살 났다. 커다란 불길이 건물 밖으로 뿜어져 나왔다. 다시 굉음이 들렸다. 바닥이 들썩일 정도로 큰 충격이었다. 지찬이 액셀을 밟았다. 또다시 굉음이 들렸다. 아예 건물 천장을 쪼개고 불기둥이 위로 치솟고 있었다. 건물 전체가 불길에 휩싸였다. 검은 연기가 빠르게 하늘로 오르며 작은 구름을 만들고 있었다. 지찬의 차가 빠른 속도로 달렸다. 뒷좌석에서 돌아보던 아린이 큰 소리로 욕을 날렸다.

"꼴좋다! 엿이나 먹어라!"

문혁이 그런 아린을 보며 웃어 보려 했지만, 가슴 한쪽에서는 계속 두려움이 올라오고 있었다. 불길에 휩싸인 건물을 보며 문혁은 가슴이 뛰는 걸 느꼈다. 흥분의 감정은 아니었다. 몸 상태가 이상해지고 있었다. 문혁이 입술을 깨물었다. 이제는 인정하자. 포비아에 중독되었다. 환각이 언제 시작될지 모른다.

내가 가장 혐오하는 것. 문혁은 깊은 생각에 잠겼다.

회상

졸업 작품 극본 등록 날짜가 얼마 남지 않아 문혁은 초조했다. 선오가 열정적으로 참여해 주고 아린 역시 기운을 북돋아 주었지만, 극본을 완성하는 건 문혁이 해야 했고, 시간이 지날수록 부담이 커져만 갔다. 더군다나 얼마 전 느꼈던 알 수 없는 감정까지 가시지 않았기에 문혁은 머리가 터질 듯한 느낌이었다. 문혁의 표정이 날카로운 걸 본 아린이 슬며시 다가가 말을 꺼냈다.

"왜 그렇게 뾰족해?"

"뭔 소리야."

"다가가면 찔릴 거 같아, 지금 너."

"……극본 때문에 그래."

계속해서 풀리지 않는 문제가 있었다. 선오와 맞부딪칠 만한 연기자가 있을까. 문혁은 없다고 봤다. 그렇다면 최대한 극본 대사를 통해 커버해야 한다. 하지만 과연 내가 할 수 있을까. 선오도 극의 균형이 무너지면 안 된다는 걸 잘 알고는 있었지만 연기에 들어가게 되면 어쩔 수 없이, 비교될 테다. 선오는 〈오필리어〉를 무척이나 마음에 들어 했다. 저번에는 〈오필리어〉가 운명이라고도 했다. 문혁은 애써 비웃었지만.

"이상한 소리 하네."

"아니 진짜. 오필리어 배역도 그렇고…… 뭔가 진짜 하면 할수록 계속하고 싶다는 마음이 샘솟거든."

"칭찬이냐?"

선오가 문혁의 눈을 바라보며 말했다.

"아니. 감사의 표시야."

"……."

"……너를 만나길 잘했어. 종종 그런 생각이 들어."

선오의 말을 들으면 들을수록 문혁의 부담은 점점 커졌다. 선오가 실망하면 안 돼. 때마침 선오가 들어서고 있었다. 손을 흔들며 다가온 선오가 오자마자 문혁 옆에 앉더니 고개를 돌려 빤히 쳐다보았다.

"오늘 좀 까칠해 보인다?"

"……안 풀려서."

"구체적으로 말해 봐. 도움이 될지도 모르잖아?"

문혁이 〈오필리어〉 극본을 펼쳤다. 종막이자 원작 〈햄릿〉의 5막 1장 초반인 신을 각색한 부분이다. 충격에 미쳐 버린 오필리어가 자살하고 그 사실을 후회하는 햄릿의 독백 부분. 문혁은 이 부분을 현대적으로 재해석했는데, 오필리어는 사실 미친 게 아니었고 복수를 위해 일부러 죽음을 선택했다는 것. 그래서 저승에서 만난 햄릿에게 오필리어는 당시 감정을 설파한다. 분명 가장 크게 부딪치는 신이며, 가장 크게 감정을 드러내야 하는 신이다. 선오는 걱정이 없지만 상대 배역이 문제였다. 아무리 머리를 짜내 봐도 균형을 무너뜨리지 않고 팽팽하게 유지할 방안이 떠오르지 않았다. 문혁이 미처 말을 꺼내지 못하고 한숨만 내쉬자, 선오가 문혁이 펼친 부분을 집중해서 보기 시작했다. 아린이 멀찌감치 떨어져 그런 둘을 스케치하고 있었다. 아린은 나름대로 문혁과 선오의 캐릭터를 잡아 가는 중이었다. 자신의 소설 속 주연으로. 선오가 한참을 보더니 이윽고 고개를 들었다. 선오의 눈빛이 맑게 빛나고 있었다.

"문혁아. 굳이 원망해야 할까?"

"뭐?"

의외의 질문이었다. 문혁이 자기도 모르게 반문할 정도로. 오필리어는 자신을 버린 햄릿을 원망해서 죽은 거야. 내 각색은 이 내용이라고. 선오가 고개를 갸우뚱거리며 다시 말을 꺼냈다.

"……오히려 자유롭기 위해 스스로 죽음을 택한 거라면 어떨까? 어차피 아버지와 오빠와 가문의 영향 안에서 맴돌기만 했을 텐데. 햄릿을 만나지 않았다면."

"……그게 무슨 소리야 지금."

"나는 그렇게 생각해. 햄릿이 사랑을 알려 줬고, 오필리어는 거기서 자유를 느낀 거지. 감정도 속박이 있어. 사랑은 그 속박을 풀어. 그대로 표현하게 해 주지."

"……."

"이런 해석은 어때?"

목구멍 끝까지 올라왔지만, 다시 밀어 내렸다. 내 극본이야. 〈오필리어〉는 내가 쓴 극본이라고. 도저히 말을 꺼낼 수가 없었다. 왜냐하면, 선오의 의견이 더 좋았기 때문이다. 이제야 알 수 있었다. 연기만이 아니었다. 선오는 연출에도 재능이 있었다. 아니, 모든 점에서 선오는 완벽한 존재였다. 문혁의 머리가 아파 오기 시작했다. 그때 느꼈던 그 감정이 뭔지 알겠어. 눈살을 찌푸린 문혁을 보며 선오가 걱정스러운 말투로 물었다.

"왜 그래? 어디 아파?"

열등감이었다.

선오는 빛나는 사람이지만, 그 빛이 너무 환해서 모두의 영역마저 덮는다면. 그 빛에 휩쓸리기 싫어 뒤로 물러서면 기다리는 건 빛이 만든 그림자 무덤뿐이다. 성공하기 위해 인간관계를 닫고 벽을 쳤었다. 그건 변명일 뿐이었다. 혹시 성공하지 못할지도 모른다는 두려움에 벽을 친 것뿐이었다. 확신이 없었으니까. 문혁은 질끈 눈을 감았다. 애초에 문혁은 자신의 재능에 확신 따위는 없었다.

벽을 친 것은 주변의 접근을 막으려던 게 아니었다. 오히려 숨으려던 거였다. 혹시 내가 성공할 만한 재능이 없는 건 아닐까 하는 의심에서 달아나려던 거였다. 혼자 있으면 그 답을 알 수 없기 때문이다. 하지만 지금 알아 버렸다. 선오와 아린에게는 있고 문혁에게는 없는 그것은, 재능이다. 멀리서 둘을 보고 있던 아린의 표정이 살짝 굳어졌다. 문혁이 멍한 눈빛으로 아린을 쳐다보았다. 너는 눈치챈 거지? 항상 나를 관찰했으니까. 그래서 내게 다가왔던 거야?

불쌍해서?

문혁이 이마에 손을 올렸다. 갑자기 든 생각에 소름이 돋았다. 이게 무슨…… 왜 내가 이런 생각을……. 선오가 문혁이 올린 손을 부드럽게 잡으며 뭔가 말하려 입을 열었다.

"잠깐만!"

문혁이 손을 뿌리치며 외쳤다. 선오가 깜짝 놀란 눈으로 문혁을 쳐다보았다. 선오는 순수한 존재였다. 그걸 잘 알고 있기에 문혁은 자신이 이런 생각을 하는 게 더욱 싫었다. 선오가 잠깐 머뭇거리다가 담담한 목소리로 문혁에게 말했다.

"……나 계속 생각했었는데…… 혹시 네가 불편해할까 봐…… 그래도 네가 힘들어하는 건 싫어. 극의 균형이 무너질까 봐 걱정하는 거잖아. 그럼 내가 둘 다 할게! 오필리어랑 햄릿 둘 다. 2인극이 아니라 1인 2역으로 하면 깔끔하잖아? 나, 충분히 잘할 수 있어. 믿어 줘."

문혁이 입을 살짝 벌린 채 선오를 멍하니 쳐다보았다.

단번에 문제가 사라졌다. 맞는 말이다. 상대 배역을 고민할 필요도 없어졌다. 맞는 말이다. 균형이 무너질 염려도 없다. 맞는 말이다. 그런데 그럼 나는, 뭐가 돼?

감정이 무너져 버렸다. 자괴감에 휩싸였다. 1학년 때부터 열심히 준비하던 극본이었다. 수십 번을 고치고 또 고쳤다. 뭘 바보같이 고민한 거지. 문혁은 3년 동안 쓸데없는 고민을 했다는 생각에 괴로웠다. 하지만, 〈오필리어〉는……. 문혁이 일어서더니 무대 아래로 내려갔다. 선오와 아린이 부르는 소리가 들렸지만, 밖에 나가 심호흡을 하고 싶었다. 혼란스러웠다. 선오의 생각과 말이 모두 맞지만, 이렇게 되면 내 극본이 아닌 선오의 극본이야.

하지만 아이러니하게도, 〈오필리어〉는 선오를 처음 봤을 때 떠올린 극본이었다.

4장

베르테르

베르테르 실행 한 시간 전

선오의 추모식까지는 대략 한 시간 정도 남았다. 추모식이 열리는 건물로 선오의 팬들이 하나둘 입장했다. 모두는 선오를 상징하는 꽃인 해바라기를 들고 있었다. 넓은 강당이 있고, 강당 뒤쪽 벽면에 커다랗게 자리 잡은 스크린이 보였다. 차분한 분위기였다. 준비된 좌석들에 사람들이 경건한 표정으로 앉았다. 벌써 울음을 터트리는 이들도 있었다. 그 모습들을 몰래 설치한 CCTV를 통해 실시간으로 지켜보던 원일이 옆에 서 있는 레이에게 물었다.

"준비는 다 끝났지?"

"네."

"앞으로 한 시간…… 슬슬 북성이랑 유진, 주령 쪽 VVIP들 연결해 볼까."

추모식 건물 위층에 따로 자리를 만들었다. 여기서

'베르테르' 공연을 실시간으로 중계할 예정이었다. 추모식에 모인 팬들은 어림잡아도 100명은 넘어 보인다. 이 모두가 포비아에 중독되어 자살하는 모습을 본다면, 그리고 언론에서 대대적으로 보도해도 결국 '베르테르 효과'로 귀착된다면, 너도나도 돈다발을 들고 자신을 찾을 것이다. 원일은 자신이 있었다. 공연 준비는 모두 끝났다. 원일이 연결을 마무리하자, 분할된 모니터 위로 VVIP들이 모습을 드러냈다. 원일이 고개를 살짝 숙여 인사를 건넸다.

"반갑습니다. 여러분. 나원일입니다."

― 소문이 자자하던데, 나 대표.

― 기대가 큽니다.

― 이런 건 어디 가서 못 보지.

원일이 미소를 띠며 감사를 표했다.

"조금만 기다려 주시면 포비아가 얼마나 확실한 상품인지 직접 보여 드리겠습니다."

그때 원일의 스마트폰이 울렸다. 원일이 레이에게 눈짓을 보냈다. 레이가 대신 원일의 전화를 받았다. 그리고 순식간에 표정이 창백해졌다. 웃으며 VVIP들에게 인사하는 원일의 귓가에 레이가 다가와 조용히 속삭였다.

"……문제가 생겼어요……."

"뭔데."

"……제조실이…… 전부 불타 버렸다고……."

"……."

원일이 놀란 눈으로 레이를 보다가 한숨을 내쉬었다. 자리에서 일어선 원일이 그대로 레이의 얼굴을 쳤다. 고개가 꺾인 레이는 아무 말도 하지 못했다. 원일은 곧바로 누군가에게 전화를 걸었다. 지찬에게 거는 전화였지만 당연히 받지 않는다. 원일이 스마트폰을 던지려다가 참으며 품에 넣었다.

— 무슨 일 있나?

— 표정이 안 좋은데.

— 일이 틀어지는 건 아니겠지?

"……개인 사정이라…… 너무 걱정 안 하셔도 됩니다. 공연은 지장 없습니다."

원일이 VVIP들을 안심시키고 몸을 돌려 낮은 목소리로 레이에게 지시했다.

"지금 당장 연기 장치 쪽으로 가서 대기해. 눈에 띄든 말든 상관없어. 어차피 다 죽을 거니까. 수틀리면 먼저 죽여 버려. 약병 가지고 있지?"

레이가 고개를 끄덕였다. 초록색 후드를 뒤집어쓰며 레이가 자리를 떠났다. 원일이 다시 자리에 앉으며 싱

글벙글 웃었다.

"……그냥 곧 있을 이벤트만 즐기시면 됩니다."

얼굴은 웃고 있었지만 속은 쓰렸다. 보관 중이던 포비아는 모두 불타 버리고 말았다. 제조 시설까지 잃은 건 타격이 컸다. 대량 생산을 할 수 없게 됐기에, 아무리 거액의 투자를 받더라도 당분간은 원하는 수량을 맞춰 주기 힘들어졌다. 이렇게 된 바에는 어떻게든 '베르테르'를 확실하게 성공시켜 저들의 눈에 드는 수밖에 없었다. 자기들이 원하면 알아서 기다리겠지. 어차피 제조법은 나만 알고 있어. 포비아 제조법을 알게 된 것은 우연과 행운의 결과였다. 해외에서 레이라는 원석을 데려와 스타로 만든 것까지는 좋았지만, 레이가 약물 중독자였던 만큼 정기적으로 약을 제공할 필요가 있었다. 그렇게 약을 제조하다 얻어걸린, 아니 하늘이 주신 선물이었다. 우선 국내부터 거래를 트고, 점차 범위를 넓혀 해외로 진출하려는 계획이었다. 돈도 돈이지만 국제적인 명성 역시 얻게 될 거다. 원일에게는 현실이 비좁았다. 좀 더 넓은 곳으로. 좀 더 높은 곳으로. 충분히 자격이 되니까.

— 그럴 일은 없겠지만, 나 대표.

— 혹시 일이 틀어질 경우 각오하시길.

― 돈만으로 끝나는 게 아니야.

빌어먹을 깡패 새끼들이 누굴 협박하고 지랄들이야.
건방진 새끼들. 원일이 입꼬리를 올렸다. 물론, 생각을
입 밖으로 꺼내지는 않았다. 이 정도 가면을 쓰는 건 매
우 쉬웠다. 숨기고 살아온 지 40년이야. 원일이 손목시
계를 보며 답했다.

"당연하죠. 이제 공연까지 얼마 안 남았네요."

＊

지찬이 운전하는 동안, 문혁과 아린은 추모식 일정에
관해 확인하고 있었다. 아린이 노트북을 만지는 연모에
게 물었다.

"연모야! 선오 추모식 주최자나 담당자가 누군지 바
로 파악돼?"

"……네? ……아…… 잠시만요……."

"급해, 얼른!"

아린의 외침에 당황한 연모가 노트북 자판을 두드렸다.

"……전희서가 주최자고요…… 담당자는 팬덤 회장
이에요."

"……알겠어."

아린이 묘한 표정을 한 채 답했다. 운전 중이던 지찬이 아린에게 물었다.

"회장이면, 예전에 너랑 한판 붙었던 걔 아냐?"

"……"

문혁이 시간을 확인했다. 30분도 남지 않았다. 지찬이 경적을 빵빵 울렸다. 길이 막히자, 지찬이 인상을 찡그리며 핸들을 꺾었다. 차가 덜컹 흔들렸다. 지찬이 숨을 깊게 내쉬었다.

"딱지를 떼든 말든 난 모르겠다. 어차피 아빠 차고."

주리가 지찬의 기운을 북돋웠다.

"이게 험선클이지. 아저씨 빨리!"

지찬이 액셀을 밟았다. 차들을 이리저리 피하며 집중해 운전했다. 문혁은 갑자기 어지럼증을 느꼈다. 문혁의 상태를 본 아린이 놀라 물었다.

"왜…… 왜 그래?"

"그냥 두통."

"야…… 나 무서우니까……"

아린이 말을 잇지 못했다. 문혁이 미소 지으며 고개를 끄덕였다. 차가 다시 덜컹거렸다.

"……거의 다 왔어."

지찬의 말에 문혁과 아린이 앞을 바라보았다. 건물이

보였고, 건물에 들어서는 많은 사람이 보였다. 추모식이 열리는 곳이다. 지찬이 급커브를 돌며 그대로 건물 외부에 주차했다. 먼저 내린 지찬이 문혁이 앉아 있는 뒷좌석 문을 열었다. 두통이 계속 몰려오고 있었다.

"괜찮아?"

"……괜찮아요. 일단 이벤트를……."

연기와 관련된 이벤트가 있는지를 확인해야 했다. 선데이 클럽 멤버들은 건물을 향해 뛰기 시작했다. 지찬이 문혁을 부축하려 했지만, 문혁이 거부하며 지찬과 아린에게 말했다.

"……전 괜찮아요."

"……아니 지금 상태가 좀……."

문혁이 그런 지찬의 등을 밀었다. 아린이 돌아보자 문혁이 고개를 흔들며 얼른 가라고 손짓했다. 아린이 눈물을 닦으며 힘을 내어 뛰었다. 지찬과 아린의 모습이 사라지는 동안 문혁의 두통은 더 심해졌다. 연모와 주리에게도 얼른 가라는 손짓을 보냈다. 걱정하는 눈길로 문혁을 바라본 연모와 주리가 뛰었다. 문혁이 조금씩 속도를 줄였다. 가슴이 뛰기 시작했다. 마치 술에 취했을 때의 느낌과도 비슷했다. 빠르게 뛰는 맥박과 뜨거워지는 얼굴. 이제는 천천히 걸었다. 건물 안으로 들어서면서부터, 심장이 미친 듯 요동치기 시작했다. 문혁이 가슴을 부여잡고 근처에 있는 좌석에 걸터앉았다. 숨을 쉬기가 힘들었다. 깊게 들이마시고 깊게 내쉬려고 노력했다. 정신 똑바로 차리자. 앉아 있는 사람들의 모습이 보였다. 하나같이 해바라기를 들고 있었다.

해바라기. 태양. 선. 선데이 클럽. 혐오스런 선데이 클럽.

아니야. 선데이 클럽 멤버들은 혐오스럽지 않아.

그러면 내가 가장 혐오하는 건 뭐지.

문혁이 천천히 숨을 들이켰다. 눈앞이 조금씩 흐려지기 시작했다.

*

대기실을 겨우 찾은 아린이 그대로 문을 박차고 들어섰다. 대기실에 있던 팬덤 회장이 놀라 비명을 질렀다. 들어온 이가 아린인 걸 확인한 회장의 표정이 구겨진 신문지처럼 바뀌었다.

"……박아린? 놀랐네. 그래도 선오 님 추모식은 챙기고 싶었나 봐?"

아린이 뚜벅뚜벅 걸어가 회장을 쳐다보았다. 회장이

움찔하며 뒤로 물러섰다.

"……소란 피우지 말자 오늘은?"

"추모식 일정표 보여 줘. 지금 당장."

아린의 요구에 회장이 눈살을 찌푸렸다. 회장이 아린을 싸늘한 눈초리로 보며 퉁명스럽게 말을 던졌다.

"내가 왜 네 말을 들어야 하는데?"

아린의 눈에 눈물이 맺히기 시작했다. 지찬이 뒤이어 들어오면서 아린에게 말했다.

"……서둘러야 해. 조금 있으면 시작한다."

"……제발…… 부탁할게."

아린의 목소리가 갈라졌다. 평소와 다른 모습에 회장이 당황한 표정으로 아린을 쳐다보았다. 아린이 허리를 숙였다.

"……부탁해."

잠깐 고민하던 회장이 한숨을 내쉬었다. 품에서 일정표를 꺼내 아린에게 건넸다.

"……진심이네. 그래도 한때 친구였으니 그 눈빛 기억하고 있어."

아린이 눈물을 닦으며 일정표를 받아 확인했다. 추모식 진행 순서를 보던 아린이 지찬을 돌아보며 다급하게 말했다.

"지찬 오빠, 여기! 바닥에 깔리는 연기 이벤트요!"

"이벤트 실행 시간은? 잠시만…… 선오 추모 영상이 끝나면서 시작이면……."

회장이 벽에 걸린 시계를 쳐다보더니 아린에게 한마디 던지며 대기실을 나섰다.

"추모식 시작은 선오 님 추모 영상부터야. 추모식을 망치지는 말아 줘. 선데이 클럽."

회장이 사라진 뒤 아린이 다리가 풀렸는지 풀썩 주저앉았다. 지찬이 얼른 일으켰다. 시간이 없었다. 이제 곧 추모 영상이 시작되고, 영상이 끝남과 동시에 포비아 연기가 모두를 중독시킬 예정이었다. 그리고 문혁의 상태도 좋지 않다. 지찬이 버럭 소리를 질렀다.

"멘탈 챙겨! 박아린! 선오 팬들 모두 죽게 내버려 둘 거야?"

지찬의 외침을 듣자마자 아린은 정신이 번쩍 들었다. 아린이 지찬의 어깨를 붙잡았다. 눈빛이 강렬하게 빛나고 있었다. 아린이 지찬을 노려보며 강한 어조로 물었다.

"……문혁이는 죽지 않아…… 맞지?"

"그래! 안 죽어! 문혁이가 왜 죽어!"

지찬의 목소리 끝이 떨리고 있었다. 울음을 억지로 참는 말투다. 아린이 다시 말했다.

"모두 살릴 거야. 우리 선데이 클럽에 후진은 없어."

지찬이 울먹이며 고개를 끄덕였다. 아린이 몸을 돌렸다. 그대로, 있는 힘껏 장치를 찾아 뛰기 시작했다. 지찬도 아린을 따라 달렸다.

오후 2시 정각. 팬덤 회장이 강당 중앙에 준비된 단상 앞에 서서 침울한 목소리로 말을 꺼냈다. 지켜보는 100여 명의 팬들 역시 조용히 회장의 말을 경청했다.

"그럼 우리 선오 님의 명복을 기리는 추모식을…… 시작하겠습니다. 준비된 추모 영상을 먼저 보시기 바랍니다."

여기저기서 흐느끼는 소리가 들렸다. 하나같이 해바라기를 품에 안고 스크린을 바라보고 있었다. 단 한 사람을 제외하고.

구석에 앉아 있던 문혁의 몸이 축 늘어졌다.

포비아 중독이 찾아왔다.

문혁이 혐오하는 것

어느새 강당 바닥에 주저앉고 말았다. 문혁이 힘겹게 눈을 떴다. 사람들의 울음소리가 문혁의 귓가를 맴돌았다. 일어서려 해 봤지만, 몸이 말을 듣지 않았다. 의자 다리를 붙잡고 거칠게 숨을 몰아쉬었다. 포비아 연기에 중독된 것이 지금 효과가 나타나고 있었다. 문혁이 중얼거리며 다시 일어나려 애썼다.

"……환각은…… 환각일 뿐이야……."

내가 가장 혐오하는 게 뭐지. 문혁은 계속 속으로 묻고 있었다. 왜냐하면, 문혁 자신도 몰랐기 때문이었다. 겨우 몸을 일으킨 문혁이 그대로 의자 등받이에 몸을 기댔다. 옆에도, 앞에도, 사람들이 울면서 뭔가를 보고 있었다. 문혁도 시선을 옮겼다. 커다란 스크린에 영상이 재생되고 있다. 시야가 흐릿해진 문혁이 눈을 마구 비볐다. 흐릿한 시야 너머로 보이는 건 바로, 선오의 얼굴이다.

"……선오야……."

선오의 추모 영상이 스크린 위에 펼쳐지는 중이다. 아역 배우 시절이 보인다. 저 때도 선오는 빛나고 있다. 예술고 시절 대표로 무대에서 연기하던 모습도 보인다. 언제나 대단한 사람이었어. 문혁이 엷은 미소를 지었다. 너처럼 재능 있는 사람을 만난 적이 없거든. 그래서 나는 아직도 너와 친구였다는 게 믿기지 않아.

그런데 우리 왜 이렇게 됐을까, 선오야.

가슴이 답답해졌다. 숨을 쉬기 힘들 정도였다. 문혁이 가슴에 손을 올렸다. 통증마저 느껴졌다. 선오의 배우 시절 모습이 보였다. 공연에서 노래를 부르는 모습도 보였다. 고등학교 이후 모습들은 낯설지만 그래도 여전히 빛나고 있다. 문혁의 머릿속에 여러 가지 생각들이 겹쳐 돌고 있었다. 결국 이 모든 건 문혁이 선택한 결과였다. 선오의 연락을 피하고 일부러 거리를 두고. 왜 그랬을까. 자문해 봐도 답은 알 수 없었다. 지금도 모르는 상태다. 환하게 웃는 선오의 얼굴이 스크린에 가득 들어찼다. 문혁이 천천히 선오의 얼굴을 향해 손을 뻗어 보았다.

"……나…… 왜 그랬을까."

사실은 너무 보고 싶었다. 만나고 싶었다. 선오는 어땠을까. 선오도 나를 보고 싶었을까. 서서히 눈앞이 어두워졌다. 문혁의 손이 힘없이 떨어졌다.

어둠이 찾아왔다.

문혁이 눈을 번쩍 떴다. 아까와는 달리 몸이 가뿐해졌다. 문혁이 벌떡 일어나 주위를 살폈다. 그 많던 사람들이 모두 사라지고 없었다. 강당도, 좌석도, 스크린도 모두 사라지고 없었다. 문혁이 우두커니 서서 바닥을 내려다보았다. 온통 검었다. 그림자다. 그림자 무덤이다. 문혁은 바로 짐작했다. 포비아의 환각이 시작되고 있었다. 문혁이 그대로 쭈그려 앉아 머리를 부여잡았다. 선데이 클럽 멤버들이 떠올랐다. 똑똑한 연모와 당찬 주리와 듬직한 지찬과 그리고…… 다정한 아린이. 너무 어두워. 문혁이 중얼거렸다. 여기는 너무 어둡다고. 두려워. 두려워 미칠 것만 같아. 이제 눈앞에 나타나겠지.

내가 가장 혐오하는 것이.

문혁이 고개를 들었다. 저만치 그림자가 서 있는 게 보였다. 문혁이 일어서서 그림자를 쳐다보았다. 우두커니 서 있는 그림자의 모습은 왠지 안쓰럽게도 보였다. 자기도 모르게 문혁이 그림자를 향해 걸음을 옮겼다. 하나둘 걸음을 옮길 때마다 공간을 채운 어둠은 점점 짙어지고 있었다. 조금씩 다가가 결국 그림자와 가까워졌다. 문혁이 멈춰 섰다. 돌아선 그림자의 등을 보며 문혁은 가슴이 떨려 옴을 느꼈다. 익숙한 등이다.

그림자는 바로, 선오였다.

문혁의 입술이 떨렸다. 그럴 리가 없었다. 가장 혐오하는 게 선오일 리가 없었다. 문혁이 멍하니 서서 뒤돌아선 그림자를 쳐다보았다. 심장이 두근거렸다. 문혁이 천천히 입을 열었다. 작고 떨리는 목소리가 문혁의 입에서 흘러나왔다.

"이선오……?"

그림자는 대답하지 않았다. 문혁이 다시 입을 열려다
가, 선오를 덮고 있는 그림자를 보며 뭔가를 떠올렸다.
빛이 없었다. 빛나는 선오를 덮고 있는 어둠과 그림자.
그제야 문혁은 알 수 있었다. 가장 혐오하는 건 선오가
아니야. 선오의 빛을 가리는 이 그림자야. 이 그림자가
뭘 뜻하는지 문혁은 뒤늦게 깨달았다.

그림자는 바로, 문혁 자신이었다.

선오가 천천히 고개를 돌렸다.

그리고 선오와의 마지막이 떠올랐다.

*

연출부 졸업 작품 중 무대에 올릴 최종 후보로 두 작
품이 선정되었다. 문혁의 극본인 〈오필리어〉도 최종 후
보 중 하나였다. 이제 마지막 심사를 거쳐 선택된 작품
이 졸업식을 대표하는 무대에서 공연을 선보이게 된다.
졸업 무대는 엄청난 인기를 자랑했다. 수많은 업계 관
계자들이 참관하고 스카우트 후보를 점찍는다. 앞길이
탄탄대로가 되는 것이다. 문혁의 극본이 최종 후보로

선정되었다는 소식을 듣자마자 누구보다 기뻐해 준 건 역시 아린과 선오였다.

"야 완전 대박이잖아! 역시 될 줄 알았어!"

"문혁아…… 말했잖아. 이 작품이 내 운명적인 작품일 거라고."

아린과 선오가 기뻐하는 걸 보며 문혁 역시 희미한 미소를 지었다. 하지만 마음은 그렇지 않았다. 선오에게 열등감을 느끼게 된 순간부터, 문혁은 〈오필리어〉가 온전한 자신의 작품일까 하는 회의감에 빠져 있었다. 선오의 조언대로 수정하고, 선오의 조언대로 1인 2역으로 변경하고 등록했다. 선오의 의견은 정확했다. 그 결과가 바로 최종 후보 선정이었다. 문혁이 원래 구상했던 부분을 밀고 갔다면 선정될 수 있었을까. 처음에는 자신이 있었지만, 지금은 달랐다. 이제 모든 게 뭐가 뭔지 알 수 없게 되어 버렸다. 〈오필리어〉는 선오에게 영감을 받아 선오를 떠올리며 쓴 극본이 맞지만, 그래서 결국 재능의 한계를 깨달아 버렸다. 문혁은 속으로 계속 곱씹고 있었다. 나는 재능이 없어. 그 생각은 점점 여러 가지 의문을 만들었다. 그중에는 차마 생각조차 하기 싫은 내용도 있었다.

"나 진짜 완벽하게 연기할게. 내 의견 받아 준 것도

정말 고맙고…… 그래서 더욱 널 실망시키기 싫어."

"……그냥 평소처럼 해도 돼."

문혁의 딱딱한 말투에 항상 웃는 얼굴이던 선오가 모처럼 진지한 표정으로 말했다.

"무슨 소리야? 절대 안 돼. 이건 우리 작품이잖아."

"……."

선오는 정말로 심혈을 기울여 준비하고 있었다. 그 열정은 누가 봐도 대단했다. 하지만 문혁의 감정은 복잡했고 점점 의욕을 잃어 갔다. 자꾸만 의문이 떠올랐다. 생각하기 싫었지만, 의문이 머릿속을 떠나지 않았다. 결국은 선오 때문에 된 거야. 선오는 모두가 기대하는 대형 유망주이자 정해진 스타였다. 그런 선오가 〈오필리어〉 극본에 열정적으로 임하는 건 담당 교사들도 알고 있다. 어쩌면, 최종 후보로 선정된 것은 극본이 좋아서가 아니라 선오가 연기한다는 이유 때문일지도 모른다. 자꾸 이런 생각이 떠오르는 것 자체가 문혁은 견디기 힘들었다. 나 따위는 필요 없어.

최종 선택 발표가 하루 앞으로 다가왔다. 선오는 여전히 연기에 몰두했고, 그런 선오의 연기를 문혁이 모니터링 중이었다. 감정을 가라앉히기 위해 선오가 잠깐 연습을 멈추고 문혁의 곁에 앉았다. 숨을 몰아쉬며 선오가 문혁에게 물었다.

"괜찮은 거 같아?"

"……응."

"……그래."

얼마 전부터 차가워진 문혁의 태도를 선오는 계속 신경 쓰고 있었다. 선오가 문혁을 조심스레 바라보았다. 문혁의 무표정한 얼굴을 보며 시선을 돌려 바닥으로 향했다. 왜 그러는지 묻고 싶었지만, 용기가 나지 않았다. 침묵이 지속됐다. 선오가 한숨을 내쉬더니 가만히 입을 열었다.

"나…… 왜 연기하게 됐는지 저번에 말했었지?"

선오가 연기를 시작하게 된 계기. 문혁이 선오의 말에 답했다.

"……네 길을 가고 싶다고 했잖아."

선오가 문혁의 눈을 바라보며 담담한 목소리로 말을 이었다.

"우리 아버지…… 내게 거는 기대가 크셨어. 이미 내가 가야 할 길을 모두 정해 놓고 그대로 움직이길 바라셨지. 아버지의 계획으로는 스무 살의 나는 완벽한 아들이 되어 있어야 해…… 이제 1년 남았고…… 계속 숨이 막히더라고. 새엄마는 잘해 주셨지만, 어차피 아버지의 조력자일 뿐이고. 이곳에 입학한 것도 다 아버지의 뜻이었지…… 오고 싶어서 온 게 아닌데…… 그랬는데 널 만난 거야. 있는 그대로의 내 길을 걸어가라는 듯…… 나를 봐 주는 너를."

선오는 용기를 내어 말한 게 분명했고, 문혁도 잘 알고 있었다.

하지만 문혁의 머릿속은 부정적인 감정으로 가득했다. 그저 부잣집 도련님의 투정에 불과하다는 생각이, 문혁의 열등감을 더 끌어 올리고 있었다. 선오를 보는 문혁의 눈빛은 여전히 변화가 없었다. 문혁의 심드렁한 표정을 본 선오가 머쓱해졌는지 입을 닫았다. 선오가 문혁을 보며 애써 밝은 표정을 유지했다.

"나만 너무 떠들었네. 연습하자 이제."

"……."

그때, 아린이 상기된 얼굴로 달려오는 게 보였다. 무대 위에 앉아 있는 둘 앞으로 헐레벌떡 뛰어온 아린이 멈춰 서서 숨을 몰아쉬었다. 문혁이 그런 아린을 쳐다보았다. 아린의 시선은 선오에게 가 있었다. 선오와 관련된 일로 보였다. 아린이 흥분한 목소리로 말했다.

"……하아…… 하아…… 나 방금 소문 들었는데 선오 너…… 드디어 하게 된 거야?"

선오가 의아한 표정으로 아린을 바라보았다. 아린이 선오의 팔을 덥석 잡으며 외쳤다.

"네 꿈! 네가 꿈을 꾸게 만든 이준열 배우랑 같이 연기한다며!"

선오가 희미한 미소를 지었다. 덤덤한 선오를 보며 아린이 이상한지 고개를 갸웃거렸다.

"얘 반응이 왜 이래?"

"······아니 그냥······."

선오가 말을 얼버무리자, 아린이 문혁을 향해 고개를 돌렸다.

"봐 봐! 선오가 영화에 출연한대! 그것도 선오 롤 모델인 이준열 배우랑! 대박이지? 아버지와 아들 역할로 투 톱 주연이래!"

문혁의 가슴이 다시 답답해졌다. 기쁨에 찬 아린의 목소리와 반응에도 선오는 덤덤함을 유지했다. 당연하다는 표정이네. 열등감이 다시 올라오고 있었다. 의도와는 달리 문혁의 입에서 축하보다는 억지스러운 말투가 흘러나왔다.

"······꿈을 이뤄서 좋겠네."

선오가 문혁을 보며 머쓱한 표정을 지었다. 뭔가 말하고 싶은 게 있는 눈빛이었다.

"……제안은 왔지만…… 거절했어."

문혁과 아린 모두 놀라 선오를 바라보았다. 선오가 머뭇거리다가 다시 입을 열었다.

"……캐스팅을 수락하면 해외 로케이션 촬영이 있어서 바로 떠나야 해. 그러면…… 〈오필리어〉 무대에 설 수 없어. 아쉽지만…… 정중하게 거절했어. 난…… 우리 〈오필리어〉를 완성하는 게 더 중요하다고 생각했거든."

선오는 꿈을 이룰 기회를 버리고, 〈오필리어〉를 선택했다.

문혁은 충격을 받았다. 전혀 생각지도 못했다. 선오가 꿈을 포기한 건 아니다. 언젠가는 그 꿈을 이룰 것이다. 하지만 누구라도 눈앞에 꿈이 다가왔다면 바로 잡고 놓지 않을 것이다. 선오는 그 기회를 뒤로 미뤘다. 〈오필리어〉를 위해서. 단지 극본 〈오필리어〉가 아닌, 우리의 오필리어를 위해서.

선오를 보며 그동안 생각했던 불편한 감정이 떠올랐다. 선오의 의도와는 상관없이, 혼자 열등감에 빠지고 회의감에 빠지고 자괴감에 빠졌다. 그런데 선오는 문혁의 속내도 모르면서 꿈을 이룰 기회를 멀리 보냈다. 문혁 혼자 제멋대로 무너지고 있는 동안, 선오는 어떻게든 〈오필리어〉를 놓지 않으려 했다. 문혁은 알 수 있었다. 선오가 놓고 싶지 않은 건 바로.

……너를 만나길 잘했어. 종종 그런 생각이 들어.

그제야 계속 복잡하게 느꼈던 감정이 뭔지 알 수 있었다. 선오를 보며 재능에 대한 회의를 느꼈다. 하지만 그러면서도 자신을 바라봐 주고 함께하는 선오에게 고마움을 느꼈다. 중첩된 두 감정은 문혁을 힘들게 했다. 그렇게 두통이 시작됐었다. 혹시 어쩌면, 선오에 대한 고마움은 선오를 배경으로 성공하려는 무의식의 욕망이 아닐까. 〈오필리어〉는 어차피 문혁이 아닌 선오의 극본이라며 투덜거렸어도, 결국 선오를 통해 〈오필리어〉가 최종 극본으로 선정되어 졸업식 무대를 빛낼 기회를 얻길 내심 원했던 것은 아닐까.

문혁은 자신에게 경악했다. 선오가 가장 경멸했던 이들과 별반 다를 게 없다. 나는 꿈을 이룰 기회를 버릴 수 있을까. 문혁의 가슴이 두근거렸다. 선오같이 선택할 수 있을까. 모르겠어. 극심한 두통의 원인을 알았다.

문혁은 자신이 너무나 혐오스러웠다.

선오를 이용하려 했을지도 모른다는 게 너무 혐오스러웠던 거다.

안 돼. 속으로 비명을 질렀다. 알았으면 바꿔. 선오를 이용할 수는 없다. 그럼 나 자신을 용서할 수가 없어. 지금이라도 선오를 위한 선택을 해야 한다. 선오의 꿈을 이루게 해 주는 것이 제일 나은 선택이야. 문혁은 비참했다. 선오의 순수함을 이용하려 했던 자신이 너무 비참했다. 아무것도 모르고 환히 웃는 선오의 빛을 더럽고 혐오스런 자신의 그림자로 덮기는 싫었다.

문혁은 결심했다. 선오를 위해, 꿈을 포기하기로.

문혁이 가만히 선오를 쳐다보았다. 최대한 냉랭한 분위기를 유지한 채로 툭 말을 내던졌다.

"……역시 너는 다른 세계 사람이었네."

옥상에서의 추억을 떠올리며, 문혁은 아랫입술을 지그시 깨물었다. 선오의 눈빛이 흔들렸다. 선오의 눈빛을 본 문혁의 마음이 시려 왔다.

"그런 좋은 기회를 쉽게 포기하는 거…… 자기기만이야."

선오의 표정이 서서히 창백해져 갔다.

"아니…… 난…… 너랑 하는 게 좋은 거야……."

문혁은 울고 싶었다. 하지만 여기서 확실히 끊어야 했다. 그래야 선오도 꿈을 잡을 것이고, 선오를 이용하려 한 자신의 정체를 영영 알지 못하게 될 것이다. 나는 너를 이용하려 한 쓰레기야. 친구도 아니야. 너무나 혐오스러워. 나 자신이 너무나도 비참해. 문혁이 매몰찬 말투로 답했다.

"나는 불편했어."

"……왜……."

"너와 있으면 열등감을 느꼈거든. 나한테 재능이 없
다는 걸 알았어. 그러니 그만하자."

아린이 벌벌 떨며 둘을 지켜보고 있었다. 아무 말도
못 하고 그저 서 있을 뿐이었다. 선오가 입을 벙긋거리
다가, 겨우 말을 꺼냈다.

"……방금…… 뭐라고…… 그만하자고?"

"늦었지만 다른 배우를 구하면 돼. 그동안 고마웠다."

선오가 충격을 받았는지 아린을 돌아보았다. 방금 들
은 문혁의 말이 믿기지 않는다는 표정이었다. 아린이
눈물을 주룩 흘렸다. 다시 문혁에게 시선을 돌린 선오
가 천천히 말했다.

"우리가…… 여기까지야?"

문혁의 눈을 보며, 선오가 모든 걸 내려놓은 사람처
럼 작은 한숨을 내쉬었다.

문혁이 무표정한 얼굴로 말을 던졌다.

"여기까지인 것 같네."

문혁의 목소리는 차가웠다. 그런 문혁의 표정을 선오
는 가만히 지켜보았다. 선오가 두 눈을 깜박였다. 문혁

이 선오의 시선을 피해 고개를 돌렸다. 선오의 눈을 보는 순간, 자신도 눈물이 날 것 같았으니까. 그런 문혁의 귓가에, 부드러운 봄바람 같은 목소리가 스며들었다.

"……알겠어."

깨문 입술이 아팠다. 문혁이 힘겹게 고개를 돌렸다. 용기를 내 본 것이다. 그렇게 선오와 시선이 마주쳤다. 언제나처럼 따뜻한 눈빛이었다. 하지만 약간 달랐다. 선오의 눈빛은 항상 빛나고 있었지만, 지금은 달랐다. 희미하다. 그래. 문혁은 생각했다. 희미해졌다. 언제나 빛나던 그 빛은, 서서히 탁해지며 그림자를 찾아 웅크리고 있었다. 잠깐 문혁을 바라보던 선오가 말없이 몸을 돌렸다. 문혁이 손을 내밀었다. 자기도 모르게 이어진 행동이었다. 다행히, 선오는 보지 못했다. 문혁이 얼른 내민 손을 다시 내렸다. 그만두자. 이제는 끝났다. 예상했지만 너무 가슴이 아팠다. 이렇게 끝나는 건 싫다. 하지만. 어쩔 수 없어. 문혁의 공허한 시선이 멀어져 가는 선오의 뒷모습을 따라갔다. 선오가 멀어지고 있었다. 이제는 아까처럼 다시 잡을 수도 없이, 멀어져 버렸다. 뛰어가면 한달음에 다다를 거리지만, 그럴 수 없다는 걸 문혁은 잘 알고 있었다. 끝났어. 이 거리는 좁힐 수 없어. 울고 있던 아린이 서둘러 선오를 쫓아갔다. 잠깐 뒤를 돌아 문혁을 바라보던 아린은 눈물을 닦으며 다시 선오를 향해 뛰었다.

내가 전부 망쳤어.

문혁이 애써 기분을 다스리려고 했다. 어차피 안 돼. 이게 현실이야.

주저앉은 문혁이 떨리는 손을 맞잡고 중얼거렸다.

그냥 꿈이었다. 꿈을 꾸었다고 생각하자. 꿈은 결국 깰 수밖에 없으니까.

*

마지막을 떠올린 문혁이 그대로 환각 속 선오의 그림 자에 더 가까이 다가갔다. 선오의 얼굴을 보고 싶어서 등을 돌린 선오의 앞으로 걸음을 옮겼다. 선오의 앞에 선 문혁이 나지막이 선오를 다시 불러 봤다. 선오가 고 개를 들었다. 여전히 대답은 없었지만, 〈오필리어〉를 함 께 연습하던 당시 모습 그대로였다. 그리고 마지막으로 본 희미한 눈빛. 포비아는 가장 혐오하는 것을 문혁에 게 보여 주었다. 이 그림자 모두가 문혁이었고, 선오를 이용하려 한 문혁의 욕망이었다. 문혁이 멍한 눈빛으로 슬픈 표정을 짓고 있는 선오를 바라보았다. 나를 용서

해 줘. 문혁이 작게 중얼거렸다. 미안해.

"……널 아프게 해서 미안해."

너를 질투했었어. 열등감도 들었고. 너를 보며 나는 재능이 없다고도 생각했어. 그래도 선오 네가 좋았어. 그래서 이런 나를 더 용서할 수 없었어. 나는 너를 이용하려고 했어. 그런 나 자신이 너무 혐오스러웠어. 그리고 제일 두려웠던 건, 이런 내 본심을 선오 네가 알게 되면 나를 얼마나 혐오할까 하는 거였어.

"……선오야…… 그때 그냥 솔직하게 다 말했더라면…… 어땠을까?"

그 눈빛을 잊을 수가 없어. 내가 네게 상처를 줬어. 미안해서, 그리고 두려워서 연락하지 못했어. 너는 나를 어떤 사람으로 기억했을까. 오필리어에게 상처를 주며 떠나보낸 햄릿처럼 생각했을까. 그렇다면 다행이야. 그래도 나를 잊지는 않았다는 말이니까. 어떻게든 우리의 추억을 기억해 준다면 더 바랄 게 없어. 하지만…….

7년이나 참았던 감정이 복받친 문혁이 그대로 어린 아이처럼 울음을 터트렸다.

"아니…… 선오야 나는…… 진심이 아니었어…… 나는…… 진짜 너무 연락하고 싶었어…… 보고 싶었어…… 그런데 지금 너는 없어……."

문혁이 주저앉으며 눈물을 흘렸다. 선오를 올려다보며 흐느꼈다.

다시 돌아가고 싶어.

그때, 선오가 보낸 메일이 떠올랐다.

여전히 외우고 있어. 네가 써 준 모든 대사를.

그건 〈오필리어〉의 대사를 말하는 거였다. 선오도 문혁을 그리워했다. 문혁의 기억들이 연결되고 있었다. 문혁도 햄릿처럼, 선오에게 상처를 주었다. 하지만 선오는 문혁이 써 준 모든 대사를 여전히 외우고 있다고 말했다. 〈오필리어〉 연습을 함께 할 때, 선오가 했던 말이 떠올랐다.

오필리어는 햄릿을 원망하지 않을 거라고. 고마워했을 거라고.

……오히려 자유롭기 위해 스스로 죽음을 택한 거라면 어떨까? 어차피 아버지와 오빠와 가문의 영향 안에서 맴돌기만 했을 텐데. 햄릿을 만나지 않았다면.

문혁의 귓가에 선오의 목소리가 들렸다. 서 있던 선오가 천천히 입을 열더니 〈오필리어〉의 대사를 읊고 있었다. 선오를 덮었던 어두운 그림자가 서서히 걷혀 가고 있었다.

연인이여, 왜 나를 버렸습니까. 모두 가져가세요. 사

랑을 알려 주고 다시 뺏어 가겠다면 제발, 모두 가져가
줘. 하지만 그럴 일은 없겠지. 내 죽음으로 인해 나를 기
억할 거야. 사랑해요. 그대도 나를 사랑했다고 믿을 테
니, 그렇게 다음 생애에, 다시 사랑해요.

선오에게 문혁은 특별한 존재였다. 자신을 돈으로 보
지 않는 사람. 사람으로 봐 주는 사람. 같은 세계를 이해
해 주는 사람. 그리웠던 것이다. 문혁처럼 그때를 추억
하고, 후회하면서. 선오의 매니저가 한 말이 문득 떠올
랐다. 어쩌면 선오는 매니저를 보며 문혁을 투영했을지
도 모른다. 믿을 수 있는 존재가 필요했고, 속내를 털어
놓으며 편하게 지낼 존재를 원해서. 하지만 그런 매니
저조차 결국 돈 문제로 자신을 떠난다고 통보했다. 또
버림받았다고 생각한 선오는 다시는 이 상처를 겪고 싶
지 않다는 고통을 느꼈다.

그렇게 선오는 결국, 오필리어와 같은 선택을 한 것
이다.

문혁은 오해하고 있었다. 선오를 이용하려 했다는 생
각에 자신을 혐오하고 있었지만, 진실이 아니었다. 선
오를 이용하려 한 적은 없었다. 선오가 자신의 꿈을 이
룰 기회를 버리고 문혁의 〈오필리어〉를 선택한 그 순
간, 문혁은 혼란에 빠졌던 거다. 선오가 자신을 선택해

줬다는 기쁨이 믿기지 않아 일부러 만들어 낸 어둠이었다. 문혁의 마음속에는 이미 선오라는 존재가 깊숙이 들어와 있었다. 문혁은 모든 걸 깨달았다. 선오의 감정과, 선오에 대한 자신의 감정을.

그렇게, 문혁에게 가장 혐오스럽던 것이 서서히 걷혀 갔다.

선오가 미소를 지었다. 문혁이 그대로 팔을 뻗었다. 그때는 미처 선오의 등을 붙잡지 못했었다. 이제야 선오를 잡을 수 있었다. 문혁이 선오의 손을 잡았다. 처음 만났을 때, 선오가 문혁의 손을 잡으며 따뜻하다고 말하던 목소리가 생각났다. 선오의 손이 더 따뜻했었다. 그때는 몰랐지만, 지금은 말할 수 있었다. 언제라도 항상. 문혁은 희미해져 가던 선오의 목소리를 들었다.

극본? 아! 그럼 연출반이구나! 이야, 인연이네.

그런데 안 추위? 공연실 처음 온 거 아니야? 여기 항상 추워서 우리도 맨날 고생인데. 네 손은 되게 따뜻하다.

선오와의 추억들이었다.

내가 이대로 난간을 넘어 뛰어내리면, 나한테 관심을 주던 사람들은 어떤 생각을 할까? 기억은 해 줄까?

……이상한 소리 하지 말고 이리로 와.

목소리가 점점 멀어질수록, 문혁은 느낄 수 있었다.

포비아의 환각이 풀리고 있었다.

칭찬이냐?

아니. 감사의 표시야.

…….

……너를 만나길 잘했어. 종종 그런 생각이 들어.

문혁은 고개를 저었다. 너를 만나서 다행인 건 바로 나야.

……오히려 자유롭기 위해 스스로 죽음을 택한 거라면 어떨까? 어차피 아버지와 오빠와 가문의 영향 안에서 맴돌기만 했을 텐데. 햄릿을 만나지 않았다면.

……그게 무슨 소리야 지금.

나는 그렇게 생각해. 햄릿이 사랑을 알려 줬고, 오필리어는 거기서 자유를 느낀 거지. 감정도 속박이 있어. 사랑은 그 속박을 풀어. 그대로 표현하게 해 주지.

가슴의 답답함은 이제 사라졌다. 눈가에 눈물이 맺힌 채로 문혁이 미소를 지었다.

오필리어여. 나는…….

저를 사랑하나요?

나는…….

저를 사랑했었나요?

당연히. 내 사랑은 언제나 당신이었소.

포비아 환각이 풀린 문혁의 눈앞에 보이는 건 추모식이 열린 강당 내 스크린이었다.

선오가 영상에서 읊고 있는 대사는 바로 〈오필리어〉의 대사였다. 예술고 시절에 연습할 때마다 모니터링하기 위해 종종 촬영했던 영상이었다. 선오는 소중히 보관하고 있었다. 환각 속에서 들은 대사도 선오가 스크린에서 말하던 목소리였다. 선오의 눈이 클로즈업되고 있었다. 문혁이 촬영하면서, 장난삼아 화면을 조정했었다. 선오의 눈을 보기만 해도 좋았다. 〈오필리어〉의 대사를 절절히 읊는 선오의 눈빛은 문혁을 향하고 있었다. 연기가 아닌, 진심 어린 눈빛이었다.

"네가 날 구했어."

포비아에서 문혁을 구한 것은 선오였다. 문혁이 일어섰다. 선오의 팬들이 눈물을 흘리며 다 같이 선오를 추모하고 있었다. 이번에는 문혁이 이들을 구할 차례였다. 문혁이 그대로 몸을 돌려 뛰었다. 몇몇 이들이 그런 문혁을 쳐다보았다.

선데이 클럽에
후진은 없다

아린과 지찬은 건물 내를 돌아다니며 포비아 기화장치를 찾고 있었다. 한시가 급했다. 건물 층수도 여러 개에 너무 넓었다. 추모 영상이 끝나는 시점에 바닥에 연기가 깔리는 이벤트가 시작된다. 영상이 언제 끝나는지도 모르는 상황에서 계속 돌아다닐 수도 없는 노릇이었다. 당황한 아린이 멈춰서더니 지찬을 보며 말했다.

"범위를 좁혀 보자."

"……고층은 제외하자고. 1층 강당에 연기를 뿌릴 거면 아무래도 1층 주변에 있지 않을까?"

지찬의 말을 들은 아린이 고개를 끄덕였다. 순간 아린의 스마트폰이 울렸다. 아린이 통화 버튼을 눌렀다.

"아린 누나! 여기 와이파이 터지길래 일단 건물 CCTV 전부 해킹했어요. 뭐 하면 될까요?"

연모의 목소리가 들렸다. 아린의 표정이 밝아졌다. 지찬이 그런 아린을 보며 의아해했다.

"연모가 여기 해킹했대!"

지찬이 환호를 지르며 외쳤다.

"장치! 장치! 이상한 장치가 보이는 곳 빨리!"

"잠시만요……. 수상한 사람들이 모여 있는 장소가 있네요. 지금 계신 곳이 2층 중앙쯤이니까 그대로 계단 타고 내려가서 좌측으로 가면 돼요."

"우리 보여?"

천장 구석에 있던 CCTV 카메라가 쓱 돌아가는 게 보였다. 지찬이 웃으며 엄지를 올렸다. 아린과 지찬이 그대로 계단으로 뛰었다. 연모가 알려 준 대로 달려가 보니, 덩치가 큰 사내 대여섯 명이 방의 입구를 지키고 서 있었다. 달리던 아린과 지찬이 우뚝 멈춰 섰다. 둘을 눈치챈 사내들이 서로 대화를 나누는가 싶더니, 방문을 두드렸다. 문이 열리며 초록색 후드티를 입은 이가 모습을 드러냈다. 레이였다.

"……그랬구나…… 배신했네. 니들이 불을 질렀어."

레이가 고개를 까닥거리며 사내들에게 지시를 내리자, 두 명이 천천히 아린과 지찬에게로 걸어왔다. 지찬이 주춤하며 어설프게 주먹을 들었다. 아린이 왼 다리로 바닥을 툭툭 찼다. 보고 있던 레이가 큰 소리로 말했다.

"저년 좀 차니까 조심해."

다가오던 사내 하나가 피식 웃었다. 그러더니 상체를 웅크려 접근하기 시작했다. 지찬이 아린에게 경고했다.

"저거 레슬링 태클 기술인데…… 잘못 찼다간 넘어져."

아린이 경계를 풀지 않으며 사내를 노려보았다. 사내가 눈을 치켜올리며 기회를 보다가, 그대로 달려들었다. 아린이 옆으로 몸을 틀며 걸어 올려 찼다. 턱을 정통으로 맞은 사내가 앞으로 고꾸라졌다. 하지만 뒤이어 달려드는 덩치를 막기에는 버거웠다. 일부러 미끼를 던진 것이다. 지찬이 막아 보려 했지만 너무 늦었다. 아린이 팔을 들어서 막으려 했다. 사내가 양팔을 내밀며 말했다.

"잡았……."

"잡기는 지랄!"

번개 같은 속도로 뻗은 주먹이 덩치의 턱을 후려쳤다. 덩치의 턱이 옆으로 돌아가며, 다리가 꼬였는지 비틀거리다가 픽 쓰러졌다. 아린의 어깨를 툭툭 치며 앞으로 나선 주리가 주먹을 어루만지며 목을 풀었다.

"야! 더러운 새끼 너 내가 죽빵 한번 갈기려고 했거든? 각오해라?"

아린이 활짝 웃으며 주리의 허리를 감쌌다. 주리가 아린을 보며 방긋 웃었다.

"아니 연모가 얼른 가 보래서요. 뭐 상황 졸라 급한 거 같다나? 그런데 레이 저 새끼가 여기 있네?"

"나…… 뭐 할까?"

지찬의 물음에 주리가 지찬을 쏘아보며 투덜거렸다.

"……아저씨는 거기서 그냥 지켜만 보셔."

말이 끝나기 무섭게 주리가 앞으로 달려갔다. 아린도 뒤따라 뛰었다. 레이가 후드를 벗으며 히죽 웃었다.

"씨발…… 그러면 내가 무서워할 거 같아?"

남은 사내들이 주리와 아린을 향해 달려들었다. 주리가 왼쪽으로 몸을 숙이며 스텝을 밟았다. 정확히 원투 펀치로 턱을 가격한 주리가 곧바로 다시 오른쪽으로 몸을 틀며 비틀거리는 사내를 툭 건드리자 사내가 그대로 쓰러졌다. 틈을 노리고 다른 사내가 휘두른 주먹이 주리를 노렸지만 아린이 그대로 주먹을 걷어찼다. 뒤로 물러선 사내의 복부에 주리가 주먹을 강하게 꽂아 넣었다.

"언니!"

주리의 외침에 아린이 슬쩍 뒤를 돌아보고 그대로 휙 돌아 공중 돌려차기를 날렸다. 제대로 맞은 사내의 몸이 옆으로 넘어졌다. 주리와 아린이 레이를 보며 천천히 다가갔다. 레이가 품에서 약병을 꺼냈다.

"와 봐. 오면 다 죽는 거야."

아린이 걸음을 멈췄다. 포비아 약병이 분명했다. 신경 쓰지 않고 나서려는 주리의 팔을 아린이 붙잡았다. 지찬의 얼굴이 사색이 되어 갔다. 레이가 약병을 이리저리 흔들었다. 아린을 쳐다보던 레이가 이를 드러내며 웃었다.

"그 새끼는 어찌 됐냐? 니 친구."

"······닥쳐."

"포비아 성공률은 백퍼야. 다들 죽어. 괜히 기대하지 말고. 응?"

"닥치라고······."

아린의 목소리가 떨리는 걸 들은 레이의 입꼬리가 올라갔다.

"이미 뒤졌나 봐?"

"누가?"

목소리를 들은 아린이 서둘러 고개를 돌렸다. 문혁이 그런 아린을 보며 미소를 던졌다. 아린의 눈이 동그랗게 커지더니 눈물이 맺히기 시작했다. 지찬이 얼른 다가와 문혁을 안으며 말했다.

"몸은······ 몸은 좀 어때?"

"괜찮습니다. 이제 아무렇지 않아요."

레이가 믿기지 않는다는 표정으로 입을 벌렸다. 그 틈을 놓치지 않고, 주리가 달려들어 레이의 얼굴을 그대로 후려쳤다. 레이의 얼굴이 팩 돌아가며 몸이 기울었다. 아린이 성큼성큼 뛰더니 공중 돌려차기로 그런 레이의 목을 차 버렸다. 꺽 하는 소리가 들렸다. 레이가 그대로 뒤로 자빠져 의식을 잃었다. 지찬이 멍하니 아린을 보다가 문혁에게 말했다.

"……난 뭐 꿔다 놓은 보릿자루네."

"……."

주리가 문을 벌컥 열었다. 모두 방 안으로 들어섰다. 나원일의 창고에서 봤던 그 장치가 보였다. 아린이 방 안을 살피더니 근처에 있던 의자를 들어 그대로 장치를 내리쳤다. 엄청난 소리와 함께 장치 본체가 갈라졌다. 멍하니 보고 있는 멤버들을 향해 아린이 의자를 들고 말했다.

"뭐 해 다들? 이거 빨리 부숴."

선데이 클럽 멤버들이 전부 의자를 들고 장치를 마구 내리쳤다. 장치를 부수며 문혁이 아린을 쳐다보았다. 눈물을 닦으며 웃는 아린의 얼굴이 보였다. 문혁이 아린에게 말했다.

"……고마워."

"뭐? 갑자기 뭐가? 너 아직 중독된 상태 아니야? 머리 괜찮은 거 확실해?"

아린이 씩 웃으며 머쓱해하는 문혁을 바라보았다. 장치가 부서지며 파편이 튀었다. 열심히 부수고 있는 선데이 클럽 멤버들 뒤로, 마침 이벤트를 위해 찾아온 팬덤 회장과 추모식 운영위원들이 나타났다. 바닥에 널브러진 사람들을 보며 의아해하던 회장과 위원들이 난리를 치고 있는 선데이 클럽 멤버들을 보며 경악을 금치 못했다.

"야! 박아린! 지금 뭐 하는 거야! 소란 피우지 말랬잖아!"

모두가 고개를 돌렸다. 지찬이 상황을 설명하려 했지만, 문혁이 제지했다. 괜한 사실을 알렸다가는 혼란스러워질 게 뻔했다. 아린도 마찬가지 생각이었다. 회장이 천천히 둘러보며 기가 막힌다는 말투로 말했다.

"……이야…… 그리고 보니 다 모였네 여기? 혐오스런 선데이 클럽이."

장치가 다 부서진 걸 확인한 아린이 그대로 의자를 바닥에 던졌다. 회장이 놀라 멈칫했다. 아린이 가만히 회장을 보며 입을 열었다.

"말 못 할 사정이 있어. 선오를 위한 거고…… 선데이들을 위한 거기도 하니까."

"……못 말리겠다 진짜…….."

아린의 기세에 눌린 회장이 운영위원들을 데리고 돌아가자, 멤버들이 서로 쳐다보며 환히 웃었다.

"······아, 숨차다 숨차······."

지찬이 만족했는지 숨을 헐떡이며 말하자 주리가 지찬을 흘겨보며 말을 꺼냈다.

"그러니까 아저씨도 운동해."

"······돈 없다."

"······우리 헬스장에 얘기해 볼게. 관장님 나 무지무지 애정하거든? 이참에 알바 하나 새로 해 봐."

주리가 미소를 지었다. 지찬도 마찬가지였다. 문혁 곁에 선 아린이 문혁의 팔을 꼭 쥐었다. 문혁이 살짝 고개를 돌려 아린을 바라보았다. 문혁이 살아 있는 것에 아린은 감사하고 있었다. 분위기가 너무 처질까 봐, 문혁이 평소에 안 하던 농담을 던졌다.

"근데 킥복싱 유단자라니. 반전인데?"

"······원래 돈 많으면 없던 취미도 생겨."

"대단하네."

아린이 그런 문혁의 팔을 더 세게 쥐었다. 주리가 몸을 돌리더니 문밖으로 나섰다.

"그 새끼 한 번 더 죽빵을······ 어? 없어요!"

주리의 말에 모두가 밖으로 나갔다. 쓰러져 있는 덩치들은 그대로였지만 레이의 모습은 사라지고 없었다. 문혁의 표정이 굳어졌다. 레이는 포비아를 소지하고 있었으니까. 미처 처리하지 못한 게 실수였다.

*

"자 이제…… 드디어 공연이 시작됩니다."

원일은 여전히 VVIP들에게 실시간 상황을 공유 중이
었다. 추모 영상이 끝나는 시점에, 바닥에 연기가 깔리
는 이벤트가 펼쳐진다. 그리고 그 연기는 포비아를 기
화한 100퍼센트의 확률을 자랑하는 자살 유도 약물이
다. 이제 이 강당에 있는 100여 명의 아이들은 모두, 저
마다의 공포를 보며 자살을 시도할 테다. 가장 혐오하
는 것이 가장 두려운 존재로 바뀌고 그렇게 죽음을 향
해 달아난다. 이선오를 기리는 추모식에서 이선오의 죽
음을 따라 집단 자살이 펼쳐진 베르테르 효과. 이 얼마
나 완벽한 계획인가.

─정말 모두 자살한다면 우리가 먼저 거래하겠네.

─어차피 순서 상관없이 돈만 많이 주면 되는 거 아
닌가.

─일단 상황부터 보고 결정하지.

추모 영상이 끝나가는 게 보였다. 원일이 심호흡을
하며 VVIP들에게 설명할 타이밍을 재기 시작했다. 이

제 포비아 기화장치가 등장하고, 연기가 깔리면. 영상이 끝나며 단상 앞으로 팬덤 회장이 걸어오는 게 보인다. 원일의 머릿속이 순간 굳어 버렸다. 뭐야?

—연기로 중독시킨다고 하지 않았나?

—이대로 끝나는데 순서를 헷갈린 건가.

—말이 다르잖아, 나 대표.

"아…… 잠시만 기다리시죠. 약간 착오가……."

원일이 눈살을 찌푸리며 장치가 있는 방을 확인하기 위해 CCTV를 조작했다. 아니 조작하려 했다.

"뭐야……."

건물 CCTV가 제대로 조작이 되지 않는다. 원일의 인상이 점점 구겨졌다.

"……이상한데."

문이 벌컥 열렸다. 원일이 뒤를 돌아보았다. 레이가 숨을 헐떡이고 있었다. 얼굴이 만신창이였다. 레이가 비틀비틀 걸어오며 말했다.

"……선데이 클럽이……."

선데이 클럽이라는 말을 듣는 순간, 원일은 모든 게 물거품이 됐다는 걸 직감했다. 원일이 주먹으로 탁자를 내리쳤다. 원일의 행동을 본 VVIP들이 저마다 한마디씩 하기 시작했다.

―뭔가 틀어졌군.

―기대가 컸는데.

―경고는 잊지 않았겠지.

보고 있던 원일의 입술이 실룩거렸다. 가면이 깨지려
하고 있었다. 폭발한 원일이 결국 참지 못하고 욕을 내
뱉으며 악을 썼다.

"왜! 씨발 왜! 그래서 뭐 어쩌라고! 어차피 포비아 제
조법은 나만 알아! 이 깡패 새끼들아!"

원일이 모니터를 잡더니 바닥으로 던져 버렸다. 모니
터가 박살 나며 파편이 튀었다. 원일이 곁에 있던 금속
케이스를 잡고 열었다. 케이스 안에는 포비아 약병들이
가득했다. 원일은 준비성이 철저해 여분의 포비아를 항
상 보관해 두고 있었고, 이는 탁월한 선택이었다. 금속
케이스를 챙기며, 원일이 낮은 목소리로 중얼거렸다.

"오합지졸이라 방심했어. 그냥 다 죽여 버렸어야 했
는데."

나가려는 원일의 팔을 레이가 붙잡았다. 돌아보는 원
일의 눈빛은 차가웠다. 레이가 그런 원일을 보며 애원
했다.

"……대표님…… 저도 데려가 주시면……."

원일이 레이의 팔을 매몰차게 뿌리쳤다. 휘청이는 레

이의 몸을 밀치며 원일이 입고 있던 정장 옷깃을 손으로 털었다.

"이제 너는 필요 없어."

레이의 눈빛이 흔들렸다. 레이가 무릎을 꿇더니 원일의 바짓가랑이를 붙잡았다.

"……전 대표님 아니면 갈 데 없어요…… 절 항상 구해 주셨잖아요……."

"나는 완전히 망가진 장난감을 고쳐 쓰는 사람이 아니야."

원일이 발을 들어 그대로 레이를 걷어찼다. 레이의 몸이 뒤로 쓰러졌다. 원일이 그런 레이를 내려다보며 서늘하게 말했다.

"약쟁이 새끼를 해외에서 데려와 먹여 주고 키워 줬더니…… 결국 너 때문에 모두 틀어진 거야."

레이가 서둘러 일어나 엎드렸지만, 원일은 개의치 않았다. 레이가 훌쩍이며 입을 열었다.

"……대표님…… 저는 대표님을 아버지라 생각했는데…… 그래서 어떤 명령이든……."

"미친 새끼. 넌 그냥 장난감이라고."

레이가 절망한 표정으로 원일을 쳐다보았다. 원일이 그런 레이를 비웃으며 말을 던졌다.

"참, 포비아를 발견한 건 네 덕분이니 그거 하나는 고맙다."

아악! 레이가 악을 쓰며 벌떡 일어나더니 품에서 포비아 약병을 꺼냈다. 번뜩이는 레이의 눈빛을 보며 원일이 혀를 끌끌 찼다. 레이가 절망적인 목소리로 말했다.

"저 버리지 마세요…… 버릴 거면 구해 주지도 말았어야지…… 못 가요!"

"그걸로 뭘 하려고?"

"……이렇게 된 바에 그냥…… 저랑 같이 가요 대표님…… 아니 아버지……."

레이가 그대로 원일에게 달려들었다. 그리고 포비아 약병을 안은 채 원일을 감쌌다. 포비아 약병이 깨지며, 약물이 레이와 원일의 몸에 흘러들었다. 원일이 레이를 밀어 냈다. 원일의 발에 걸어차인 레이가 뒤로 넘어지며 바닥에 굴렀다. 레이가 천장을 보며 미친 듯이 웃었다.

"……대표님…… 같이 가요…… 지옥으로."

원일이 살짝 눈살을 찌푸리며 레이를 내려다보았다. 정장 소매 먼지를 털어 낸 원일이 포비아가 묻은 셔츠를 바라보며 한숨을 내쉬었다. 아무렇지 않은 반응에 레이가 의아한 표정으로 원일을 올려다보았다. 원일이 셔츠를 매만지며 싸늘하게 말했다.

"······지금 네 가치는 이 셔츠보다도 못해."

"포····· 포비아에 중독이······."

원일이 경멸하는 표정으로 레이를 보다가 피식 웃었다. 쓰러진 레이 앞으로 다가와 쭈그리고 앉아 고개를 비스듬히 기울였다.

"레이야. 소시오패스라고 알아?"

원일이 레이의 머리칼을 잡더니 그대로 위로 치켜들었다. 레이의 눈빛이 흔들리고 있었다. 원일이 그런 레이의 뺨을 툭툭 쳤다. 원일의 입꼬리가 올라갔다.

"······여섯 살 때였나. 기억이 가물가물하네. 아무튼 그때쯤일 거야. 내가 소시오패스 판정을 받은 게."

그대로 잡고 있던 레이의 머리칼을 놓았다. 원일이 자리에서 일어서며 말했다.

"공포 같은 감정은 내게 없어."

레이의 동공이 흔들렸다. 원일이 포비아 약물이 묻은 부분을 손으로 닦아 내다가, 살짝 들어 그 냄새를 맡았다.

"확실히 무색무취가 맞네. 궁금했는데."

원일이 몸을 돌렸다. 레이가 찢어지는 듯한 비명을 내뱉었다. 원일이 인상을 찡그리며 무시하고 방을 나갔다.

건물에서 나온 원일이 서둘러 몰래 주차해 둔 차에

올라탔다. 시동을 걸며 조수석에 금속 케이스를 올려 두었다. 추모식이 진행 중인 건물을 떠나며 원일은 화가 치미는지 경적을 마구 울렸다. 저만치 넓은 도로가 보이기 시작했다. 원일이 입꼬리를 올렸다.

"……다시 시작하면 돼. 가지고 있는 포비아를 거래해서 다시 자금을 충당하면 된다. 그걸로 포비아를 또 만들면 된다고. 선데이 클럽? 하찮은 것들이 감히…… 나를 뭘로 보고…… 남은 시간 그나마 즐기라고. 돌아와서 모두 쳐죽여 버릴 테니깐."

그 순간, 원일의 얼굴에 유리 조각이 박혔다.

안전띠를 매지 않은 원일의 몸이 그대로 조수석 창문을 깨며 튕겨 나갔다.

빙글빙글 돌던 차량이 근처에 있던 전봇대를 들이받고 멈춰 섰다. 운전석 부분이 완전히 구겨진 상태였다. 멈춰 선 덤프트럭에서 누군가 내렸다. 온몸이 구겨진 채 피투성이가 되어 널브러진 원일의 시신을 본 남자가, 그대로 원일의 차로 다가갔다. 금속 케이스를 찾은 남자가 누군가에게 연락했다.

"……입수했습니다."

남자가 케이스를 챙기더니 주변을 살폈다. 인적이 드문지라 목격자는 없었다. 남자가 덤프트럭에 올라 그대로 출발했다.

원래라면 원일의 입이 있었을 위치에서 피가 흘러나
왔다.

원일의 시신은 완전히 부서진 장난감이나 마찬가지
였다.

작은 추모식

며칠이 흘렀다.

선오의 죽음은 결국 자살로 종결되었다.

그의 죽음에 대해 더는 파고들 것도 없었으므로, 선
데이 클럽 멤버들은 모두 검은색 옷을 입고 아지트에
모였다.

작업실 안 원형 테이블 한가운데 밝게 웃고 있는 선
오의 사진이 든 액자가 보였다. 아린이 쓸쓸한 목소리
로 입을 열었다.

"그럼 이제부터…… 선오의 추모식을 시작할게요."

선데이 클럽만의 선오를 위한, 작은 추모식이었다.
각자가 선오를 생각하며 들고 온 해바라기 꽃을 내려놓
았다. 처음은 연모였다. 연모가 훌쩍거리며 눈물을 닦

왔다.

"앞으로 변할게요. 더는 소심한 모습 안 보일게요. 선오 님처럼 항상 웃고요. 응원해 주세요."

연모가 눈물을 닦고 활짝 웃었다. 아린이 연모를 보며 미소를 지었다. 이미 모두가 잘 알 것이다. 다음은 주리였다. 주리가 힘없는 목소리로 선오의 사진을 보며 중얼거렸다.

"선오 님 노래 지금도 항상 들어요. 이제는 옛날처럼 막 흥분해서 달려들진 않아요. 그래도 계속 들을 거예요. 나를 이끌어 준 이정표였으니까요."

주리의 어깨가 들썩였다. 아린이 주리를 안으며 토닥거렸다. 주리가 물러나자, 연모가 주리의 손을 부드럽게 잡았다. 다음은 지찬의 차례였다. 지찬이 소주병을 선오의 사진 앞에 내려놓았다.

"선오야. 술 한잔 올린다. 형이 계속 생각했는데…… 네 덕분에 선데이 클럽 친구들 알게 됐고…… 나 다시 연기한다. 이번에 공연 하나 들어갔어…… 너한테 부끄럽지 않도록 나 진짜 열심히 할게. 지켜봐 줘."

지찬이 고개를 꾸벅 숙였다. 물러나는 지찬의 등을 아린이 부드럽게 쓰다듬었다. 아린이 문혁을 쳐다보았다. 문혁이 고개를 끄덕였다. 아린이 천천히 테이블로 다가와, 해바라기 꽃을 조심스레 내려놓았다. 선오의 사진을 보며 미소를 띠었다. 가만히 있던 아린이 활기차게 입을 열었다.

"선오야! 나 아린이야! 항상 우리 보면 하이 파이브 했잖아! 너 맨날 웃고. 어쩜 그리 항상 웃어? 그냥 넌 웃는 게 좋았던 거지. 네가 웃으니까 나도 웃고. 우리 문혁이 없을 때 한 대화들 기억나? 내가 문혁이보고 뭐라고 해도 넌 언제나 문혁이 편들어 줬어. 다 장난인 거 이미 알았던 거지? 우리…… 셋은…… 아…… 사실 정말…… 미안했어. 그때는 그랬어. 내가 끼어들어서 그랬다고 생각했어. 그래서 연락을 못 했고…… 난……."

아린의 목소리가 흔들리고 있었다. 모두가 그런 아린을 다정한 눈길로 바라보았다. 아린이 눈물을 흘리며 어떻게든 미소를 유지하려 애썼다.

"……너무 그리워…… 하지만 이제 알아. 내가 이러면 너도 싫어하는 거. 너는 누구보다 우리가 슬퍼하는 걸 싫어했잖아. 나랑 문혁이뿐만 아니라 너를 사랑하는 모든 사람…… 그래서 강단 있게 가려고. 이제라도 원래 내 모습 찾으려고 해. 7년이 지났네. 지금 보고 있지? 나, 잘 지내. 걱정하지 말고."

아린이 말을 멈추고 고개를 숙였다. 주리가 다가가

아린을 껴안았다. 마지막으로 문혁의 차례였다. 문혁이 다가와 해바라기 꽃을 내려놓더니, 준비한 다른 꽃을 같이 두었다. 로즈메리였다. 문혁이 말없이 선오의 사진을 바라보았다. 하고 싶은 말은 이게 전부였다. 로즈메리. 문혁이 미소를 지었다. 그대로 물러나는 문혁을 보며 주리가 궁금한지 물었다.

"문혁 씨…… 오빠는 왜 아무 말 없어요?"

"……딱히 할 말이 없네요."

로즈메리를 보며 아린이 의미심장한 미소를 지었다. 문혁이 물러나자, 아린이 곧바로 다가가 문혁의 귓가에 속삭였다.

"나 꽃말 다 알거든?"

"……이미 너도 알고 있는 거 알아."

"……그랬구나."

로즈메리의 꽃말은 변함없는 사랑. 아린과 문혁의 눈이 마주쳤다. 아린이 살짝 웃었다. 문혁 역시 시선을 피하지 않았다.

작은 추모식이 끝났다. 선데이 클럽 멤버 모두 작업실을 나와 환한 거실로 향했다. 지찬이 스마트폰을 꺼내며 모두에게 말했다.

"레이가 투신자살했다네?"

주리가 기가 찬다는 듯 지찬의 말을 받았다.

"……웃긴 게 뭔지 알아요? '베르테르 효과'래요."

레이의 시신은 선오의 추모식이 끝난 후 발견되었다. 사인은 투신자살로 확정되었다. 언론은 레이가 자살한 공간이 선오의 추모식 건물이라는 데 주목했다. '연예계에 환멸을 느끼고 떠난 이선오와 레이, 여전한 그들만의 아픔'. 선오의 죽음에 영향을 받아 레이 역시 자살을 선택했다고 추측한 것이다. 레이의 죽음은 자연스레 일루전 엔터테인먼트 대표인 나원일의 소재로도 이어졌다. '사라진 나원일 대표, 충격이 컸나'. 나원일의 행적은 밝혀지지 않았다. 실종 상태로 수사가 진행 중이다. 레이의 팬덤인 레이버스는 조만간 레이의 추모식을 열 계획이라고 밝혔다. 문혁은 이미 레이의 본색이 담긴 영상들을 전부 없애자고 했다. 선데이 클럽 모두가 동의했다. 팬들에게 좋은 추억만 남기기로. 레이의 본색을 아는 건 선데이 클럽 멤버들이면 족했다.

"아 참, 우리 사귀어요. 이제 3일 됐다."

주리의 뜬금포에 모두가 놀라 쳐다보았다. 연모가 얼굴이 빨개진 채 모두의 시선을 피했다. 주리가 연모의 손을 꼭 붙잡으며 잡아당겼다. 그 힘에 연모가 주리 곁으로 끌려갔다. 연모의 어깨를 감싼 주리가 웃으며 말했다.

"놀랐죠?"

"아니…… 연모 너…… 고수네……."

지찬의 말에 연모가 주뼛거리다가 지찬을 슬쩍 쳐다
보며 답했다.

"……주리가 먼저 고백했어요."

"뭐? 뭐?"

"아저씨…… 그런 이상한 반응 좀 그만하라니까?"

실은 연모보다 주리가 먼저 좋아하고 있었다고 한다.
연모의 똑똑함에 반했다나. 선데이 클럽 미션 해결을
계기로 주리의 마음에 연모가 강렬하게 박혔고, 연모
역시 주리를 짝사랑하던 중이라 결국 사귀게 되었다는
말. 멤버 모두가 둘을 축하해 주었다. 지찬이 웃으며 물
었다.

"첫 키스는 언제?"

"……미쳤나, 이 아저씨가……."

지찬은 소규모 연극 공연을 준비한다고 했다. 예전에
같이 공연했던 동료들에게 알음알음 물어 다시 연기를
시작할 계기를 찾았고, 배역이 빈 공연이 있어 합류한
거였다. 지찬이 머리를 긁적이며 문혁에게 말했다.

"……꿈…… 너무 늦지는 않았지?"

"그럼요."

"······마찬가지라 생각해."

의미심장한 지찬의 말에, 문혁은 미소를 지었다. 지찬이 손을 들어 휘휘 저었다. 주리가 기분이 좋은지 말을 꺼냈다.

"다 같이 모였는데, 맥주 한잔?"

지찬이 주리를 보며 웃었다. 연모가 슬쩍 손목시계를 보자 주리가 연모의 손목을 탁 치며 바짝 끌어안더니 귓가에 뭐라고 속삭였다. 얼굴이 빨개진 연모가 고개를 끄덕이는 게 보였다. 아린이 말을 꺼냈다.

"여전히 제가 쏩니다. 다들 지하 호프집으로!"

"역시 언니밖에 없어."

"선오야, 소주는 다 마셨냐? 이제 2차 가자! 형이랑!"

연모와 주리, 지찬이 떠들썩거리며 나갔다. 남은 건 문혁과 아린, 둘이었다. 아린이 문혁을 빤히 쳐다보다 입을 열었다.

"괜찮아?"

많은 의미가 함축된 물음이었다. 문혁이 손을 내밀었다. 아린이 잠깐 당황했다가, 내민 문혁의 손을 잡았다. 문혁이 웃으며 입을 열었다.

"예전처럼 돌아가고 싶어."

"나는……."

아린이 말을 하다가 멈추더니, 문혁의 눈을 보며 밝게 웃었다. 문혁이 좋았다. 처음부터 그랬다. 아린은 문혁이 좋았다. 하지만 절대, 말하지 않을 것이다. 아린이 밝은 목소리로 말했다.

"너한테 하고 싶은 말이 있었는데…… 까먹었어."

아린이 피식 웃었다.

"……멀어지는 거 정말 싫으니까. 다시는."

"걱정 마. 이제는."

아린이 몸을 돌렸다. 걸어 나가며 아린이 문혁에게 말했다.

"……늦으면 500잔으로 원샷이다?"

그렇게, 아린도 떠났다. 문혁이 가만히 서 있다가 몸을 돌렸다. 들고 온 가방을 찾았다. 항상 가지고 다니던 거였다. 극본 〈오필리어〉. 문혁이 극본을 꺼내 들었다. 스마트폰이 울렸다. 이미 문혁에게 연락을 시도한 횟수가 수십 번이다. 문혁이 그대로 스마트폰 전원을 꺼 버렸다. 다니던 회사에 대한 퇴사 요청은 이미 끝났다. 문혁은 다시 시작하고 싶었다. 꿈을 포기하지 않고. 천천히 〈오필리어〉 극본을 펼쳐 보았다. 오필리어의 대사 부분이었다. 문혁이 펜을 들어 고치기 시작했다. 포비아의 환각 속에서 선오의 목소리로 들었던 그 대사였다. 문혁이 전부 지우고 새로운 대사를 썼다. 극본을 보며, 문혁이 나지막이 읊조렸다.

비록 늦었지만 다시 돌아간다면 우리는 서로 사랑하며 빛을 내는 존재가 되어 함께할 거야. 다시 돌아갈 수 없으니까. 꿈이라도 조금 더 꾸고 싶어. 그때로 돌아가서 함께하는 꿈을. 다음 생에서도 우리는 같은 세계에 있자. 평범히 서로를 사랑하고 평범한 삶을 보낼 수 있도록.

문혁이 극본을 덮었다. 낡은 표지 위에, 오필리어라는 제목과 함께, 뭔가 지워진 자국이 보였다.

에필로그

1학년 때였다. 축제 같은 건 참석한 적도 구경한 적도 없었다. 하지만 문혁은 용기를 냈다. 무대를 보고 싶었다. 한참 연기하는 배우들을 보며, 문혁은 간만에 즐거운 미소를 지었다. 연극이 끝난 후 모두 떠났다. 문혁은 이 분위기를 놓치고 싶지 않았다. 남들 몰래 살며시 무대 뒤로 향했다. 연습실이 보였다. 축제 마무리인 이때에도 연습에 몰두하는 이들은 존재했다. 문혁이 들키지 않게 조심스레 연습실 안으로 들어섰다. 연습실이라고 해도 어차피 같은 무대를 공유한다. 연극이 저물면 그 무대를 이어 각자 기운을 받으며 열정을 쏟는 것이다. 문혁이 가만히 구석에 몸을 숨겼다. 들키면 안 된다. 누군가 무대 위에 올라와 심호흡했다. 문혁의 시선이 무대 위로 향했다. 혼자 연기 연습을 하는 걸 보며, 문혁은 감탄하며 가방을 뒤적였다. 가방에서 극본 하나를 꺼낸 문혁이 멍하니 무대에서 연습하는 이를 지켜보았다.

'어? 저거 〈햄릿〉 대사인데?'

문혁이 놀라며 극본을 쳐다보았다. 극본 뭉치의 맨 앞 장에 쓰인 제목은 바로 '햄릿'이었다. 문혁은 햄릿에 대한 극본을 쓰려 했었다. 사실 가장 대중적이고 유명한 게 햄릿이었으니. 문혁이 집중하며 무대를 보았다. 연기자는, 오필리어의 대사를 하고 있었다. 문혁의 눈이 동그랗게 커졌다. 무대 위에 선 연기자가 대사를 할 때마다, 문혁은 팔뚝부터 소름이 돋는 걸 느꼈다. 이런 게 진짜 연기구나. 대체 누구길래, 왜 이렇게까지 눈이 부실까.

연기자는 햄릿과 오필리어뿐만 아니라, 배역 대부분을 혼자 소화하고 있었다. 연습이니 아무도 보지 않지만, 아랑곳없이 열정을 다해 연기하고 있었다. 문혁의 가슴이 뛰었다. 너무나도 맑은 목소리와, 강렬한 연기와, 빛나는 미소.

연기자가 숨을 몰아쉬며 연기를 멈췄다. 주위를 둘러보던 연기자가 큰 소리로 웃으며 양팔을 번쩍 들었다. 행여 들킬까 봐 문혁이 몸을 숙였다.

"난 이선오다! 이선오야! 난 앞으로 무대에서 최고로

빛나는 사람이 될 거다!"

　문혁의 가슴이 두근거렸다. 이선오. 빛나는 사람. 선오가 무대 아래로 내려갔다. 문혁이 빼꼼히 고개를 들었다. 선오는 사라지고 없었다. 하지만 문혁은 처음으로 선오를 알게 되었다. 문혁이 다급히 극본을 잡고 펜을 들었다.

　"……이선오……."

　문혁이 중얼거리며 펜을 들고, 극본 표지를 수정했다.

　'햄릿'이라 쓰인 글자를 지우며, 문혁이 준비하던 극본 제목을 수정했다.

　'햄릿'이 아닌, '오필리어'로.

작가의 말

처음 구상했던 게 2019년쯤이라 작품이 나오기까지 꽤 오래 걸렸네요. 언젠가는, 언젠가는 하면서 놓지 않았던 게 좋은 결과로 돌아오게 되어 매우 기쁩니다.

초기 구상은 지금과 성격이 매우 달랐습니다. 호러 기반의 스릴러였어요. 핵심 소재인 '연예인의 의문사와 이를 추적하는 오합지졸 팬클럽 모임'은 같지만, 작품의 주제라든가 캐릭터 색깔 대부분은 정확히 '포비아'가 일으키는 공포에 맞춰져 있었죠. 호러 소설로 데뷔했고, 가장 잘하는 장르로 장편 분량의 이야기를 써 보자고 시작한 거니 어쩌면 당연할 수밖에요.

그렇게 오랜 기간 머릿속으로 구상만 하던 차에 안전가옥 빌런 공모전을 통해 스토리 PD님들을 뵙게 되었고, 재밌는 이야기가 없냐는 물음에 알려 드렸어요. 이번에는 진짜 제대로 써 보자 하는 생각이었죠.

그런데…… 말입니다……. 소재는 가져가되 플롯 전체를 바꿔 보지 않겠냐는 충격적(?)인 제안을 받게 됩니다. 저는 무조건 호러 스릴러로만 생각했었는데, 제가 이야기한 소재를 듣고 작품의 결을 제가 생각지도 못한 새로운 시각으로 보신 거예요.

이때 든 생각은 딱 두 가지였어요.

할 수 있을까와 한번 해 볼까.

제게는 큰 도전이었답니다. 적어도 이전에는 이런 분위기의 작품을 써 본 적이 없었으니까요. 그것도 장편 소설이라니! 덜덜 떨며 스토리 PD님들과 첫 미팅을 가지는 순간, 걱정과 흥미가 정확히 반대로 수치 변경이 돼 버렸어요. 많은 조언과 도움을 주셨거든요.

그렇게 이야기의 틀을 잡고…… 구조를 만들고…… 캐릭터를 잡아 가고…… 하루하루가 지날수록 저 자신도 작품이 어떻게 나올지 기대가 됐어요.

그리고 비로소, 이렇게, 오랜 시간을 거쳐 지금 작가의 말로 마무리를 하니 감회가 새롭습니다.

작품의 시작부터 끝까지 함께한 안전가옥의 쏘냐 PD님, 리즈 PD님, 카야 PD님께도 감사 인사를 드립니다. 전부 피가 되고 살이 되는 조언들이었어요!

선데이 클럽과 함께 달려 주신 독자분들께 깊은 감사를 전합니다.

여운이 남는 재미있는 작품으로 기억되기를 진심으로 바랍니다.

고맙습니다!

2023년 6월

엄성용

프로듀서의 말

엄성용 작가님을 처음 뵌 건 안전가옥 빌런 공모전에 당선된 단편 〈치킨 게임〉이라는 작품을 통해서였습니다. 〈치킨 게임〉의 미팅 날, 인간의 혐오감과 공포를 극대화해 접촉자를 죽이는 '포비아' 약물 소재를 들었을 때 무척 흥미로웠는데요. 포비아 소재 외에도 제 마음을 사로잡았던 건 다름 아닌 '주연 캐릭터들의 관계성'이었습니다. 그날 작가님께 포비아 약물에 얽혀 죽은 연예인과 그의 죽음을 파헤치는 팬클럽, 그리고 그 팬클럽 안에 죽은 연예인의 친구가 있다는 이야기를 들었을 때, 제겐 포비아보다 죽은 연예인과 그의 친구, 둘의 관계성에 대한 의문이 스멀스멀 피어났습니다. 내 친구가 톱스타이고, 그 친구가 죽었는데 '왜' 나는 그것을 파헤치려 들까? 프로듀싱을 마치고 보니 바로 이 의문이 소설 《혐오스런 선데이 클럽》의 시작점이었던 것 같네요.

이 의문에 작가님께서 오랜 시간 구상하셨던 '포비아' 약물이 장르적으로 붙기 시작하면서, 프로듀싱하는 저도 푹 빠져 작가님과 즐겁게 개발한 이야기였습니다. 현재 진행적인 포비아 약물 사건이 독자들의 피를 데운다면 과거에 있었던 문혁과 선오의 일들은 서늘하면서도 서정적인 텐션을 유지해서, 마지막 챕터까지 읽고 나면 긴 여운이 느껴질 수 있도록 작가님과 저를 비롯한 PD들이 매번 열정적으로 피드백을 주고받곤 했어요.

그 과정에서 문혁, 선오, 아린, 주리, 연모, 지찬이라는 개성 있고 매력적인 인물들이 탄생했습니다. 포비아 약물이라는 소재의 흥미로움을 따라가다 보면, 이들 개개인의 아픔이 드러나지만 결국에는 각각의 방식으로 극복합니다. 결국 누군가를 사랑했던 사람들이 모여 그 사랑에 보답하고자 개인의 난관을 헤쳐 나간 이야기라고 볼 수도 있겠네요. 사랑은 정말 많은 일을 할 수 있죠.

평소의 집필 스타일이 아닌, 여러모로 복합적인 어려운 장르물이었음에도 불구하고 끝까지 안전가옥의 프로듀싱을 믿고 따라와 주신 엄성용 작가님께 가장 큰 감사의 말씀을 전합니다.

이야기는 지면상 여기에서 끝났어도, 문혁과 선오가 독자분들의 상상을 자극하는 인물로 마음속에 남았기를 바랍니다. 또 이 작품이 한때는 무척 소중했던 여러분의 어떤 인연을 떠올리게 만드는 의미 깊은 이야기가 되었기를 바랍니다.

모두가 열정적으로 사랑했던 배우 이선오를 '선데이 클럽'과 함께 추모하며.

안전가옥 스토리 PD

임미나 드림

혐오스런 선데이 클럽

1판 1쇄 발행 2023년 6월 9일

지은이 엄성용

기획 안전가옥
콘텐츠 총괄 이지향
프로듀서 고혜원 · 임미나
　　　　　　 김보희 · 신지민 · 윤성훈
　　　　　　 이수인 · 이은진 · 황찬주
퍼블리싱 박혜신 · 임수빈
편집 박나래
일러스트 라텔
디자인 이경란
서비스 디자인 김보영
비즈니스 이기훈
경영지원 홍연화

펴낸이 김홍익
펴낸곳 안전가옥
출판등록 제2018-000005호
주소 04779 서울특별시 성동구 뚝섬로1나길 5, 헤이그라운드 성수 시작점 201호
대표전화 (02) 461-0601
전자우편 marketing@safehouse.kr
홈페이지 safehouse.kr
ISBN 979-11-93024-20-1 (03810)